Syrien in den 2010er Jahren

Samer Al Najjar

LABYRINTH DER VERWAISTEN WÜNSCHE

*Aus dem Arabischen übersetzt durch
Samer Al Najjar.*

istolé

Samer Al Najjar:
Labyrinth der verwaisten Wünsche

ISBN: 978-3-910347-08-3
ISBN E-Book (EPUB): 978-3-910347-16-8
ISBN E-Book (ePDF): 978-3-910347-17-5

1. Auflage 02/2023
© 2023 AKRES Publishing
Das Werk ist vollumfänglich urheberrechtlich geschützt.

Umschlaggestaltung: Lydia Waldmann, Christian Leeck
Schrifttypen: Linux Libertine by SIL Open Font License 1.1

Herstellung und Verlag: *istolé* Belletristik, Imprint des Verlags AKRES Publishing
Remscheider Straße 45, D-42369 Wuppertal
Tel.: 0049 (0)202 5198830, Telefax: 0049 (0)202 2447651
E-Mail: info@akres-publishing.com

Besuchen Sie uns im Internet: www.akres-publishing.com

Bibliographische Information der Deutschen Nationalbibliothek:
Die Deutsche Nationalbibliothek verzeichnet diese Publikation in der
Deutschen Nationalbibliografie; detaillierte bibliografische Angaben sind
im Internet über http://dnb.ddb.de abrufbar.

Allen aufrichtigen Revolutionären der Welt,
deren Namen ich nicht kenne,
widme ich dieses Werk und sage:
Es ist absurd,
dass Revolution und Verzweiflung
in demselben Wesen gründen.

Erstes Kapitel

„Damals wusste ich nicht, dass der Ozean der Zeit früher oder später die Erinnerungen anschwemmt, die wir in ihm versenkt haben."

Carlos Ruiz Zafón

1

Es ist nicht einmal neun Uhr. Zu dieser Uhrzeit wimmelt der U-Bahnhof am Karlsplatz in Wien meist von Menschen. Vielen Gesichtern sieht man eine gewisse Anspannung an – die Sorge, nicht pünktlich am Ziel anzukommen. Alle gucken auf ihre Uhren und blicken in den von der Dunkelheit umhüllten Tunnel. Nur mir ist das alles egal, denn ich habe heute kein konkretes Ziel.

Die Bahn fährt ein. Alle rotten sich bei den Türen zusammen, recken ihre Köpfe und halten Ausschau nach freien Plätzen in der Bahn. Dann schaut jeder jeden fast schon gemein und herausfordernd an und schiebt sich zur Tür durch. Ich aber würde lieber stehenbleiben und mich an der Stange festhalten, als mich hinzusetzen und zu wissen, dass jeder Stehende voller Verachtung auf mich herabblickt, als ob ich ihm seinen Sitzplatz gewaltsam entrissen hätte. Also setze ich mich auch dieses Mal bewusst nicht hin. Wäre es nicht sinnlos, mit einem alten Mann um den einzigen freigebliebenen Sitz zu konkurrieren? Außerdem kommt es mir vor, als würde dieser alte Herr mehr oder weniger meinem Opa ähneln. Mein Opa, der mir immer dasselbe Märchen vom Blaubart erzählte.

„Eines Tages lebte ein reicher, aber sehr hässlicher Mann. Der Mann hatte einen blauen Bart, und so hieß er in seiner Stadt der Blaubart. Zudem war er launisch und hartherzig. Er heiratete mehrmals. Nur blieb das weitere Schicksal seiner Ehefrauen immer unbekannt. Der Blaubart wollte ein weiteres Mal heiraten und fing an, in der Stadt nach einer neuen Ehefrau zu suchen, was alle noch ledigen jungen Frauen ängstlich machte. Schließlich heiratete der Blaubart eine Jungfrau, und sie schwor ihm den Gehorsam.

Eines Tages brach er auf und überließ seiner neuen Auserwählten alle Schlüssel seines Palastes, mit der Warnung, eine Stube im Keller nicht betreten zu dürfen. Die junge Frau befolgte zunächst seine Anweisung, aber mit der Zeit wuchs ihre Neugier, sodass sie die verbotene Stube doch betrat. Sie war entsetzt, die ihr vorangegangenen Ehefrauen des Blaubarts dort tot zu sehen. Ihr Ehemann tötete seine Frauen also immer wieder. Die Schlüssel fielen zu Boden, als sie es begriff, und wurden dabei vom Blut schmutzig. Als der Blaubart zurückkam, wusste er durch das Blut an den Schlüsseln, dass seine neue Frau die Stube betreten hatte. So entschied er sich dazu, auch sie zu töten, damit sie es niemandem erzählt. Die Ehefrau bat den Blaubart darum, ihr zehn Minuten zu geben, um zu Gott zu beten. Sie fing an, Gott anzuflehen, ihr das Leben zu retten. Inzwischen waren die Brüder der jungen Frau zu ihr unterwegs. Als der Blaubart sein Schwert hob, um seine Frau zu töten, kamen ihre bewaffneten Brüder und erlegten ihn."

Ich war sechzehn, als mir mein kranker Opa dieses französische Märchen zum letzten Mal erzählte, während ich zum Ende der Geschichte meine Augenbrauen voller Skepsis hob. Als ich mich zu der Erzählung äußerte, ärgerte sich mein Opa, weil ich ihm sagte, dass ich sie lächerlich fände, absurd sogar. Ich erzählte meinem Opa, dass ich ein realistischeres Ende schreiben würde, wenn ich das könnte, nämlich, dass die Brüder nicht kommen würden, bis die Leiche ihrer Schwester neben die der anderen Frauen, die mit ihr das Schicksal teilten, geworfen worden wäre. Die Brüder würden vielleicht sogar auch vom Blaubart umgebracht. Mein Opa brach dabei in Lachen aus.

Das ist jetzt schon sehr viele Jahre her. Die Stimme meines Opas erklingt in meinem Kopf aber immer wieder, als er mir sagte: „Du wirst nie ein erfolgreicher Schriftsteller sein, mein Kleiner! Dein Empfinden entspricht nicht dem allgemeinen Geschmack."

Das Früheste, was ich von meinem zwanzigjährigen Leben in Syrien noch weiß, ist, dass ich mit vier Jahren mit meinen Eltern von Damaskus nach Latakia, einer Hafenstadt am Mittelmeer, fuhr. Jemand zog mich aus dem umgekippten Auto, das wie ein Gluthaufen loderte. Da fing alles an. Während jener zwanzig Jahre war mein Opa, Abo Hisham, der bedeutsamste und einflussreichste Mensch in meinem Leben. Bis heute wache ich manchmal auf und fange an, nach ihm zu suchen. Er war ein höflicher und zuvorkommender Mensch mit einem guten Ruf in Damaskus. Stolz wanderte er durch die Straßen der Stadt in seinem grauen Safari-Anzug, der aus einem kurzärmligen grauen Hemd und einer gleichfarbigen Textilhose bestand. Zudem hatte mein Opa immer seine graue Wollmütze an. Also ein ganz typischer, bei alten Männern sehr beliebter Anzug seinerzeit. Das war auch seine Uniform während seiner jahrelangen Arbeit als ein kleiner Beamter beim staatlichen Wasserversorgungsunternehmen. Durch seine grauen Haare und seinen großen Schnurbart versuchte er, sich ein eigenes Prestige zu verschaffen, das ihm jedoch von seinem relativen Minderwuchs entzogen wurde. Ich denke, Grau war nicht nur seine Lieblingsfarbe. Das Grau schrieb Bände über seine Persönlichkeit und sein Leben – seine geheimnisvolle Art und seine politischen Haltungen, die stets verschleiert blieben.

Abo Mustafa, der beste Freund meines Opas, hat immer wieder versucht, leise, beinahe flüsternd irgendwelche gesellschaftlichen oder politischen Themen anzusprechen, während er mit meinem Opa im traditionellen Café „Al Naufara" im alten Damaskus saß und Backgammon spielte. Mein Opa hat ihn dabei immer unterbrochen: „Spiel weiter, Abo Steif, und lass diese sinnlosen Reden!"

Ich begleitete meinen Opa in Damaskus auf Schritt und Tritt. Egal wo er hinging, war ich dabei. Er verbrachte seine Zeit meistens draußen, entweder mit seinen Freunden oder er ging auf dem alten Markt spazieren, möglichst weit entfernt von der Wohnung meines Onkels, die er hasste. Mein Opa hat mich immer fasziniert, wenn er von seinem alten Damaszener-Haus erzählte, das er von seinem Vater geerbt hatte. Er wuchs auf in jenem Haus, das aus ganz vielen Räumen bestand, deren große Fenster für die Sonne des Morgens einen schönen Eingang bildeten. Im Zentrum des halboffenen Innenhofes – im Arabischen als „Iwan" oder „Liwan" bezeichnet – stand ein aus schwarz-weißen Steinen gebautes Wasserbecken. Darin kühlte man Melonen und anderes Sommerobst im frischen Wasser. Neben den Zitruspflanzen, die den Iwan umgaben, bedeckten Weintraubenblätter und Damaszener Jasmin den Hof.

So ist es kein Wunder, dass mein Opa sich in der modernen Wohnung meines Onkels eingeengt fühlte und ständig nach draußen floh. Er hatte hier nur ein kleines Zimmer, getrennt von meinem. In der Wohnung herrschte immer Totenstille, da Buthaina, die Ehefrau meines Onkels, sich über jede noch so kleine Störung beschwerte, so auch die kraftvolle Stimme meines Opas, die sie zur Weißglut trieb.

In meiner Kindheit hatte ich überhaupt keine Freunde. Meine Cousine Darin war die einzige Ausnahme. Buthaina, ihre Mutter, versuchte beständig, uns mit allen möglichen Mitteln voneinander zu trennen, sogar als wir noch sehr klein waren. Sie hat uns das Zusammenspielen verboten und drohte uns mit Strafen. Nur die Gegenwart meines Onkels oder meines Opas gab uns eine gewisse Sicherheit, zusammen spielen zu können, ohne dass Buthaina uns anschrie und auf die Zimmer vertrieb.

Nach dem Tod meiner Eltern und meiner Oma hatte mein Opa nicht mehr viele direkte Angehörige. Deshalb versuchte er, die emotionale und geographische Bindung zu meinem Onkel zu bewahren. Das brachte ihn dazu, sich meinem Onkel zu unterwerfen, der seinerseits dem Druck seiner Frau Buthaina nachgab, das Familienhaus zu verkaufen, damit mein Onkel ein Geschäft eröffnen konnte und nicht mehr im Ausland arbeiten musste.

Tatsächlich ging es Buthaina aber viel mehr darum, so viel wie möglich vom Besitztum meines Opas zu ergattern, auch – davon bin ich bis heute überzeugt – damit ich später nichts von ihm erben würde. Mein Onkel Hisham versprach meinem Opa, ihn nicht im Altenheim abzustellen und mich weiterhin zu betreuen, bis ich mein Studium abgeschlossen haben würde, was natürlich nicht der Fall war.

2

Es war ein ganz gewöhnlicher, heißer Morgen in Damaskus. Um sieben Uhr stand ich auf und lief, wie immer, ins Zimmer meines von der Krankheit sehr geplagten Opas. Dabei hörte ich Geräusche vom Gästezimmer und änderte meine Richtung dahin. Dort sah ich meinen Onkel Hisham weinen. Während er seine Augen mit beiden Händen verdeckte, rannen die Tränen an seinen Handgelenken herab. Auch die Freunde meines Opas, Abo Mustafa und Abo Ilias, waren da. Einem Spiegelbild gleich saßen sie nebeneinander – beide ohne jegliche Regung im Gesicht, das Kinn mit der Hand stützend, geistesabwesend, ähnlich wie „Dr. Gachet".

Mein Onkel zitterte. Als er seine Hände von den Augen nahm, sah er mich im Türrahmen erstarrt, schockiert und fragend stehen. Ich lief zaghaft mit einem blassen Gesicht auf ihn zu und er öffnete seine Arme. In dem Moment wusste ich alles. Es fiel mir auf, dass mein Onkel mich zum ersten Mal in meinem Leben umarmte, denn sein Geruch kam mir sehr fremd vor, und genau so fremd fühlte sich auch seine Umarmung an. Als er mich ganz festdrückte, schluchzte er, während ich merkwürdigerweise gar keine einzige Träne vergießen konnte.

Ich war gerade mal siebzehn Jahre alt, noch ein Teenager, als Abo Hisham mich in dieser Welt zurückließ. Seine Leiche lag ummantelt auf dem Bett, seine graue Mütze war auf der Kommode neben ihm abgelegt. Ich spähte ins Zimmer, traute mir nicht zu, ihm näherzukommen. Die Hitze stieg mir in den Kopf und in meine Augen. Es fühlte sich schrecklich schmerzhaft an. Die einzige Person, der ich vertrauen konnte, absolut regungslos zu sehen. Wenn diese Person zu einer erstarrten Leiche wird, die entsorgt werden muss. Wenn das Lieblingslächeln, das immer für Wärme im Herzen sorgte, ausgeht. Wenn sich die bedingungslose Liebe verabschiedet und die Hand des Schicksals die einzige Quelle der Sicherheit versiegen lässt, obwohl man immer dachte, sie wäre unerschöpflich.

Der Krankenwagen fuhr in die Gasse ein, ohne ein Alarmzeichen für den Kampf um jede Sekunde, denn es war ohnehin vorbei. Im Wohnzimmer weinten meine beiden Cousinen Darin und Jasmin in enger Umarmung, während ihre Mutter Buthaina auf dem Sofa saß, ohne ein geringstes Zeichen der Trauer im Gesicht, gleichwohl mit einem wahrnehmbaren Ausdruck von Unwillen, gepaart mit tiefster Genugtuung. Ich kam ins Zimmer und setzte mich vor die beiden Schwestern, die sich wahrscheinlich zum ersten und zum letzten Mal umarmten. Ich sah mich um und versuchte wieder, zu weinen, denn die Tränen könnten meine Augen etwas abkühlen, dachte ich, doch vergeblich. „Ist mein Opa wirklich für immer und ewig gegangen?", fragte ich mich. Ich konnte es nicht mehr ertragen, zuhause zu bleiben. So fragte ich Buthaina, wo mein Opa hingebracht wurde, und sie antwortete ungerührt: „Ins Krankenhaus".

Ich rannte aus der Wohnung, nahm ein Taxi und sagte dem Fahrer: „Ins Krankenhaus". Der Fahrer schaute mich verdutzt an und fuhr ins nächstgelegene Krankenhaus. Dort war zum Glück mein Onkel.

Es war brüllend heiß, als wir uns um den Graben scharrten, in den mein Opa gleich heruntergelassen werden sollte. Mein Onkel betete, nachdem der Imam das islamische Ritual vollzogen hatte. Er weinte, während er die Leiche mithilfe weiterer Freunde in die Gebärmutter der Erde brachte. Ich beobachtete jedes Detail dieser qualvollen Zeremonie und versuchte durch das Pressen meiner Augenlider nochmal zu weinen, wieder ohne Erfolg. Ich wollte richtig weinen, um die unendliche Trauer in meinem Herzen und die Angst vor dem Künftigen herauszulassen. Ich wusste sehr gut, dass der Tod meines Opas eine große Narbe in mir hinterlassen wird, deshalb wollte ich alle Tränen auf einmal um ihn weinen. Ich konnte es nicht, und das tat weh. Die Männer fingen an, die in ein weißes Tuch eingehüllte Leiche mit Erde zu bedecken. Ich drehte mich um und ließ meinen Blick über die Grabmale schweifen, die mich von allen Seiten umkreisten. Ich lief allein zurück, mit einem leeren Herzen und einem leeren Kopf.

Nach dem Abschied von meinem Opa musste ich mich an ein neues Leben gewöhnen. Buthaina hatte es nicht mehr nötig, ihren Hass mir gegenüber zu verstecken und ließ diesem Gefühl bei jeder möglichen Gelegenheit freien Lauf, was mein Leben in ihrer Wohnung zur Hölle machte.

Ich fand niemanden mehr, dem ich vertrauen konnte, außer Darin, meiner Cousine, die ein paar Monate älter war als ich. Sie war trotz ihres jungen Alters aufgeklärt und sehr lebhaft. Außerdem war sie oft nicht so gefügig wie Jasmin, sodass sie aufgrund ihrer Zuneigung zu mir viele Probleme mit ihrer Mutter und ihrer jüngeren Schwester bekam.

Im Gegensatz zu Darin hasste mich Jasmin und kämpfte mit einer teuflischen Energie gegen meine Anwesenheit in der Familienwohnung. Sie war zwei Jahre jünger als ich und drei Jahre jünger als Darin. Sie verleumdete uns beide, seitdem sie denken konnte, und schmiedete immer wieder Intrigen gegen uns.

Ich übertreibe nicht, wenn ich sage, dass Jasmin ein Miniaturabbild ihrer Mutter ist. Nicht nur die Ähnlichkeit ihrer

Gestalt und ihrer Gesichtszüge ist auffallend, sondern auch in ihrem Verhalten und in ihrer Redeweise ist dies nicht zu übersehen. Ich dachte immer, dass Buthaina Jasmin von ganz allein erschaffen hat, ohne jegliche Einmischung von meinem Onkel, sodass das Mädchen ausschließlich die Eigenschaften ihrer Mutter trägt. Bei Darin zweifelte ich dagegen immer, ob sie überhaupt die Tochter von Buthaina war.

Auf Biegen und Brechen versuchte ich immer wieder, um die Gunst von Jasmin zu werben, um so zumindest die von ihr ausgehenden Probleme zu unterbinden. Doch ihre Seele schien vom Hass durchtränkt zu sein, während Darin mich immer geliebt und verteidigt hat. Sie wiederum strebte danach, die Beziehung zu ihrer Familie an der Sympathie zu mir nicht zerbrechen zu lassen. Das war aber gar nicht möglich, denn die Spaltung der Familie war unaufhaltsam.

3

Die erste Maßnahme, die Buthaina ergriff, war, das Bild meines Opas zwei Wochen nach seinem Tod aus dem Gästezimmer zu entfernen. Auf dem Bild trug er die Militäruniform, in der er 1967 als Soldat im Sechstagekrieg gekämpft hatte. Auch sein Bild mit meiner vor langer Zeit verstorbenen Oma, das im Wohnzimmer stand, kam weg. Meine Oma sah auf diesem Bild jünger und größer aus als mein Opa. Sie lächelte selig. Auf dem Foto trat die volle Blüte ihrer Eleganz und Schönheit in Erscheinung, während mein Opa sehr verlegen in die Kamera blickte. Die Lippen aufeinandergepresst, schaute er mit seinen kleinen Augen so, als ob er nichts Konkretes anguckte. So ähnlich sah er aus, wenn er Nachrichten im Fernseher verfolgte, in denen von Ereignissen in der Welt berichtet wurde, die ihn beunruhigten oder betroffen machten. Dabei hörte ich oft Begriffe, die ich als Kind noch gar nicht verstehen konnte: „Zweistaatenlösung", „Arabische Friedensinitiative", „Massenvernichtungswaffen", „Kongokrieg", „Prinzessin Diana", „Terroranschläge am 11. September" und „Irakkrieg".

Buthaina verkaufte alle Möbel aus dem Zimmer meines Opas deutlich unter Preis an einen der vielen Trödler, die mit ihren LKWs durch die Gassen nach gebrauchten Möbelstücken und alten Sachen suchend fuhren. Als ich zuhause ankam, verließ der LKW gerade unsere Gasse – mit Opas Hinterlassenschaften auf der Ladefläche. Darunter gab es auch Gegenstände, die sehr teuer waren. Buthaina wäre definitiv imstande gewesen, einen vielfachen Preis dafür auszuhandeln. Sie hat es aber nicht getan.

Ich klingelte an der Tür, während ich die darauf ausgehauenen Arabesken musterte, die abpellenden Stellen mit meinen Nägeln abkratze und dabei mit meinen Zähnen knirschte. Jasmin machte die Tür auf und rannte vor mir weg. Ich betrat die Wohnung und sah Buthaina, wie sie zwei schwarze Plastiktüten aus dem Zimmer meines Opas herausholte. Sie hatte den Rest seiner Habseligkeiten in die Tüten gepackt. Während ich sie mit Tränen in den Augen anstarrte, hielt sie mir die Tüten entgegen: „Komm' Junge! Bring' den Müll zur Mülltonne!" Ich stand wie versteinert da und war nicht in der Lage, meinen Blick von ihr und den Tüten abzuwenden. „Bist du taub geworden? Komm, du Bastard! Los!" Ich nahm die Tüten und ging aus der Wohnung. In diesen Tüten steckten die Geschichte meines Opas und sein großes Geheimnis, das der Vergessenheit anheimgefallen wäre, wenn Buthaina nicht mich, sondern jemand anderen damit zur Mülltonne geschickt hätte. Selbst der Tod meines Opas, der für mich alles war, hatte es nicht geschafft, mich zum Weinen zu bringen. Buthainas Worte, die sich wie scharfe Messerstiche anfühlten, dagegen schon, was mich wunderte.

Buthaina schickte mich und niemand anderen. Sie tat es absichtlich, um mich zu peinigen und mein Herz endgültig zum Zerbrechen zu bringen.

Neben der Mülltonne öffnete ich dann die Tüten, während die Tränen an meiner kleinen Seele zerrten. Darin waren der graue Anzug meines Opas und seine graue Mütze. Außerdem entdeckte ich mehrere Romane, darunter „Die Mutter" von Maxim Gorki, „Die eiserne Ferse" von Jack London und „Farm der Tiere" von George Orwell. Mein Opa hatte mir einmal erzählt, dass er in seinem alten Haus eine riesengroße Bibliothek mit hunderten Büchern eingerichtet hatte. Er besaß sogar seltene Exemplare, die er aus dem Ausland erhalten hatte. Allerdings spendete er alle Bücher an eine öffentliche

Bücherei, als er das Haus verkaufte. Ich steckte die Bücher wieder in die Mülltüte, nachdem ich sie rasch durchgeblättert hatte, um sicherzustellen, dass mein Opa dort nichts versteckt hatte. Aus der anderen Tüte, in der auch Medikamente waren, holte ich zwei uralte Hefte heraus. Es waren die Tagebücher meines Opas. Das erste Tagebuch sah viel älter aus. Mein Opa hatte darin die aus seiner Sicht besonders prägenden Ereignisse und die damit verbundenen Erlebnisse bis ins Jahr 1977 niedergeschrieben. Das Interessanteste waren seine Aufzeichnungen während des Sechstagekriegs 1967. Das zweite Tagebuch hatte auf der ersten Seite ein Zitat von Jorge Luis Borges. Es lautete: „Für die Zeit der Sieg, für den Menschen die Niederlage" und darunter stand das Datum „26.07.1981". Zusammen mit der grauen Mütze schob ich die beiden Hefte unter mein Unterhemd, während ich mich besorgt umschaute.

Ich hätte gerne wieder alles mitgenommen, aber ich wusste, dass Buthaina die Welt umdrehen würde, wenn ich mit den Sachen wieder nach Hause käme.

Mein Opa, Abo Hisham, hatte nach dem Zwischenfall, der sein Leben völlig veränderte, ein paar kleine Texte geschrieben, für die ich ihn nur noch mehr liebte. Das Gefühl des Stolzes überwältigte mich, als ich Zeile für Zeile von seinem alten Leben erfuhr. Er war ein verantwortungsvoller Kämpfer. Er schrieb auf, was er sagen wollte, und schwieg danach – bis zu seiner letzten Befreiung, die seine Seele ins Jenseits brachte.

Ich glaube, dass das Niederschreiben seiner Erlebnisse auf die Seiten seines Tagebuchs das Höchste war, was er mit seiner verbliebenen, demütigen Tapferkeit schaffen konnte, auch wenn außer mir und diesen vergilbten Seiten wohl keiner seine

Geschichte kennt, denn ich denke, er hatte davon sonst niemandem erzählt.

Dass ich die Tagebücher in die Finger bekam, war die Rettung der Familie meines Onkels vor einem möglichen Übel. Es hätte katastrophale Folgen nach sich ziehen können, wenn jemand anderes sie gelesen hätte. Ich kann nicht einmal ausschließen, dass die Geheimpolizei in Syrien den Müll überprüft, um zu erfahren, was die Bevölkerung isst und trinkt. Buthainas Antipathie meinem Opa gegenüber wäre lebensgefährlich gewesen und hätte durchaus das Potenzial gehabt, sie und ihren Mann ins Gefängnis zu bringen.

Ich kam wieder nach Hause und versuchte, mir nichts anmerken zu lassen. Buthaina machte die Tür auf, und ich flitzte in die Wohnung hinein. „Da bist du endlich! Ich sagte dir ‚bring den Müll weg!' und schickte dich nicht auf ein Picknick! Wo warst du die ganze Zeit? Muss ich von vorn anfangen, dich zu erziehen?" In diesem Moment kam mein Onkel aus dem Badezimmer heraus. Er guckte uns schweigend an, während er sich mit einem Handtuch die Ohren abgetrocknete. Ich rannte schnell auf mein Zimmer und schloss hinter mir die Tür.

Buthaina war sich darüber im Klaren, dass der verkaufte Besitz meines Opas viel kostbarer war. Aber für sie war es eine Art Rache an ihm, das, was ihm etwas bedeutet hatte, unter Wert zu veräußern. Schließlich war er seinerzeit dagegen gewesen, als mein Onkel sie heiratete. Nach diesem banalen Racheakt an ihrem verstorbenen Schwiegervater kam sie aber erst auf den Geschmack. All die unterdrückte Abneigung konnte sie nun endlich herauslassen, indem sie mich misshandelte und benachteiligte, sodass mein Aufenthalt in ihrer

Wohnung zu einem besonders düsteren Kapitel meines Lebens wurde.

Irgendwann später fing ich an, die beiden Tagebücher meines Opas aufmerksamer zu lesen, konnte aber nicht alles sofort auf den ersten Blick nachvollziehen und bis ins Detail begreifen. Ich entnahm den Aufzeichnungen, dass er in den 80er Jahren verhaftet worden war. Man könnte denken, dass er Jahre oder mindestens Monate im Gefängnis verweilte, weil er sich danach so dramatisch veränderte. Tatsächlich war er aber nur neun Tage inhaftiert. Doch diese neun Tage reichten, um aus ihm einen völlig anderen Menschen zu machen.

Er war ein fast typischer Kommunist gewesen. Dies war der Grund, weshalb er in den 60er Jahren halbwegs mit der Baath zu sympathisieren begann. Später aber kritisierte er in seinem ersten Tagebuch nicht nur das Gedankengut der Partei im Hinblick auf die Beziehung zwischen dem Regime und der Religion, sondern auch ihren Ausgrenzungsgeist, zumal er selbst weder zum Nationalismus noch zum Panarabismus neigte. Mein Opa deutete mehrmals an, dass die Baath im Kern nicht unbedingt schlecht war. Er sah aber sehr klar, dass sie zur Legalisierung des bandenähnlichen und korrupten Verhaltens der Regierung unter Hafiz Al-Assad in Syrien instrumentalisiert worden war.

Seine Kritik war am Anfang rein ideologisch, richtete sich an die Politik und spiegelte seine Weltanschauung wider, aber er behauptete nicht, dass sie zwangläufig richtig sein müsste. Als linker Intellektueller wusste mein Opa, dass der Sozialismus der Baath-Partei nur provisorisch bzw. sekundär war und in den Parteischriften trotz seiner ausdrücklichen wörtlichen Erwähnung neben den Grundprinzipien „Freiheit" und „Einheit" kein festes Gebilde darstellte. Vor allen Dingen gewährte die Partei dem arabischen Nationalismus den Vorrang, während mein Opa im Panarabismus, ganz besonders nach den gescheiterten Einheitsversuchen, ein großes Problem sah.

In seinem ersten, etwas umfangreicheren Tagebuch schrieb er seine politischen Positionen und Meinungen nieder. Er schrieb über Hoffnung und Verzweiflung, über seine Erwartungshaltungen und philosophischen Einstellungen. Es war deutlich zu spüren, dass er ohne Angst jeglicher Art seine kleinen Vermerke verfasst hatte. Ich hätte viel verpasst, wenn ich sein zweites Tagebuch nicht gelesen hätte. Dort berichtete er von seinen Gefühlen nach seiner Entlassung aus der neuntägigen Haft. Es waren seine dunkelsten Tage, in denen er den Terror und das Unrecht der politischen Macht am eigenen Leib erlebte. Man sollte glauben, dass mein Opa wegen seiner oppositionellen Einstellung oder Ähnlichem verhaftet worden war. Aber das stimmt nicht. Seine einzige Sünde war lediglich eine kleine Kritik, ein unachtsames Wort. So hatte ihn ein „patriotischer" Arbeitskollege beim Geheimdienst denunziert.

Er wurde gefoltert. Verschiedene Arten der Folter, manchmal auch „sinnlose", die nur den Terror und die Befriedigung der sadistischen Neigung des Flagellanten zum Ziel hatten. Das Gefängnis machte Genossen zu Leidensgenossen, auch wenn die politischen Ansichten der Mitgefangenen nicht unbedingt mit denen meines Großvaters übereinstimmten. Das war in Syrien der einzige Ort, wo Vielfalt und Pluralismus erlaubt waren. Nämlich, das Gefängnis!

Am Montag, den 20. Juli 1981 wurde er mit gebrochenen Flügeln und einem eingeschlagenen Herzen entlassen.

„Bin ich jetzt wirklich frei? Ich bin entlassen worden und sehe erneut die Sonne. Die Sonne des traurigen Vaterlandes.

Die Sonne ist traurig, das Land ist traurig und ich bin traurig. Wie elend bist du denn, mein Vaterland. Und wie elend bin ich!"

So lautete sein erster Eintrag in seinem zweiten Heft, acht Tage nach seiner Entlassung.

4

Darin wachte eines sommerlichen Morgens auf, suchte mich in der Wohnung und fand mich nicht. Erschrocken zog sie sich um und ging hinunter auf die Straße, ohne den Warnungen von Jasmin Beachtung zu schenken. Die Schwester drohte damit, ihrer Mutter zu verraten, dass Darin die Wohnung in ihrer Abwesenheit verlassen hatte.

Es war für Darin nicht schwer, mich auf der Bank im nahegelegenen Park zu finden. Sie setzte sich neben mich und sprach kein Wort, bis ich das Buch, in dem ich las, nach ein paar Minuten zuklappte.

„Ich habe einen schlimmen Alptraum gehabt. Ich fand dich nicht und habe Angst bekommen", sagte sie mir stirnrunzelnd.

„Was hast du denn gesehen?", fragte ich sie leise, ohne sie anzugucken.

„Ist nicht wichtig jetzt. Geht es dir gut?"

„Gut", antwortete ich kurz.

„Hast du heute was gegessen, meine Seele?"

„Meine Seele!", wiederholte ich ihre Worte lächelnd und ergänzte: „Noch nicht. Und du?"

„Wir frühstücken dann zusammen", antwortete sie hörbar erfreut.

„Darin!", rief ich nach einer Weile, während ich das Buch anstarrte. „Du weißt, dass ich niemanden auf dieser Welt habe, außer dir, oder?"

„Ich weiß! Und ich werde an deiner Seite bleiben und für dich da sein. Ich verspreche es dir!", sagte sie und berührte meine Hand, die das Buch festhielt.

„Ich habe Angst, dich zu verlieren. Das belastet mich unglaublich!"

„Keine Sorgen, meine Seele! Ich bin bei dir und werde für immer bleiben!"

Wir blieben ungefähr eine halbe Stunde auf der Bank. Darin ließ meine Hand keine Sekunde los und schaute sich immer besorgt um, bis sie mich schließlich überreden konnte, mit ihr nach Hause zu gehen.

Inzwischen war Buthaina nach Hause zurückgekommen und hatte alle Freundinnen von Darin angerufen und nach ihr gefragt. Ich glaube nicht, dass Buthaina dachte, Darin wäre mit mir gewesen. Sie sah uns vom Balkon, als wir zurückliefen, und flippte aus, als ob der Wind das bisschen Verstand, das sie noch besaß, fortgeweht hätte. Buthaina schrie uns an, als hätte sie vergessen, dass Darin meine Cousine ist und wir zusammen aufgewachsen waren. Ich stand da, vor ihr, wie ein Hase und ließ die Flut der Beleidigungen schweigend über mich ergehen.

Seit diesem Tag setzte Buthaina alles daran, dass es keinen Kontakt jeglicher Art mehr zwischen mir und ihrer Tochter geben würde. Selbst beim Mittagessen, das die Familie immer gemeinsam einnahm, beobachtete sie unsere Blicke und zählte unsere Atemzüge. Sie verlangte, dass ich tagsüber in meinem Zimmer blieb und dass Darin immer unter ihrem Auge war. Wir durften nicht gleichzeitig die Wohnung verlassen. Natürlich war Jasmins Unterstützung ein entscheidender Faktor dabei, dass Buthaina diese Restriktionen durchsetzen konnte.

Auf den ersten Blick fand ich das alles absurd. „Warum verbietet mir Buthaina, meine Cousine zu treffen?" fragte ich mich immer. Erst ganz zuletzt kam mir der Gedanke, dass sie jede mögliche emotionale Annäherung verhindern wollte. Diese Erkenntnis war für mich ebenso schrecklich wie ekelhaft, denn Darin war für mich die Cousine, ich sah in ihr die Schwester, die ich nicht hatte.

Manchmal war ich sogar überzeugt, dass sie tatsächlich meine Schwester war, aber alle würden das vor uns verbergen. Ich dachte einmal sogar, dass Buthaina uns voneinander trennen wollte, damit die unbewussten Geschwister sich nicht ineinander verlieben und in Schande fallen.

Falls dies Buthainas Absicht gewesen war, hatte ihr Verhalten eine umgekehrte Wirkung. Darin betrachtete mich bis zu jenem Tag, als ihr der Umgang mit mir verboten wurde, als kleineren Bruder. Das Verhalten der Mutter ließ sie mit einem großen Fragezeichen im Kopf zurück und es führte dazu, dass sie andere Gefühle für mich empfand. Buthaina hatte die Tür für die Emotionen ihrer Tochter sperrangelweit geöffnet, als sie ihr sagte, dass sie schon erwachsen sei und jeder Kontakt mit mir gegen die Religion verstieße. Da Buthaina gar nicht religiös war, ließ dieses Argument das Fragezeichen in Darins Kopf noch größer werden.

5

Um Mitternacht hörte ich das mir vertraute Klopfen von Darin an meiner Tür. Ich sprang auf und öffnete ihr. Sie stand im Türrahmen und sah mich traurig an, drückte dann ein kleines Stück Papier in meine Hand, täuschte ein Lächeln vor und verschwand wieder in ihrem Zimmer. Ich schaute mich aus Angst vor Buthaina um. Darin hatte sich anscheinend die richtige Zeit ausgesucht. Ich verstand nicht, was passiert war, und merkte, dass ich noch im Flur stehend den Brief anstarrte. Dann kehrte auch ich in mein Zimmer zurück. Ich setzte mich auf die Bettkante und betrachtete das mehrmals gefaltete Papier, das nach Damenparfüm duftete. Zögernd entfaltete ich es mit zitternder Hand, um zu lesen, was Darin mit ihrer sehr ordentlichen Handschrift schrieb.

Ich wachte heute wegen schlimmen Bauchschmerzen auf. Warme Getränke und Schmerzmittel haben nicht geholfen. Ich weiß nicht, was ich tun soll. Wo soll ich hin? Hattest du jemals das Gefühl, dass die Welt auf einmal ihre Türen vor deinem Gesicht schließt? Das war genau mein Empfinden. Ich habe mich unter meiner Bettdecke versteckt und weinte nur. Dann dachte ich an dein Lächeln und beschloss, dir diesen Brief zu schreiben.

Die letzten Tage werde ich vielleicht nicht zu den schwierigsten meines Lebens zählen, aber sie belasten mich schon sehr. Ich glaube mittlerweile, dass alles in diesem Haus meine Situation nur noch schlimmer macht. Zum ersten Mal wird mir klar, wie schwer das Leben ist und dass ich nicht frei bin. Dieses Gefühl wünsche ich niemandem. Ich vermisse dich!

Ich will mich nicht maßlos beschweren. Aber habe ich dir schon mal gesagt, wie viel du mir bedeutest? Dass du ein Schmerz

in meinem Herzen bist? Dass meine Augen nur dann leuchten, wenn ich dich erwarte? Ich erwarte dich übrigens immer, als hätten wir uns verabredet.
Du liebst mich. Du liebst mich nicht. Ich schlafe jede Nacht ein, während diese Fragen mir durch den Kopf schießen. Nun bleibt es mir, dir das zu schreiben, was du längst wissen müsstest. Ich liebe dich und wünsche mir nichts mehr als dir diese drei Wörter zuflüstern zu können und mich dabei in deiner warmen, zärtlichen Umarmung zu verlieren. Ein Kuss von dir auf meine Wange würde mir reichen, um endlich ruhig einzuschlafen. Der Mond versprach mir, die Zensur würde diesen Kuss aus unserer Geschichte nicht streichen.
Darin.

Eine tiefe Trauer breitete sich in mir aus und ich faltete den Zettel sorgfältig wieder zusammen. Ich nahm die Strickmütze meines Opas, die unter dem Kissen lag und atmete dessen Geruch ein. Dann las ich wieder Darins Brief, bis der Geruch der Mütze von Darins Parfüm und ihrem Bild in meinem Kopf übertönt wurde.

Darin war zweifellos die Schönste in der Familie ihrer Mutter, was Feindseligkeiten seitens ihrer Altersgenossinnen ihr gegenüber entstehen ließ. Ich übertreibe nicht, wenn ich sage, dass Darin mit ihren hellbraunen Haaren und ihren zarten Wangen das hübscheste Mädchen war, das ich je gesehen habe. Besonders auffallend an ihrer außergewöhnlichen Schönheit wirkten aber ihre großen, bernsteinfarbenen Augen. Die langen Wimpern betonten ihren ausdrucksstarken Blick. Außerdem war sie ziemlich groß und hatte einen wohlgeformten Körper im Vergleich zu den anderen Mädchen in ihrem Alter. Wenn sie ihre langen Haare öffnete, teilte sie sie mit einem Mittelscheitel in zwei Hälften, die sie sorgfältig kämmte. Sie ließ die Haare auf ihre Schulter fließen, wie zwei Wasserfälle, die sanft und gleichmäßig ihre Gesichtszüge umspielten. Mein Schönheitsideal gründete bewusst oder unbewusst auf Darins Bild – so, als wäre sie für mich schon immer das Urbild der Schönheit gewesen, als meine Seele noch in der Anamnesis-Welt beheimatet war.

Ich sehnte mich danach, Darin zu umarmen, obwohl meine Gefühle zu ihr sehr unklar waren. Ich wollte sie umarmen und im nächsten Schritt die Wohnung von Buthaina für immer verlassen. Ich hätte Darin gerne von meinem Wunsch erzählt, sie neben mir einschlafen zu lassen. Allein der Gedanke daran ließ das Blut in meinen Adern schneller fließen. Ich schaute mich um und verspürte Hass gegenüber jedem Detail meines Zimmers, das in diesem Moment mit seiner Gleichgültigkeit und Leere einem Gefängnis glich. Auf dem Kissen lag die Mütze meines Opas. Ich nahm sie an mich und drückte sie mir an die Brust. Ich wollte weinen, war dazu wieder aber nicht in der Lage. Ich schlief ein, mit trockenen Augen.

Ich war zu dieser Zeit nicht mal siebzehn Jahre alt. Darin war achtzehn, aber sie war ein reifer erwachsener Mensch, während ich noch ein Kind war – ein Kind ohne Kindheit.

6

Ein paar Wochen vergingen, ohne dass Darin von mir eine Antwort auf ihren Brief bekam. Sie schien mir dies aber nicht übel zu nehmen. Wir lächelten einander an, wenn unsere Blicke sich trafen.

Inzwischen musste ich in der Schule die Schikanen meiner Schulkameraden ertragen. Für viele war ich nur noch der „Junge mit den hungrigen Schuhen", denn meine zerlumpten Schuhe sahen wie ein offener Mund aus. Ich wollte meinen Onkel nach neuen Schuhen fragen. Er war jedoch aufgrund seines Geschäfts sehr oft im Ausland.

Eines Tages, als ich von der Schule nach Hause wollte, wartete Sarah, Darins Freundin, auf dem Weg auf mich. Sie hatte ein Heft von ihr dabei, das ich für die Schule brauchte, und 500 Lira, die Darin mir geschickt hat, damit ich neue Schuhe kaufen konnte. Ich fand das erstaunlich, denn 500 Lira waren eine hohe Summe im Vergleich zu Darins Taschengeld. Ich nahm das Geld an und bat Sarah eindringlich, Darin zu sagen, dass sie das Geld von mir zurückbekommen würde.

Es war nicht einfach, den Laden vom „Onkel Ilias" im Marktviertel zu finden, den ich mit meinem Opa vor Monaten besucht hatte. Onkel Ilias war der einzige Sohn von Abo Ilias, dem Freund meines Opas. Er hatte damals Maschinenbau in der Sowjetunion studiert. Fast niemand wusste, wieso er sein erfolgreiches Studium abbrach und plötzlich in die Heimat zurückkehrte, um einen Schuhladen zu eröffnen. Mit seinem runden, rasierten Gesicht und seinem kleinen Bierbauch sah er recht nett aus. Er war klein und kämmte seine schwarzgefärbten Haare sorgfältig von rechts nach links.

Der Laden roch immer nach Leder, was bei mir am Anfang Übelkeit verursachte, und die Schuhe waren sorgfältig nach Zielgruppen sortiert. Rechts waren die männlichen Schuhe, links die für Kinder, während sich in der Mitte eine Insel von Damenschuhen ausbreitete.

Wie ich es mir schon gedacht hatte, weigerte sich Onkel Ilias, von mir Geld anzunehmen. Er lud mich sogar zum Teetrinken ein und sagte mir, dass ich ihn immer besuchen und in seinen Büchern lesen könne. Ich bezweifelte seine Angebote und hatte etwas Angst.

„Danke, Onkel!"

„Adam, du musst wissen, ich bin immer für dich da! Okay?", sagte er nett zu mir und setzte fort, während er mich eindringlich ansah: „Du ähnelst so sehr deinem Vater!"

„Du kanntest meinen Papa?"

„Dein Vater war mein bester Freund, mein Junge!"

Seltsame Ruhe überflutete mein Herz, als ich von meinem Vater hörte. Mir kam der Mann plötzlich sehr vertrauenserweckend vor. So war das Angebot vom Onkel Ilias eine Chance zur Rettung, denn ich könnte bei ihm viel Zeit mit Lesen und Lernen verbringen und müsste nicht mehr die ganze Zeit zuhause sein. Onkel Ilias war außerdem ein guter und alter Freund von meinem Onkel Hisham und ich war mir sicher, dass mein Onkel kein Problem mit diesem Angebot hätte.

Von da an besuchte ich oft den Laden von Onkel Ilias, anfangs allerdings sehr vorsichtig und ängstlich. Zum Beispiel betrat ich nie die Toilette im Laden, so dass ich jedes Mal, wenn ich wieder nach Hause kam, sofort aufs Klo rannte.

Mein Vertrauen und Respekt vor Onkel Ilias hatten sich mit der Zeit verstegt, ich mochte ihn sogar. Die Stunden vergingen so schnell, wenn ich bei ihm im Laden las. Meine

Anwesenheit unterschied sich nicht von der aller anderen Gegenstände im Laden, ich fiel niemandem auf. Neben dem Verkaufsraum gab es ein kleines Büro, von dem man durch die breite schallisolierte Glasfassade auf die Straße blicken konnte. Onkel Ilias las immer mittags in seinem Büro und schlief manchmal auf der kleinen Couch ein, da der Markt zu dieser Tageszeit meistens leer war. Er bestand öfter darauf, dass ich den ganzen Tag bei ihm im Laden bleiben solle. Anfangs irritierte mich diese Beharrlichkeit ein wenig. Warum wollte Onkel Ilias mich in seiner Nähe haben?

Kaum hatte ich die 500 Lira ausgegeben, schickte mir Darin noch mal 300. Ich fragte mich, ob Darin das Geld von zuhause geklaut haben könnte, was mich sehr ärgerte. Viele Tage waren schon vergangen, ohne dass ich mich mit Darin außerhalb der Familie treffen konnte. Ich unternahm aber auch keinen Versuch, mit ihr zu sprechen, denn ich wollte nicht, dass sie meinetwegen Probleme mit ihrer Mutter oder Schwester bekäme. Natürlich wusste ich, dass sie die ganze Zeit auf eine Antwort auf ihren Brief wartete. Als unsere Augen sich zufällig trafen, sah ich vor Scham weg. Endlich wollte ich versuchen, ihr zu antworten. Ich nahm den Stift in die Hand, konnte ihn auf dem weißen Blatt jedoch nicht bewegen. Die Machtlosigkeit fesselte meine Hand und mein Hirn. Vielleicht lag es daran, dass ich viele Jahre nichts Persönliches geschrieben hatte? Oder weil ich mir meiner Emotionen zu Darin sehr unsicher war? Auf keinen Fall wollte ich mich in Darin verlieben und unterband gewaltsam jedes Gefühl der Liebe oder des Verlangens. Sie war für mich einfach nur meine Cousine, und ich konnte mir keine andere Beziehung mit ihr vorstellen als die der verwandtschaftlichen Zuneigung

Die Ursache meiner Schreib-Hemmung war die Angst vor allem, was das Schreiben angeht, die mich jahrelang ununterbrochen begleitete. Das Schreiben wird in „normalen" Gesellschaften als Mittel zum Äußern und Loswerden der Ängste verstanden, sogar als Therapie wird das Schreiben eingesetzt. Nun, im Falle unserer Gesellschaft ist das Schreiben an sich eine angsthervorrufende Tat und braucht eine spezielle Therapie im Gefängnis, wo viele Autoren das Licht der Sonne vergessen müssen. Mir war wortwörtlich gesagt worden: „Du musst aufhören zu schreiben!" Einfach so!

Als Kind mochte ich es immer zu schreiben. Eines Tages hatte ich eine Kurzgeschichte geschrieben, nachdem ich die Kurzgeschichtensammlung von Ghassan Kanafani „Das Land der traurigen Orangen" gelesen hatte. Mir gefiel diese Literaturgattung sehr und der Stil von Kanafani ganz besonders. Also hatte ich versucht, ihm nachzueifern.

Ich war in der achten Klasse und wendete mich mit meiner Kurzgeschichte an den Englischlehrer. Ich wollte die Geschichte unbedingt dem Englischlehrer zeigen, denn er war ein ganz Netter, im Gegenteil zu fast jedem anderen Lehrer an der Schule. Herr Jamal war ein junger und cooler Mann, den besonders die Schüler mochten, die sonst von anderen Lehrern nur misshandelt wurden. Außerdem war er auch unser Klassenlehrer in der siebten Klasse, wir hatten ein gutes Verhältnis zu ihm. Stolz zeigte ich meinen Text dem jungen Herrn Jamal, der ihn gern annahm und versprach, mir schnell ein Feedback zu geben.

Ich wartete gespannt auf seine Meinung. Ich war mir ziemlich sicher, dass die Geschichte ihm gefallen würde, da sie von jungen Leuten erzählt, die freiwillig Katastrophenhilfe für die Zivilisten des Gazastreifens leisten wollten. Die Sympathie der Syrer mit den Palästinensern in Gaza war sehr verbreitet und – soweit ich es einschätzen konnte – selbstverständlich.

Der Lehrer meldete sich nach ein paar Tagen und bestellte mich vor dem Unterricht zu sich. Ich stand vor ihm im Flur mit schüchternen Augen und aufgeregtem Herzen und bereitete mich auf das Lob des Lehrers vor. Er gab mir die Geschichte zurück mit einem Anflug von Verlegenheit: „Du bist vielleicht ein guter Schriftsteller. Du hast aber bestimmt keine Ahnung von dem, was du schreibst! Es ist besser, wenn du auf sowas verzichtest. Die Ersten, die deine Texte lesen müssten, sind deine Eltern, damit sie keinen Ärger kriegen". Er tätschelte auf meine Schulter und sagte: „Und jetzt, ab in den Unterricht", und ging in den Klassenraum. Ich spürte Schwindel und Trockenheit im Mund. Ja! Stimmt! Meine Eltern könnten wegen mir Ärger kriegen. Ich hätte dem Lehrer gern gesagt, dass ich es mir sogar wünschte. Also, dass meine Eltern am Leben wären und die Konsequenzen meiner Leichtfertigkeit tragen würden! Wie auch immer, hätte ich dann mindestens jemanden, der mich abends umarmen würde, während ich ihm von meiner Enttäuschung erzähle. Ich hätte dann jemanden, dem ich all meine erfundenen Geschichten erzählen könnte, dachte ich, während ich noch im Flur stand. Ich wünschte mir, dass ihr Tod nicht meinem Heranreifen vorausgegangen wäre, damit ich mich zumindest an ihr Lächeln erinnern könnte, und dass die Hand des Schicksals sie nicht weggeschnappt hätte, um mich verloren zurückzulassen. So ziellos war ich, jedes Mal richte ich mein Segel in Richtung eines sicheren Hafens und kam doch nicht an irgendein Ufer. Meine Angst vor der Welt war an jenem Tag größer geworden. Ich hatte Angst, mich zu äußern. Vor jedem Menschen hatte ich Angst.

Der Englischlehrer wollte mich und meine vermeintliche Familie wahrscheinlich vor einer riesigen Gefahr schützen. Dadurch hatte er aber einen neuen Dolch des Terrors in die Brust meiner Absichten, mich zu verwirklichen, gestoßen und ein weiteres dünnes Seil des instabilen Netzes, das mich mit meiner Umgebung verbunden hielt, zerschnitten. Dabei hatte ich Glück, dass meine Geschichte bei diesem netten Lehrer gelandet war und nicht bei einem der unzähligen Anhänger des Geheimdienstes.

Nach mehreren Besuchen bei Onkel Ilias bot er mir an, bei ihm im Geschäft nach der Schule zu arbeiten. So könnte er nachmittags nach Hause gehen und eine Pause machen. Ich akzeptierte seinen Vorschlag und dachte mir: „So kann ich das Geld Darin zurückgeben und brauche danach keine Hilfe mehr." Außerdem war mein Vertrauen zu Onkel Ilias inzwischen groß genug geworden.

Die Art und Weise, wie Onkel Ilias mit den Kundinnen umging, war allzu gefühlvoll. Gegenüber Frauen wurde er so schwach, dass die Kundinnen nach ein wenig Verhandlung am Ende die Schuhe zu dem Preis kauften, den sie wollten. Er willigte am Ende immer ein, auch wenn er dabei Verluste machte.

Onkel Ilias forderte von mir nicht viel. Alles, was ich am Anfang tun musste, war, ihn auf das Kommen von Kundinnen hinzuweisen, wenn er im Büro saß. Nach einer Weile beschloss er, mir die „Grundlagen des Handels" beizubringen. Er sagte mir stolz, während er seine Haare mit der Hand von rechts nach links strich: „Junge, hör' mal zu. Die Kunden hier und die Kundinnen insbesondere mögen es sehr, lange über die Preise zu verhandeln. Am Ende aber verkaufen wir unsere Waren zu dem Preis, den wir von vornherein festgelegt haben, auch wenn die Kundin sauer den Laden verlässt, ohne etwas gekauft zu haben." Ich guckte ihn an und meine Blicke teilten ihm mit: „Aber die meisten verhandeln, solange sie wollen und zahlen, was sie wollen!" Onkel Ilias verstand offenbar die Sprache meiner Augen, er richtete seinen Hemdkragen und wechselte das Thema.

Mein Onkel Hisham hieß meine Einstellung bei Onkel Ilias willkommen und kam ab und zu ins Geschäft zu Besuch, während wir nach wie vor in derselben Wohnung lebten. Ich kam jeden Tag von der Schule direkt zum Laden, zog mich dort um, da ich Klamotten im Lager gelassen hatte, und fing an, zu lesen, zu lernen und Onkel Ilias zu helfen, falls er Hilfe brauchte, was anfangs nicht häufig der Fall war.

Onkel Ilias gab mir am Ende jeder Woche 1000 Lira als Gehalt. Seine Großzügigkeit motivierte mich, mit mehr Mühe und Fleiß zu arbeiten, denn ich wollte nicht das Gefühl ertragen müssen, dieses Geld wäre ein Almosen an ein verwaistes Kind. Nachmittags brachte mir Onkel Ilias immer das Mittagsessen von zuhause mit. Sein Umgang mit Essen nervte mich. Er brachte jedes Mal eine große Menge mit und verlangte, dass ich alles aufesse. Er sagte mir: „Junge! Kannst du das nicht aufessen? Komm, ich helfe dir!", aß einen kleinen Bissen und versuchte mich dann mit irgendwelchen Themen abzulenken.

Langsam übernahm ich fast jede Aufgabe im Geschäft, Onkel Ilias verließ sich auf mich komplett. Ich hatte irgendwann das Gefühl, er entzog sich der Kommunikation mit den Kundinnen, obwohl sie mit ihm verhandeln wollten und nicht mit mir! Ich war streng, was den Verkauf anging, und meine Basis und Ausrede waren, dass ich nur ein Arbeitnehmer war und keinen Einfluss auf die Preise hätte.

Ganz viele Kundinnen haben den Laden böse verlassen und wollten nichts kaufen. Die Gewinne des Geschäfts haben sich aber trotzdem verdoppelt. Und so hat Onkel Ilias seine Zeit immer im Büro am Lesen verbracht und beobachtete mich, während ich mit den Kundinnen diskutierte.

Einige Monate später begann Darin zu studieren. Mit dem Medizinstudium verwirklichte sie ihren Traum. Zugleich hatte sie nun auch mehr Freiheit, sich entfernt von ihrer Mutter und Schwester zu bewegen. Wie ihr Vater besuchte sie mich im Laden. Wir sprachen über irgendwelche allgemeinen Themen, aber ab und an ließ sie ihre Gefühle zu mir durchblicken. Und natürlich übersah Onkel Ilias das nicht und sagte mir eines Tages, nachdem Darin den Laden verließ: „Mein Junge, wenn du geliebt wirst, hast du einen großen Segen, den viele andere sich wünschen. Pass auf Darin gut auf!"

7

Als meine Abiturprüfungsphase näher rückte, teilte ich Onkel Ilias mit, dass ich mit der Arbeit aufhören wollte. Denn ich musste mehr Zeit in die Vorbereitung auf die Prüfungen investieren. Onkel Ilias konnte sein Leid nicht verstecken, er lächelte beinahe gezwungen und sagte zu mir betrübt, dass ich bei ihm immer willkommen bin: „Mein Junge, das Leben hierzulande ist nicht einfach. Pass auf dich auf. Behalte im Kopf, dass ich immer für dich da bin!"

Durch meine Arbeit hatte ich einiges Geld angespart, da ich bei Festen und vor den Ferien immer Überstunden gemacht hatte. Diese Ersparnisse ermöglichten es mir nun, mich bei einem Nachhilfeinstitut anzumelden, um mich besser auf die für syrische Schüler allzu schwierigen Prüfungen vorzubereiten und das Lernen zuhause zu vermeiden. Ich verbrachte den ganzen Tag dort. Das Institut war ein toller Ort, denn es war im Gegenteil zu meiner Schule sauber und ordentlich – und vor allem warm. Damit meine ich richtige Wärme, geheizte Räume, während wir in der Schule gegen die Kälte kämpfen mussten.

Das Erste aber, was ich im Institut lernte, war das Rauchen. Ich hatte Schüler gesehen, wenn sie in den Pausen auf die Straße gingen und sich versteckten, um zu rauchen. Also kaufte ich Zigarettenschachteln und verbarg sie unter meinem Unterhemd. Ich hatte versucht, wie Onkel Ilias zu rauchen, wusste aber nicht, wie sehr ich dabei meinem Onkel Hisham ähnelte, was mir Darin erst viel später sagte. Die meisten Schüler stammten von aristokratischen Familien ab. Ich, vor kurzem noch der „Junge mit den hungrigen Schuhen", kam nie mit denen klar. Trotzdem fühlte ich mich dort wohl, zumindest musste ich im Institut keine Angst vor dem Holzstock des Wehrerziehungslehrers haben, der uns in der Schule nur gequält hatte.

Der Wehrerziehungsunterricht war vor Jahren von der Regierung offiziell abgeschafft worden. Die Lehrer blieben aber trotzdem im Dienst, sie hatten allerdings nichts mehr zu tun, als die armen Schüler zu terrorisieren und sie zu schlagen, gerade so, als ob die Schüler ihnen ihre Arbeit und ihre gesellschaftliche Position weggenommen hätten.

Kein Schulleiter traute sich, diese Lehrer, die wie Offiziere auftraten, tatsächlich zu entlassen, da sie allesamt alte Baathisten waren und durch ihre guten Beziehungen oder durch Bestechung eingestellt worden waren. Mag sein, dass ihnen das angeblich neue zivile System ihre Beschäftigung entzog, es nahm ihnen jedoch nicht ihre Löhne, ihre Brutalität und ihre gewalttätigen Holzstöcke. Mit denen polierten sie nun die neue Reform in ihrem Sinne auf. Da sie nicht mehr unterrichteten, hatten sie jeden Tag mehr als genug Freizeit, um die Schüler zu quälen.

Im Institut aber gab es keine ehemaligen Wehrerziehungslehrer – und somit auch keine brutalen Stockschläge. Eines Tages war ich dort, als mein Handy einen Anruf von Darin anzeigte. So ging ich raus, um mit ihr zu sprechen. Darin hatte mich in der Zwischenzeit kaum kontaktiert, da sie wusste, dass ich mit dem Lernen voll beschäftigt war:

„Hallo Adam! Geht es dir gut?"

„Hallo Darin. Ja, gut und dir?"

„Mir geht es auch ganz gut. Danke. Du fehlst mir!"

„Du mir auch!"

Darin fiel meine einsilbige Antwort auf, und sie schwieg für einen Moment:

„Okay danke! Ich wollte dich fragen, weißt du, warum der Laden von Onkel Ilias zu ist? Ist er krank?"
„Ich weiß nicht. Ist der Laden geschlossen?"
„Ja. Vorgestern habe ich eingekauft und das ist mir aufgefallen. Heute auch."
„Ich rufe ihn sofort an!"
Ich war für einen Moment schockiert und beunruhigt. „Wie konntest du ihn vergessen?! Wo ist dein Gewissen?", haderte ich mit mir selbst. „Kann es sein, dass ihn etwas Schlechtes widerfahren ist? Hat auch er mich verlassen? Nein! Bitte, Gott, lass Onkel Ilias mich nicht verlassen! Lass ihn bitte weiterleben!" Ich lief zu ihm nach Hause und hatte Gänsehaut, die durch jede Zelle meines Körpers floss. Es war das erste Mal, dass ich etwas von Gott wollte, nur unbewusst, weil ich ihn gar nicht kannte. Vielleicht war meine Besorgnis sinnlos? Nun, die Angst vor dem Verlust der liebsten Menschen in meinem Leben begleitet mich bis heute. Indem ich viel verloren hatte, wurde ihre Existenzberechtigung nur noch stärker.

Ich ging gleich zu ihm nach Hause, statt ihn anzurufen. Onkel Ilias war ein relativ einsamer Mensch. Er war ledig, seitdem er aus der Sowjetunion in die Heimat zurückgekehrt war. Dort hatte er sich in eine russische Frau verliebt, und sie wollten heiraten. Aus irgendeinem Grund, den er nie verriet, kam es nicht dazu. Seine Gesichtszüge erbleichten jedes Mal, wenn jemand seine Jungendzeit in Sankt Petersburg erwähnte. Er lebte in einer kleinen Wohnung mit seiner älteren Schwester, Tante Maisaa, und seinem Vater, Abo Ilias, dem zweiten Freund meines Opas, in Damaskus.

Ich klopfte an der Tür und Onkel Ilias machte sie auf, lächelte mich nett an und ließ mich eintreten. Er hatte einen dunkelblauen Pyjama an, sein Bart war gewachsen und seine

Haare waren verwuschelt und teilweise grau. Bestimmt hatte er seit langer Zeit seine Haare nicht gefärbt. Ich setzte mich auf das Sofa im Wohnzimmer, und Onkel Ilias ging in die Küche, um Kaffee zu kochen.

Das Wohnzimmer sah so klassisch und eintönig aus. Zwei dunkelrote Sessel. Auf einem davon lag ein russisches Exemplar des Romans „Anna Karenina" von Lew Tolstoi. Vor mir war eine Kommode, auf ihr stand ein alter Fernseher, der mit einem roten Tuch bedeckt war. In der Mitte des Raumes gab es einen kleinen Tisch, der auch mit einem roten Tuch fast bis zum Boden bedeckt worden war. Die Holzrahmen der Fenster waren veraltet und die bunten Tapeten sahen schon fast schummrig aus. An der Wand über dem zweiten Sessel hing ein Bild von Maria und vor mir, über dem Fernseher, ein altes Bild von Onkel Abo Ilias. Wie er dort saß, mit der Hand an seinem Krückstock, sah er aus wie Winston Churchill, nur ohne Zigarre in der Hand!

Der Kaffeegeruch breitete sich in der Wohnung aus und umarmte meine Seele, bevor Onkel Ilias mit einem Kaffeekännchen aus gelbem Kupfer und zwei Tassen ins Zimmer kam. Er setzte sich auf den Nachbarsessel, nachdem er den Roman aufgehoben und auf den Tisch vor mich geworfen hatte:

„Konntest du den Titel erkennen?"

„Anna Karenina! Ich konnte den Namen von Tolstoi lesen!"

„Kennst du das russische Alphabet?"

„Ein paar Buchstaben konnte ich erraten und ich wusste, welcher Roman von ihm das war."

„Hast du den Roman gelesen?"

„Ja, auf Arabisch, das Buch habe ich im Laden gelesen. Hast du's vergessen?"

„Ja, stimmt. Du hast viel gelesen. Gefiel der Roman dir?",
fragte Onkel Ilias seufzend.

„Alle sagen, er wäre herrlich. Mir hat er aber nicht gefallen."

„Ich finde ihn auch herrlich."

Ich guckte den Roman und dann Onkel Ilias, der unzufrieden aussah, an:

„Ich konnte Anna weder verstehen noch beurteilen. Und das Verhalten ihres Mannes konnte ich auch schwer nachvollziehen."

Er lächelte mich an, gab mir die Kaffeetasse und fragte:

„Warum bist du heute gekommen? Du musst jetzt lernen und keine Minute verlieren. Ich will dich eines Tages als erfolgreichen Anwalt sehen!"

„Eigentlich wollte ich dir dieselbe Frage stellen. Was machst du hier?"

Er lachte laut und antwortete ironisch:

„Das ist mein Zuhause, Junge. Fragst du mich im Ernst, was ich zuhause mache?"

„Ich meine, warum gehst du nicht zur Arbeit?", präzierte ich lächelnd meine Frage.

„Ich fühle mich krank."

Ich wusste, dass er nicht die Wahrheit sagte. „Aber was ist mit ihm? Hatte er sich an meine Anwesenheit so gewöhnt, dass ihm die Arbeit zu schwer fiel, nachdem ich ihn verlassen hatte?", fragte ich mich, während die Gewissensbisse mich quälten. „Junge, die Welt dreht sich nicht nur um dich!" setze ich meine Gedanken fort.

„Willst du den Laden nicht nochmal öffnen?", fragte ich ihn.

„Doch, mein Junge, aber nicht jetzt. Ich brauche ein bisschen Ruhe. Mein Vater ist auch krank und braucht uns."

„Wenn du willst, kann ich ab morgen den Laden öffnen und..."

Er unterbrach mich schnell:

„Das Einzige, was du jetzt tun musst, ist lernen. Lass alles andere erstmal sein. Und jetzt, willst du den Opa nicht begrüßen?" Mein Körper zuckte zusammen, meinte er etwa meinen Großvater Abu Hisham? Doch er fuhr fort:

„Der Opa, Abo Ilias, vermisst dich und freut sich, dich zu sehen." Abu Ilias? Das war nicht mein Opa, sondern sein Freund, der Vater von Onkel Ilias.

Nachdem ich die Wohnung verlassen hatte, rief ich Darin an und wir verabredeten, uns an der Uni zu treffen, bevor sie nach Hause ging. Darin begrüßte mich kühl und fragte mich auf dem Weg in die Cafeteria nach Onkel Ilias:

„Wie geht es ihm? Ist er in Ordnung?"

„Er hat nicht erzählt, was mit ihm los ist. Aber er wirkt irgendwie sehr traurig."

„Er fühlt sich bestimmt einsam ohne dich. Bleib in seiner Nähe! Er mag dich sehr."

Darin schwieg für eine Weile und setzte dann fort:

„Übrigens, nicht nur er!", sagte sie mit einer schon fast vorwurfsvoll klingenden Betonung, während sie versuchte, ihre Verlegenheit zu überspielen und sich ziellos umschaute. Die Stille dominierte die Atmosphäre, als ob die Welt für eine Sekunde stehenblieb.

„Adam, weißt du was? Du musst dich nicht unter Druck gesetzt fühlen! Ich finde es gut, dass du die Arbeit eine Zeit lang aufs Eis legst. Ich hatte Angst, dass du total mit der Arbeit beschäftigt sein würdest und dann keine Lust mehr hättest, zu lernen. Das wäre richtig blöd. Du bist aber, wie ich dich kenne, vernünftig und klug, und vor allem, du enttäuschst mich nie!"

„Ich werde Onkel Ilias immer besuchen. Ich lasse ihn nicht allein!", versicherte ich ihr.

„Und dir geht es mit dem Lernen gut, Adam?"

„Alles gut, und dir? Was macht die Uni?"

„Alles super!", antwortete sie. Doch ihre Stimme klang unglücklich. Sie wandte sich mir zu:

„Adam, du musst die Prüfung schaffen, das weißt du, oder? Alles andere passt zu dir und zu deinem Bild, das ich von dir habe, nicht! Schaffe das und mach mich glücklich!"

„Hab keine Angst, Darin. Alles wird gut, solange du auf meiner Seite stehst!"

Darin richtete ihre Sonnenbrille auf und presste ihre Lippen zusammen, während sie ihre Hand nach mir ausstreckte und mit ihren Fingern meine Hand liebkoste. Ich hielt ihre Hand fest und konnte ihr ein zaghaftes Lächeln entlocken.

Darin fragte mich, ob wir nicht zusammen nach Hause gehen wollten. Ich entschuldigte mich mit der Ausrede, dass ich zum Institut gehen müsse, um die Mitschüler zu fragen, was ich verpasst hatte. Sie schlug vor, mich zu begleiten, aber das wollte ich nicht:

„Mach dir keinen Kopf! Geh einfach nach Hause, wir sehen uns später!"

„Okay! Komm nicht zu spät nach Hause, und richte deinen Freunden meine Grüße aus, deinen Freundinnen auch!", sagte sie etwas aufgeregt und grinste spöttisch.

Sie wusste bestimmt nicht, dass sie mich damit verletzte. Ich hatte sowieso keine Freunde oder Freudinnen, die ich nach Unterrichtsstoff fragen konnte. Nur aus Angst wollte ich Darin nicht nach Hause begleiten. Der Geist von Buthaina verfolgte mich ständig und ganz besonders dann, wenn ich mit Darin zusammen war. Außerdem hatte die Zeit Jasmins Hass geschärft, und ihre Feindseligkeit mir gegenüber wurde immer deutlicher. Darin und Jasmin waren nicht mehr zwei heranwachsende Schwestern, die sich einfach nicht mochten. Ich hatte immer gehofft, Jasmin würde mit der Zeit wachsen und ihre ältere Schwester besser kennenlernen.

Darin hat sich Jasmins Verhalten nie zu Herzen genommen. Das aber nahm Jasmin als Gleichgültigkeit wahr, was sie noch mehr gegen ihre Schwester aufbrachte.

8

Die Prüfungen hatten noch nicht begonnen, aber ich fühlte mich schon vorher vollkommen erschöpft. Ich saß auf der Straßenseite vor dem Institut und heulte los wie nie zuvor. Ich nahm mein Handy aus der Tasche und wählte Darins Nummer, schwankte noch hin und her, ob ich sie anrufen sollte oder nicht, bevor ich mein Handy wieder in die Tasche steckte. Ich dachte daran, Onkel Ilias im Laden zu besuchen, da er ihn vor ein paar Tagen wieder geöffnet hatte. Ich wollte aber doch niemanden sehen und mit niemandem sprechen, außer mit meinem Opa.

Ich stand auf, wischte die Tränen aus den Augen, klopfte meinen staubigen Hintern mit beiden Händen kräftig ab und brach zum Friedhof auf. Ich lief durch die alte Stadt in Damaskus, die ich mit meinem Opa kennengelernt hatte, hielt bei einem Blumenladen, kaufte drei weiße Rosen und ging weiter.

Die traditionellen Häuser im alten Damaskus stehen so nah beieinander, dass man den Eindruck bekommt, sie seien ineinander gebaut. An den äußeren Wänden klettern Weinlaubblätter und arabischer Jasmin hinauf. Sie klammern sich an die Wände, als wären sie untrennbar verbunden, wie in einer ewigen Liebe.

Jedes Stadtviertel in Damaskus hat seine Eigentümlichkeit. Die Düfte in Bab Tuma zum Beispiel kann man mit keinem anderen Geruch auf der Welt verwechseln. Schon kurz bevor ich dort ankam, atmete ich den Geruch von Barada und den gerösteten Knabbereien ein. In „Bab Tuma" gibt es fast nur Cafés und Restaurants.

Die Geräusche der Menschen wurden lauter und mischten sich mit den Geräuschen der Shishas und des Wassers von den Springbrunnen, die im Hof jedes alten Damaszener-Hauses sprudeln. Das Wasser dort hat auch seinen besonderen Geruch. Es duftete nach den Steinen, aus denen die Wasserbecken gebaut worden waren. Die Weinlaubblätter verbanden einst die beiden Straßenseiten wie eine grüne Brücke, die auch die Herzen der Bewohner verband. Man sah sehr selten eine unbedeckte Straße im alten Damaskus. Die Sonnenstrahlen drangen kaum durch die Blumen und Blätter, die einen kühlen grünen Himmel bildeten.

All diese Schönheit wurde mit der Zeit dazu genutzt, Touristen herzulocken, während die eigenen Bewohner mehr und mehr zu Fremden in der eigenen Stadt wurden. Ich richtete meinen Blick auf die steinigen Wände. Sie bewahrten die Namen der vielen Liebenden, die ihre Namen in den Stein eingraviert hatten, bevor sie sich im Schutz der Dunkelheit der Nacht heimlich küssten. Die Wände waren nicht die „Hefte der Verrückten", wie man uns immer gesagt hatte, sondern die Zuflucht für die ehrlichsten Worte, die man sonst nirgendwo lesen oder hören konnte.

Unterwegs fing es an, nach frischem Brot zu riechen, und das Straßenbild wurde zu einem Wimmelbuch voller Gesichter von Touristen. Ich betrachtete ihre Gesichter und strengte mich an, vor den Linsen ihrer Kameras zu fliehen, da es auch eine Straftat sein könnte, vor Touristen traurig oder gar unzufrieden zu wirken. Endlich gelang es mir, aus dem Strudel der Menschen mit meinen drei Rosen rauszukommen.

Das Grab war sauber und mit grüner Myrte und bunten Blumen bepflanzt. Ich wusste, dass dies Darins Werk war. Ich wusste auch, dass meine Eltern irgendwo in der Nähe ruhen.

Wo genau, wusste ich allerdings nicht mehr. Ich betrachtete lange den Namen meines Opas und sein Geburts- und Todesdatum auf dem Grabstein. Siebenundsiebzig Jahre hatte er gelebt. Geboren wurde er im Jahr der Verfassungsankündigung der ersten syrischen Republik, also in einer unruhigen, krampfhaften Phase der Geschichte unseres traurigen Landes. Unter dem französischen Mandat in Syrien und im Libanon erlebte er als aktiver, hoffnungsvoller Junge die Zeit der Unabhängigkeit, Jahre voller Chaos und immer neuer Militärputsche. Damaskus schlief zu dieser Zeit mit einer Regierung ein und wachte unter einer anderen wieder auf. Er hatte die Einheit von Syrien und Ägypten und den letzten Putsch zwei Jahre nach der Abspaltung der jungen Arabischen Republik – wie republikanisch sie war, sei dahingestellt – durchgestanden. Sein späteres Leben ging einher mit langen Jahrzehnten von Unterdrückung. Der Beginn dieser Phase hinterließ die ersten Schlagspuren bei meinem Opa, nur weil er seine Unzufriedenheit mit der politischen Macht erkennen ließ. Diese Macht, die er selbst zuvor befürwortet hatte.

Er hatte in eins seiner Tagebücher geschrieben. Dort las ich, ganz gefesselt von den Worten.

Diese Schläge waren nicht für mein Gesicht, sondern für die Wangen der Heimat. Nicht nur ich habe sie erlitten, sondern die Würde jedes Menschen hierzulande wurde mit Schlägen traktiert. Dieses Land, das zu einem riesengroßen Gefängnis wurde, dessen Mauern mit Steinen aus Angst und mit Beton aus Blut und Fleisch der Bürger gebaut worden sind. Die Wunden dieser Heimat kann nur ein Aufstand heilen. Das Feuer dieses Aufstandes werden aber nicht feige Leute wie ich anzünden, sondern eine mutige Generation, die nicht so erzogen ist wie wir.

Nur diese Generation wird diesen Herbst zu einem endlosen Frühling machen!

Er bezeichnete sich selbst als feige und schien komplett hoffnungslos, als habe er jeden Mut aufgegeben. Ich spürte, wie ähnlich ich in diesem Moment meinem Opa war, wie schwach und aufgebraucht ich war, und ganz leer. Ich wusste nicht, was das Schicksal für mich noch vorbereitet hatte: „Wieso belaste ich mich mit dem Lernen und beschäftige mich so intensiv mit der Zukunft?", fragte ich mich. „Ich habe keine Familie und keine Freunde. Was sollte ich mit diesem Erfolg machen?" Mein Opa hätte sich für mich gefreut. Er hatte mich immer unterstützt, und deshalb versuchte ich, ihn in seinem Grab mit meinem Erfolg in der Schule und später im Studium glücklich zu machen, denn er wollte schon immer, dass ich Erdöltechnik studiere, was nicht wirklich mein Wunsch war.

Ich hätte ihm erzählt, wenn er noch da wäre, dass ich ihn brauche, dass Darin mich liebte und ich wusste, wie falsch das war. Ich wollte schreien, bis die Toten um mich herum aufwachten und ich meinem Opa sagen könnte, dass er mir fehlte und dass er mir sagen müsste, was ich tun soll. Ich wollte an seiner Schulter weinen und ihm sagen, dass ich zu jung war, um das Leben allein zu bestehen. Ich wollte ihm gestehen, dass ich trotz all des Leidens und Unrechts die Wohnung meines Onkels aus Angst vor dem Leben draußen nicht verlassen wollte. Da musste mich die allergrößte Frage nochmals stechen, nämlich, warum meine Eltern mich zu früh zurücklassen mussten. Sie verließen mich als Kleinkind, das nicht einmal ihre Gesichter in seinem kleinen Gedächtnis behalten konnte. Sie verließen mich als Kleinkind, dem ein

Küsschen von der Mama auf die Stirn fehlte, ein Küsschen, das ihm das Gefühl des Menschseins geben konnte.

Ich küsste die steinerne, weiß gekälkte Grabstele und suchte die Gräber meiner Eltern. Dort gab es einfach überall nur Gräber. Alle, die dort lagen, waren gestorben. Aber hatten sie zuvor alle wirklich gelebt?

Es gab nichts um mich herum, außer Stille und Gräber. Ganz viele Namen. Das Datum der fröhlichen Geburt und des traurigen Todes. Und zwischen den beiden Daten liegen viele Tage und Jahre, die das Leben in diesem elendigen Land ausmachten. Ich fragte mich: „Haben die Gräber diejenigen rehabilitiert, die das Leben tyrannisiert hatte? Waren die Müden jetzt zur Ruhe gekommen? Hat die Gerechtigkeit des Himmels die Gläser der Verzweifelten mit Hoffnung und Freude gefüllt? Und die Herzen der Besiegten mit Triumph? Und die Seelen der Ängstlichen mit Frieden?"

Die Sonne zog sich zurück, verschwand hinter dem weiten Horizont. Ich stand immer noch zwischen den Gräbern tausender Menschen. Die Angst überflutete mein Herz langsam. Ich unterbrach meine Suche und ging mit den beiden Rosen, die ich noch in den Händen hielt, wieder nach Hause.

Gegen neun Uhr kam ich Zuhause an. Ich kam normalerweise sogar später nach Hause, und obwohl Buthaina mich nur selten ansah, konnte ich vor ihren böshaften Blicken doch kaum fliehen. Sie beschwerte sich immer wieder darüber, dass sie und ihre Töchter sich nicht wohl fühlten, weil ein „fremder" Mann in derselben Wohnung lebte. Deshalb bemühte ich mich, so viel Zeit wie möglich draußen zu verbringen.

Ich stand deprimiert vor der Tür und klingelte. Ich hatte nie einen Schlüssel und musste oft vor der Tür warten, immer wenn noch keiner zuhause war, was mir das Gefühl gab, nur ein ungebetener Gast zu sein. Jasmin machte mir die Tür auf, warf mir einen flüchtigen Blick zu und drehte sich gleich wieder um. Ich ging schnell in mein Zimmer, legte die beiden Rosen auf den Schreibtisch, zog mich um und legte mich ins Bett. Ich wollte ganz tief in den Schlaf sinken. Kaum war ich eingeschlafen, klopfte es an der Tür. Ich stand auf und öffnete sie vorsichtig. Da stand mein Onkel Hisham und fragte lächelnd, ob er mich sprechen könne.

„Komm rein, Onkel!", sagte ich ihm.

„So schnell bist du eingeschlafen, Adam?"

„Nö, noch nicht. Aber ich wollte schlafen", erwiderte ich und bot ihm einen Stuhl an.

„Oh! Wo hast du diese schönen Blumen her?", fragte er mich und grinste.

„Ich habe sie entlang der Straße gefunden und dachte mir, sie in ein Glas Wasser zu legen, damit sie nicht sterben."

Mein Onkel lachte und setzte wieder an:

„Sie sehen aber sehr hübsch aus! Ich wollte nur nach deiner Prüfungsvorbereitung fragen. Läuft alles gut? Darin hat mir erzählt, dass du deine Prüfungen schon bald hast."

„Ja genau. Ich habe die erste Prüfung nächste Woche", antwortete ich in einem Ton, der ihm implizit sagte: Stell bitte keine weiteren Fragen!

„Viel Erfolg, mein Kleiner! Wenn du etwas brauchst, sag Bescheid! Du weißt, ich liebe dich wie meine Töchter!"

Er sagte seinen letzten Satz in einem zarten und liebevollen Ton. Dieser Ton in meinem Ohr – als ob ich die Stimme meines Opas berühren könnte. Ich konnte in ihm zum ersten Mal meinen Opa sehen. Er ähnelte ihm mit seinen immer grauer werdenden Haaren und den deutlichen Falten in seinem Gesicht. Ich blickte in seine Augen und mir kam ein Zitat von

Garcia Gabriel García Márquez in den Sinn, das ich einmal gelesen hatte: „Der Mann weiß, dass er schon alt ist, wenn er anfängt, wie sein Vater auszusehen." Ich wollte ihm sagen: „Du bist schon fast ein Greis, Onkel. Willst du nicht endlich mal ein Mann werden und deine sadistische Ehefrau stoppen? Bist du nicht der Bruder meines Vaters? Gab es deinen Bruder einmal? Gibt es mich überhaupt? Oder ist das alles nur eine große Lüge?" Ich begnügte mich aber, wie immer, damit zu schweigen, während meine Augen ihn mit diesen ganzen Fragen löcherten. Er stand auf und sagte: „Viel Erfolg, Adam! Du warst immer fleißig. Um dich muss ich mir keine Sorgen machen!"

Nachdem er die Tür zugemacht hatte, weinte ich lautlos in mein Kissen. Irgendwie war ich nicht böse auf ihn, sondern auf mich selbst! Warum sagte ich ihm nicht, was ich sagen wollte? Warum sagte ich ihm nicht, dass ich ihn brauchte? Warum erzählte ich ihm nicht, dass die Angst mich zerriss?

Stattdessen flüchtete ich mich in Verachtung: „Ich hasse meinen Onkel", flüsterte ich immer wieder. „Er verdient meinen Respekt und meine Liebe nicht! Er ist nichts als ein Schurke. Er gibt vor, mich zu lieben. In der Tat aber unterwirft er sich seiner Frau. Ich bin mir sicher, dass er sie um Erlaubnis gebeten hat, bevor er zu mir ins Zimmer kam. Verdammt. Geh zum Teufel, Hisham!" All das ging mir unkontrolliert durch den Kopf, am liebsten hätte ich meinem Onkel ins Gesicht gespuckt. Dann schlief ich langsam ein, während ich immer noch mich selbst und Hisham beschimpfte.

9

Ich wachte am nächsten Morgen etwas später auf als sonst. Bevor ich zum Institut ging, wollte ich meine Flasche mit Wasser füllen. In der Küche traf ich auf Jasmin:
„Guten Morgen, Jasmin!"
„Morgen."
„Geht es dir gut?", fragte ich sie, während das Wasser aus dem Wasserhahn in die Flasche rieselte.
„Gut. Du musst etwas auf dein Verhalten aufpassen, okay? Ich habe gestern die Rosen gesehen, die du mit nach Hause gebracht hast. Was werden jetzt die Nachbarn sagen, wenn sie dich mit Rosen nach Hause kommen sehen? Ich habe meiner Mama nichts erzählt, nur damit du weißt, dass ich nicht schlecht bin, wie du denkst. Aber pass auf, okay? Das ist besser für dich! Gut?"

Die Flasche war voll mit Wasser, das auf meine Hand abfloss, als ich ihr zuhörte, genauso wie mein Herz mit Hass zu diesem blöden Mädchen übervoll wurde. Sie wusste nicht, dass ich die zwei Rosen auf das Grab meiner Eltern legen wollte. Meine Eltern, deren letzte Ruhestätte ich nicht einmal kannte, nur weil ihr sie mir nie gezeigt habt. Meine Eltern, mit denen ich nicht einmal auf einem Foto zusammen war, an die ich keine Erinnerungen habe, und nicht einmal von einer warmen Umarmung noch etwas weiß. Ich glaube, sie hatten mich oft umarmt, aber was bringt das, wenn ich nichts davon im Gedächtnis abrufen kann? Ich wollte Jasmin anschreien, ihr auch ins Gesicht spucken. Sie war aber meine Cousine! Nein, das war nicht der Grund, warum ich es nicht getan habe, sondern nur, weil sie Darins Schwester war. Sie ist aber zugleich Buthainas Tochter! In ihren Augen sehe ich ihre

Mutter mit all ihrem unbegründeten Übel und dem Hass. Aber in Darins Augen kann ich niemand anderen sehen, außer Darin selbst. Darin und ihre Liebe und Zärtlichkeit. Sie mit ihrer Einzigartigkeit und Außergewöhnlichkeit. Darin, Buthainas große Tochter, die mich unglaublich liebte.

Als ich unterwegs zum Lerninstitut war, ging mir nur eins durch den Kopf, und zwar, dass ich Darin gern sehen wollte. Doch selbst jetzt, wo ich sie treffen und mit ihr ausgehen konnte, tat ich es nicht, aus irgendeinem Grund.

10

Meine erste Prüfung war Erdkunde – das Fach, das ich tiefgründig hasste. Jedes Mal, wenn ich das Lehrbuch für Erdkunde in meinem Rucksack trug, fühlte ich seine Last, die schwerer zu sein schien als all die Berge, Meere und Länder, mit denen das Buch voll war.

Ich wollte das Abitur im literarischen Bereich machen – nicht, weil ich es mochte, sondern weil ich die naturwissenschaftlichen Fächer und vor allem die Mathematik verabscheute. Als ich in der dritten Klasse war, mussten wir das Einmaleins lernen – und unser Lehrer hatte eine Unterrichtsmethode, mit der er alle anderen Lehrer dieser Welt übertraf. Er fragte uns nach dem Ergebnis einer Multiplikation, und wenn ein Schüler eine falsche Antwort gab oder sie nicht wusste, gab ihm der Lehrer mit seinem Holzstock genauso viele Schläge auf die Hände, wie die richtige Antwort lautete, „damit der Schüler die Antwort bloß nie wieder vergisst", so der Lehrer. Damit hatte er sogar Recht. Wie könnte der arme Schüler die Antwort wieder vergessen, wenn er, um sie zu erlernen, dermaßen litt und dabei fast die Hände gebrochen bekam?! Um Schläge zu vermeiden, habe ich deshalb immer so gut Mathe gelernt, wie ich nur konnte, denn allein der Anblick des Holzstockes hat mich erstarren lassen. Ich wiederholte die Aufgaben, die ich lösen musste, immer wieder aufs Neue, bis es ausgeschlossen war, dass ich falsch liegen konnte. Und so hasste ich in meinem tiefsten Inneren die Zahlen und das Rechnen genauso wie den Holzstock.

Ich weiß noch, dass der Vater eines Klassenkameraden den Holzstock gemacht und mit Schwarz-Weiß-Aufklebern streifenweise verziert hatte. Der Lehrer hat uns immer wieder mit seiner „entzückenden", steinharten Waffe zugewunken und dabei ein in unsere Köpfe eingebranntes Sprichwort wiederholt: „Der Stock ist aus dem Paradies!" Am ersten Schultag kam der Lehrer in den Klassenraum und hat jeden Schüler gefragt, was sein Vater von Beruf war. Ich war der Dritte, der gefragt wurde:

„Und du? Was arbeitet dein Vater?"

Ich schwieg und wusste nicht, was ich ihm antworten sollte.

„Was ist mit dir? Hat der Kater deine Zunge gefressen? Was arbeitet dein Vater?", wiederholte der Lehrer seine Frage mit einer ernsteren Betonung.

„Ich lebe im Haus meines Onkels", antwortete ich zögerlich.

„Wo ist denn dein Vater?"

Ich schwieg wieder und fing an, meine Tränen herunterzuschlucken. Der Lehrer raufte sich fast die Haare und kam mir vor Wut kochend näher:

„Du, respektloser Junge! Wenn ich frage, antwortest du! Du willst bestimmt am ersten Schultag in die Mäuse-Stube gehen!", sagte er und packte mich am Arm.

„Meine Eltern sind im Paradies", antwortete ich mit Tränen in den Augen und strengte mich an, um die Worte deutlich auszusprechen.

„Setz dich!", sagte er und ließ meinen Arm wütend wieder los.

Als der Lehrer einen Mitschüler ansprach, dessen Vater Tischler war, erteilte er ihm verheißungsvoll einen Auftrag:

„Dann sagst du deinem Vater, der Lehrer Hakam braucht einen schönen Holzstock. Sag ihm, er soll lang genug und etwas schmal sein. Und unbedingt aus Buchenholz!"

Der Lehrer beschrieb seinen Wunschstock so, als ob er seine Traumfrau vor Augen hatte. Genüsslich und in einer sadistischen Art und Weise verbildlichte er dem Schüler, der stolz und zufrieden lächelte, die Eigenschaften des Stockes, der uns quälen und terrorisieren sollte.

Der Schulkamerad kam am nächsten Tag und brachte den Holzstock als Geschenk von seinem Vater mit, der ausrichten ließ, dass er diesen gerne angefertigt hatte. Der Vater hatte das Folterwerkzeug angefertigt, das uns durch das ganze Schuljahr begleitete. Ich musste mich in dem Moment unweigerlich fragen, ob mein Vater auch dasselbe getan hätte, wenn er am Leben wäre. Das war das erste Mal, das ich mir meinen Vater böse vorstellte.

Jedenfalls gelang es mir, den Holzstock erfolgreich zu meiden. Woran ich aber scheiterte, war der Gewalt des Schulleiters zu entkommen – nicht, weil ich faul oder ein Krawallmacher war, sondern wegen der Fahne. Die Ohrfeige spüre ich bis heute auf meiner Wange, wenn ich jene Flagge sehe.

Ich war ungefähr zehn Jahre alt, zu dünn und schwach im Vergleich zu den anderen Kindern in meinem Alter. Ich versuchte aber immer wieder, mich zu zeigen, und mir selbst zu beweisen, dass ich wie alle war. Es war ein kalter Tag und ich lief im Schulhof in der Pause mit einem Käsebrötchen herum, das mir mein Opa gemacht hatte. Die Pause war fast um, der Himmel grau und der Boden nass. Trotzdem war der Schulhof mit spielenden Kindern überfüllt.

Als ich ins Brötchen biss, schubste mich ein Schüler von hinten, und ich fiel auf den Boden. Das Brötchen flog aus meiner Hand in die Luft. Die Schüler begannen, lachend um mich herum zu springen, dann warf sich einer nach dem anderen auf mich drauf. Ich spürte ihre Körper, deren Gewicht und den Druck, der immer größer wurde, bis sie mir letztendlich die Luft und das Licht abschnitten, sodass ich ihr lautes Kreischen irgendwann nicht mehr mitbekam. Ich schrie und schrie, doch meine schwache Stimme prallte an ihren Körpern ab, erstickte und verschwand.

Es war das erste Mal, dass ich mir die Hässlichkeit des Todes vorstellen konnte. Ich war gemahlen unter dem Körperhaufen und wollte nur eins – raus und weiterleben.

Ich konnte mir jene schreckliche Szene aus meiner Vergangenheit nun zum ersten Mal wieder gut vergegenwärtigen. Menschen sammelten sich um mich und reichten mir die Hände, während ich in dem umgekippten Auto feststeckte. Es war entsetzlich eng und erdrückend – so wie unter all diesen Kindern.

Die Kinder fingen langsam an, von mir abzulassen, und ich konnte wieder das Licht des Lebens spüren. Die Schüler lachten hämisch, und es gab ein paar Mädels, die lächelnd und betrübt zugleich dastanden.

Weinend ging ich zu den Toiletten, um mir die Hände und das Gesicht zu waschen, was mich daran hinderte, pünktlich dem Fahnenappell beizutreten. Das war ein Ritual, das wir sonntags und donnerstags aufführten. Die Schülerinnen und Schüler – die kleinen Soldaten – stellten sich in Reihen auf, sangen die Nationalhymne und wiederholten das Motto der regierenden Baath-Partei, während sie den Arm nach oben streckten, in einer dem Hitler-Gruß ähnlichen Art. Ich rannte, damit ich den Fahnenappell nicht verpasse. Nur lief ich unglücklicherweise dem Schulleiter über dem Weg. Er stellte sich vor mir mit dem Holzstock in der Hand und starrte mich wütend an. Er war ein großer Mann, mit einem riesigen Kopf und tatzenähnlichen Händen. Er hatte einen großen Schnurrbart, wie der von Super Mario. Meine Beine zitterten, und ich konnte mich kaum aufrechthalten. Ich stand wie ein Hase vor der Flinte und traute mich nicht einmal, zu versuchen, meine Verspätung zu begründen oder gar zu entschuldigen. Vor Angst senkte ich meine Augen zu Boden, während der Schulleiter mein Gesicht packte, seine Hand auf meine linke Wange mit einer erbärmlichen Ohrfeige klatschen ließ und dabei anfing, wie verrückt zu schreien. Ich ging danach zur Reihe und ordnete mich ein, während die Tränen über meine vor Schmerz glühende Wange rannen. Ich sang an diesem Tag die Hymne zum ersten Mal nicht mit, blickte zur flatternden Fahne, ohne sie zu grüßen, und alle Schüler außer mir skandierten: „Einheit, Freiheit, Sozialismus!"

11

Die Prüfungsphase war eine verhängnisvolle Hölle, und ich wünschte nichts anderes als deren Ende zu überleben. Jedes Mal, wenn ich den Prüfungsraum betrat, krabbelte die Angst zu meinem Herzen. Der Reihe nach spürte ich Schwindel, Schluckstörungen, heftiges Schwitzen und Zittern, das ich kaum kontrollieren konnte. In der Tat bezog sich meine Angst nicht auf die Prüfung selbst, da ich fast immer gut vorbereitet war, sondern auf die Aura, die die Prüfungen umgab. Ich beobachtete die drei Prüfer, die stirnrunzelnd durch den Raum wanderten und jeden Schüler verärgert anglotzten. Und wenn ein Prüfer an mir vorbeilief oder mich anblickte, wehte der Horror in mir, obwohl ich nie einen Täuschungsversuch beging. Das brauchte ich nämlich gar nicht.

In der Religionsprüfung war ich relativ früh fertig und wartete auf die Abgabezeit, damit ich endlich aus dieser Hölle rauskommen würde. Ich schaute den Prüfer genauer an. Er war ein Mittvierziger, er hatte dichte Augenbrauen und eine Stupsnase. Sein gestutzter Bart glänzte vor Schweiß. Mit seinen scharfen Gesichtszügen und Blicken sah er Buthaina sehr ähnlich. Er war fast ein Ebenbild von ihr, sodass ich mir dachte, er wäre ihr Bruder. Ich hielt es nicht aus, ihn länger als ein paar Minuten zu betrachten, und wartete noch sehnlicher auf das Signal für die Abgabe.

Als ich aus der letzten Prüfung rauskam, war ich zufrieden, erleichtert und sicher, dass ich die Schule endlich hinter mir hatte. Draußen wartete Darin auf mich, genau wie ich es erwartet hatte. Als sie mich sah, rannte sie zu mir und umarmte mich liebevoll. Ich umarmte sie auch, nicht nur körperlich, sondern mit meiner Seele. Meine Seele tanzte zwischen ihren

Armen. Es war nicht nur das erste Mal, das Darin mich umarmte, sondern auch das erste Mal, das mich eine Frau in die Arme nahm. Ich vergaß für einen Augenblick, wer ich war, wo ich war und wer Darin war. Das Treffen unserer beiden Körper war wie die Berührung zwischen der durstigen Erde und den ersten Regentropfen nach einer langen Dürre. Es fühlte sich an, als würde ich zum ersten Mal in meinem Leben einen Menschen anfassen. Ich entdeckte zum ersten Mal den Sinn, die Nähe anderer Menschen spüren zu können, dass ich mit den anderen körperlich interagieren kann. Meine Angst und Aufregung verschwanden, und ich wollte so lange wie möglich mit Darin in unserer Umarmung verbleiben. Doch sie nahm die boshaften Blicke der anderen Schüler wahr. Langsam und ruhig entfernte sie sich wieder von mir und sah in meine Augen, während aus ihren eigenen Tränen flossen.

Ich wusste, dass ein neues Kapitel meines Lebens begonnen hatte. Schon vor den Prüfungen war mir klar, was ich zu tun hatte. Nur Buthaina konnte sich nicht mehr so lange beherrschen und sagte es mir ins Gesicht: „Du bist jetzt ein Mann. Stell dir vor, du hättest einen Bruder, müsstest du in diesem Fall jetzt nicht zum militärischen Pflichtdienst? Oder müssten wir für dich auch noch Geld zahlen, damit du befreit wirst? Ich habe zwei erwachsene Töchter zuhause! Die Nachbarn haben schon angefangen, über uns zu reden. Du musst für dich jetzt eine Bleibe finden!" Sie sagte das alles, während sie die Teller vom Esstisch räumte, ohne mich einmal anzublicken oder darauf zu achten, ob ich ihr zuhörte oder nicht. So, als ob sie mit sich selbst gesprochen hätte. Ich reagierte nicht und ging weg. Darin war in der Nähe und hatte alles mitbekommen. Als ihre Mutter sie sah, schrie sie sie an und befahl sie, in ihr Zimmer zu gehen und nicht mehr rauszukommen, bis ich die Wohnung verlassen habe.

12

„Adam, weißt du was? Du erinnerst mich so sehr an meinen Opa!"

„Unseren Opa, meinst du."

„Genau. Unseren Opa."

„Jasmins Opa auch, oder?"

„Weißt du, ich bin mir sicher, dass sie sich eines Tages ändern wird. Irgendwann wird sie groß sein", sagte sie mir und ließ den Strohhalm in ihrem geliebten Ananassaft kreisen.

Darin wusste sicherlich nicht, was es kosten würde, damit Jasmin sich verändert. Ich wusste das auch nicht. Niemand wusste, welches ungeheure Übel uns erwartete.

„Weißt du schon, was du machen willst? Meine Mutter wird bestimmt noch mehr Druck machen, damit du auszieht. Ich kann es wirklich kaum noch aushalten. Ich werde explodieren!", setzte sie fort und guckte weiter in ihr Glas.

„Ich versuche, ein Zimmer im Studentenwohnheim zu finden. Du weißt, wie schwer das ist. Aber ich will mein Glück probieren."

„Sag mal, kann dir Onkel Ilias nicht helfen? Bestimmt, meines Wissens hat er viele Kontakte."

„In den nächsten Tagen werde ich wieder bei ihm arbeiten und möchte ihn nicht weiter belasten. Ich kümmere mich selbst um die Sache. Ich hoffe, dass ich noch in diesem Jahr einen Platz an der Jurafakultät bekomme, natürlich nur, wenn meine Noten dafür ausreichen."

„Ich hoffe das auch, aber das ist ziemlich weit weg von der medizinischen Fakultät. Du wirst mich trotzdem besuchen, oder?"

„Klar, Darin!"

Als ich am Abend nach Hause kam, wartete auf mich Buthaina. Sie wirkte noch gereizter als sonst. Ich begrüßte sie. Sofort kam auch Darin aus ihrem Zimmer:

„Verschwinde, Mädchen! Und komm heute nicht mehr raus!", schrie Buthaina ihre Tochter an.

Sofort drehte sie sich wieder zu mir:

„Du triffst dich mit meiner Tochter hinter meinem Rücken? Was denkst du, wer du bist? Du Schweinehund, morgen verpisst du dich und kommst uns nie wieder in den Weg. Verstehst du, du ehrenlose Ratte?"

Mein Onkel war zu der Zeit beruflich in Aleppo. Ich wusste nicht, was ich tun sollte. Ich ging zum letzten Mal in mein Zimmer, ließ Buthaina stehen, die wie eine Besessene schrie und heulte. Jasmin hatte uns bei ihrer Mutter angeschwärzt.

13

Ich schlief keine einzige Sekunde. Mit achtzehn Jahren weinte ich wie nie zuvor. Ich lamentierte. Ich weiß immer noch nicht, worum ich genau weinte. Um meine Eltern? Um meinen Opa? Nein, ich denke, was mich zum Weinen brachte, war viel allgemeiner. Das waren meine Ängste. Aber war das die Angst vor der unbegrenzten menschlichen Niedertracht? Die Angst vor der äußeren despotischen Welt, die mich erwartete? Die Angst vor einem kommenden Leben, in dem ich nicht wusste, wie ich überleben sollte? Ich spürte zugleich eine innerliche Ruhe, die mich beunruhigte. Das war keine zufriedene Ruhe, sondern eine leblose Stille, wie die des Friedhofes, wo ich ein paar Tage zuvor gewesen war. Ich fühlte Leere in mir und war deshalb auf einmal so aufgeregt. Ich war allein und vergessen, wie ein einsamer Strohhalm eines Schweinemisthaufens in einem Stall am Rande eines Dorfes, von dem niemand jemals hörte. Ich holte die Zigarettenschachtel, die ich unter dem Bett versteckt hatte, und fing an, gierig zu rauchen, bis ich kotzen wollte. Ich habe mich dann in einen Legokasten hinein übergeben, den mir mein Onkel viele Jahre zuvor aus Kairo mitgebracht hatte.

Ich hatte in der Wohnung nie Freude erlebt, aber nun erschien sie mir anders als sonst. Sie war nicht warm, sie war aber definitiv wärmer und sicherer als draußen, wo ich nun selbst für mich würde sorgen müssen. Mein ganzer Körper erbebte, als ich die Strickmütze meines Opas umschlang. Sie half mir, mich zu sammeln, aufzustehen und zu überlegen, was ich mitnehmen sollte. Alles schien mir überflüssig zu sein, selbst die beiden Tagebücher meines Opas und Darins Brief. Ich zögerte ein paar Sekunden, bevor ich sie in meinen

Rucksack warf. Es war so, als ob alles, was im mich umgab, für mich nichts mehr bedeutete. Das war tatsächlich auch der Fall. Der Weg bis zur Zimmertür war für mich der Übergang in eine Welt, die ich fürchtete.

Ich setzte mich aufs Bett und tauchte wieder in meine Gedanken ein: „Was ist der Unterschied zwischen mir und irgendeinem Hotelgast? Der Hotelgast bekommt ein Zimmer in einem Haus gegen etwas Geld. Mein Fall ist nicht viel anders. Buthaina zog die Miete für meinen Aufenthalt jeden Tag ein. Mein Mietzins war das Erdulden ihres Hasses. Ich hatte das Zimmer schon immer als vergängliches Quartier betrachtet und gewusst, dass das Leben draußen mit all der Unbekanntheit und der Angst auf mich wartete.

Ich setzte die Mütze auf meinen Kopf und stand vor dem Spiegel. Mein Spiegelbild sah seltsam aus. Meine Gesichtszüge zeigten überhaupt keine Gefühle. Mein Aussehen war wie das meines Opas nach seinem Tod, als seine Augen noch nicht ganz trocken waren und man sie noch nicht zugemacht hatte. Jemand klopfte an die Tür. Von mir kam keine Reaktion. Ich schaute weiter den Spiegel an, und das Klopfen ging weiter. Dann wurde die Tür langsam aufgemacht. Es war Darin und sie winkte mir aus dem Flur zu. Ich ging zur Tür und ließ sie herein.

Darin stand vor mir, ihre Augen schwammen in Tränen. Ich war ganz gefühllos und spürte nichts, außer Leere, die mein Inneres beherrschte. Sie hielt meinen Kopf mit ihren kleinen Händen, näherte sich und küsste meine Stirn. Ich wusste eigentlich nicht, ob sie mich oder die Mütze küssen wollte.

„Geh bitte nicht! Wo willst du hin?", sagte sie mir, während ihre Hände meinen Kopf festhielten und sie mich hoffnungsvoll ansah. Sie wartete auf eine Antwort. Ich schwieg weiter und sie setzte noch einmal an:

„Meine Mutter ist gnadenlos und unmenschlich! Du musst mit Papa sprechen. Du bist sein Fleisch und Blut, und er akzeptiert so etwas nicht! Sag ihr, dass du eine Unterkunft suchst und nur bleibst, bis Papa wieder kommt! Bitte!"

„Darin! Ich hasse diese Wohnung, die niemals mein Zuhause war, ich muss hier weg."

„Aber du bist hier mit mir aufgewachsen. Hier lebte auch unser Opa! Wenn man im Schatten eines Baumes zwei Tage hintereinander sitzt, entstehen Gefühle zum Baum! Und ich? Lässt du mich hier allein zurück ohne Sicherheit?"

Ich lief zum Bett, setzte mich darauf und antwortete:

„Darin, ich war schon immer ein Outsider hier. Ein Fremder, der niemandem und keinem Ort zugehörte. Aber Du. Du warst und bist immer die Ausnahme. Ein Stück Freude in all der Trauer und Grausamkeit. Aber ich bin noch viel zu schwach, um dir Sicherheit zu geben. Ich muss gehen.

Ich war wirklich ein leerer Mensch. Eine Leiche, die noch Kraft hatte, sich zu bewegen.

„Aber, ich liebe dich!", flüsterte Darin und setzte sich neben mich auf das Bett.

Ich sah in ihre Augen. Da war die reine, unendlich bedingungslose Liebe. Da war genug Liebe für eine ganze Welt aus besorgten und ausgestoßenen Menschen. Sie sah mich an und wartete wieder auf meine Antwort, und als sie nicht mehr warten konnte, kam sie mit ihren Lippen näher und küsste mich auf den Mund. Ich war schockiert und wollte mich ihr entziehen, doch etwas fesselte mich, so etwas wie ein unsichtbares Seil, das uns aneinanderband. Das war der erste Kuss für jeden von uns. Unser erster Kuss. Es war einer der reinsten und unschuldigsten Momente meines Lebens. Alles, was uns umgab, wurde zu Nichts. All die Abscheulichkeit, die ich empfand, wurde zu Nichts. Wir waren von dem nicht Greifbaren umgeben. Genauso war unsere Beziehung. Unbeschreiblich, ziellos und bedingungslos. So platonisch und metaphysisch. Es war einfach nur ein Kuss. Ein Kuss, der von Nichts ausging und zu Nichts führen sollte. Eine tugendhafte Szene, die vermutlich aus Versehen in einen tragischen Film hineingeschnitten worden war. Ein spontanes Geschehnis, das in einer gegensätzlichen Atmosphäre passierte, aber sich als bestes Ereignis erwies, bevor es schnell und spurlos für immer verging.

14

Ein paar Monate vergingen. Ich lebte in einer kleinen Wohnung, die ich über Onkel Ilias gemietet hatte. Es war eine armselige Wohnung in einem Slum am Rande der Hauptstadt. Sie bestand aus einem einzigen Zimmer, in das eine kleine Küche integriert war. Ich begann mein Jurastudium an der Universität Damaskus und arbeitete nachmittags wieder bei Onkel Ilias im Laden. Onkel Abo Ilias, Ilias Vater, war einige Wochen zuvor gestorben, seitdem ging es seinem Sohn jeden Tag schlechter. Darin war seit einer Weile verschwunden, und niemand wusste, wo sie gelandet war. Nachdem ich die Wohnung meines Onkels verlassen hatte, hatte ich mit Darin nur zwei Mal gesprochen. Ich hatte Reue empfunden, weil wir uns geküsst haben, da ich Darin immer als die eigene Schwester gesehen hatte. Außerdem fühlte ich mich für ihr Verschwinden verantwortlich. „Hätte ich öfter mit ihr gesprochen, wäre sie vielleicht nicht verschwunden oder hätte es mir wenigstens erzählt", warf ich mir selbst immer wieder vor.

Ich war mit Onkel Ilias im Laden und sortierte die Waren, als Buthaina reinkam. Ich blickte sie nur kurz an und verließ dann den Laden. Ich stand vor der Tür und zündete mir eine Zigarette an. Ich wollte das Gespräch zwischen Buthaina und Onkel Ilias nicht absichtlich belauschen, aber es war gut hörbar, was beide sagten:

„Hast du sie nicht gesehen, Ilias? Bitte, sag mir, dass du oder Adam sie gesehen habt!", klagte die Frau.

„Nein, Buthaina. Und wenn ich sie gesehen hätte, hätte ich sie nach Hause mitgenommen."

„Ich habe meine beiden Söhne verloren. Und jetzt verliere ich meine Tochter. Gott, warum nur?"

Onkel Ilias sprach kein Wort mehr, aber ich wusste, was er Buthaina hätte sagen wollen. Sie stand auf und kam raus, guckte mich länger an, und ich fragte mich, ob sie alles bereute, ob sie überhaupt etwas bereuen konnte. Ich ließ sie draußen und ging wieder in den Laden. Ich hatte keine Ahnung, von welchen Söhnen Buthaina sprach, zündete meine Zigarette in den Aschenbecher aus und sprach Onkel Ilias an, ohne ihn anzugucken, und sortierte die Waren weiter.

„Ich habe nichts verstanden von dem, was diese gemeine Frau geredet hat."

„Sei höflich, Junge! Seit wann belauschst du uns?"

„Ich habe nicht gelauscht. Sie war laut."

„Wenn du es nicht wolltest, hättest du darauf verzichten können!"

„Ich wollte nicht darauf verzichten, um ehrlich zu sein. Willst du mir erzählen, was man vor mir versteckte?"

„Niemand hat vor dir etwas versteckt, was dich angeht."

„Egal jetzt. Hat sie nicht von zwei Kindern geredet? Wen meint sie? Und wieso hat sie so gejammert? Jetzt hat sie ihre Liebe zu ihrer eigenen Tochter entdeckt? Wo war ihr Mutterherz, als sie das Mädchen mit ihrer Gräueltat vertrieben hat?"

„Sie hat dich auch tyrannisiert."

„Ich bin nicht ihr Kind. Darin aber schon. Ich fühle mich verantwortlich und kann kaum einschlafen. Bitte, erzähl mir alles! Jetzt!"

„Gut", sagte er zu mir und bedeutete mir mit seiner Hand, dass ich mich auf den Stuhl setzen solle.

Er zündete eine Zigarette an und erzählte:

„Buthaina war vor ihrer Ehe mit deinem Onkel Hisham schon einmal verheiratet. Sie hatte zwei Kinder mit ihrem ersten Mann. Kurz nachdem sie sich von ihrem Mann getrennt hatte, lernte sie deinen Onkel kennen, der auch frisch geschieden war. Allerdings hatte er mit ihr keine Kinder bekommen. Das war auch der vorgeschobene Grund für die Scheidung von seiner ersten Frau. Buthainas Ex-Mann dachte sofort, dass Buthaina schon während der Ehe mit Hisham fremdgegangen wäre. Das behauptete er auch vor dem Scheidungsgericht, um das Sorgerecht der Kinder zu bekommen. Deine Oma wiederum war auch gegen die Ehe von Hisham und Buthaina, da sie ihre Nichte Samia, Hishams Ex-Frau, mochte. Hisham hatte Buthaina versprochen, dass er ihre Kinder zu ihr bringen würde, sobald sie ihn heiratet. Als ihm das nicht gelang, beließ er es dabei, dass er doch nichts dafür konnte. Das erste Jahr der Ehe war katastrophal. Buthaina war deprimiert und sehr aggressiv, besonders gegenüber deinen Großeltern. Ich will Buthainas Verhalten gegenüber dir oder Darin nicht rechtfertigen, aber es wundert mich nicht.

„Und was haben wir damit zu tun? Ich bin froh, dass die Gerechtigkeit des Himmels uns rehabilitiert hat. Sie verdient das!"

„Wenn der Mensch Unrecht erlebt, kann es sein, dass er die Rache woanders sucht. Es gibt kein legitimes Unrecht. Das Unrecht kann nur absurd sein und führt nur zu mehr Trauer und Schmerz. Vielleicht erntet Buthaina, was sie gesät hat, ich bete aber, dass Darin zu ihr wieder zurückkehrt."

Ich konnte mit Buthaina überhaupt nicht sympathisieren. Ich verharmloste aber auch ihre Trauer nicht, obwohl ein Gefühl der Zufriedenheit in mir floss. Es war definitiv keine Schadenfreude. Ich dachte aber, dass die Tränen vielleicht ihr Herz vom Hass reinigen konnten. Ich wollte Darin finden, um ihr zu sagen, dass sie nicht wieder nach Hause gehen sollte. Sie sollte wegbleiben, damit ihre Mutter weiter und weiter in ihren Tränen und ihrer Ernte ertrinken würde.

Am nächsten Tag kam ein Mädchen mit weißem Kopftuch und langem schwarzen Mantel in den Laden, als ich gerade Albert Camus' Roman „Der Fremde" las. Ich beachtete die Frau erstmal gar nicht, bis sie mich ansprach:

„Adam! Wie geht es dir?"

„Darin!", rief ich und sprang vom Stuhl, auf dem ich gesessen hatte.

„Wie geht es dir? Gut?", fragte sie mich noch einmal.

„Darin! Ich muss dich doch fragen! Wie geht es dir? Wo warst du? Warum trägst du dieses Kopftuch?"

„Lass das jetzt. Sag mir, geht es dir gut?"

„Wo bleibst du? Was macht dein Leben?"

„Keine Angst. Alles gut. Ich kam nur, weil ich dich sehr vermisse und dir meine neue Handynummer geben will", und sie reichte mir ein Stück Papier.

„Aber Darin! Wo lebst du? Was ist mit der Uni? Ich suchte dich dort und habe nach dir gefragt!"

„Mir geht es gut. Mach dir keinen Kopf! Was macht dein Studium?", fragte sie mich ruhig.

„Gut. Willst du mir nicht mindestens sagen, wo und wie du jetzt lebst?"

„Du kannst einfach anrufen oder Wafaa fragen."

„Wafaa? Seit wann bist du mit Wafaa befreundet?"

„Sie hat mir geholfen. Egal. Du darfst niemandem sagen, dass du mich gesehen hast, okay?"

„Aber wo bleibst du?"

„Bei den Qubaysiyyat. Wafaa lebt dort seit langem", sagte Darin und fügte schnell, aber zugleich zögerlich hinzu:

„Ich muss jetzt gehen. Pass auf dich auf!"

Darin ging und ließ mich verwirrt zurück. „Wafaa, das religiöse Mädchen, das Darin und ihre progressiven Haltungen schon immer nicht mochte, hilft ihr jetzt? Und was bedeutet Qubaysiyyat. Wer sind die?", fragte ich mich.

Ich wusste nicht viel über Wafaa, außer dass sie aus der südlichen Provinz Daraa stammte. Sie war eine rätselhafte Person, die meistens für sich allein blieb. Zugleich war sie sehr fleißig und intelligent. Fast alle Kommilitoninnen versuchten vergeblich, mit ihr befreundet zu sein.

Onkel Ilias kam später in den Laden. Erst wollte ich ihm nicht erzählen, dass Darin gekommen war. Dann tat ich es doch, was mir das schlechte Gefühl gab, sie verraten zu haben. Onkel Ilias rief gegen meinen Willen Buthaina an und erzählte ihr von Darin, ohne irgendwelche Details zu nennen. Als er aufgelegt hatte, sagte ich vorwurfsvoll: „Ich sollte dir das doch gar nicht erzählen."

Er bedeckte sein Gesicht mit den Händen und massierte dann seine Schläfen.

„Onkel, geht es dir gut?", fragte ich ihn.

Er antwortete nicht, stattdessen nahm er seine Zigarettenschachtel in die Hand und suchte sein Feuerzeug. Ich reichte ihm meins und fragte dringlich weiter:

„Möchtest du vielleicht nach Hause gehen? Ich habe heute Zeit und kann hierbleiben."

„Keine Sorge, Adam. Aber da, wo Darin ist..." Er schwieg, und ich fragte ihn:

„Ich wollte dich fragen. Wer sind die Qubaysiyyat?"

„Vielleicht behandeln sie Darin gut. Aber sie muss wieder nach Hause."

„Du hast mir Angst gemacht. Was ist los?"

„Denkst du, dass Darin das Kopftuch freiwillig trägt?"

„Keine Ahnung. Was meinst du?"
„Sie brauchte es, damit sie dort aufgenommen wird."
Onkel Ilias schien sehr betrübt und besorgt zu sein, was mich verwirrte. Natürlich gefielen einem liberalen Mann wie ihm solche religiösen Bewegungen nicht. Ich war aber glücklich, Darin gesehen und mit ihr gesprochen zu haben.

Zweites Kapitel

„Das heldenhafteste Wort in jeder Sprache ist Revolution."
Eugene V. Debs

1

Wenn die unantastbaren und heiligen Kreaturen zu ihrem menschlichen Antlitz wiederkehren und ihre göttliche Gestalt von Menschen nicht mehr erkannt oder gar verspottet wird, wird es für sie unmöglich, denselben Stellenwert aufrechtzuerhalten – ganz egal, wie viel Blut dafür fließt.

Das war nicht nur der Tag, der mein Leben oder das Leben anderer Syrerinnen und Syrer für immer änderte. Es war der Tag, der die ganze Welt auf den Kopf stellte. Der Tag, an dem die Revolution ausbrach. Der reinste, geweihte Tag in der Geschichte unseres Landes. Der Tag, an dem die Menschen zum ersten Mal nicht vor Trauer und Unterdrückung weinten, sondern vor schillernder Hoffnung und außergewöhnlicher Freude. Der Tag, an dem die Menschen vor einer klaren Entscheidung standen – für die Revolution oder das Schweigen.

Nach dem 15. März 2011 war die Welt nicht mehr dieselbe. Alles veränderte sich, so als ob ein riesengroßer Meteor unseren Planeten traf und alles zerstörte. Als ob ein seit Jahrhunderten erloschener Vulkan nahe daran war, wieder auszubrechen. Wir kamen durch die Revolution an allen Wänden vorbei und rissen aus ihrem Tiefsten die Ohren heraus, von denen man schon immer gesprochen hatte.

Der Frühling hat im Jahr 2011 eine andere Bedeutung bekommen. Er wurde zum Frühling der Freiheit und der Rebellion. Die Ereignisse anderer, von uns nicht weit weg gelegener Länder, erreichten mit deren Echo auch unser Land und haben uns Hoffnung und Mut gegeben, die wir uns bis dahin nicht einmal vorstellen konnten. Das war der Traum, den wir nicht einmal in unseren Gedanken zu formulieren wagten.

Damaskus hatte bis zu diesem Zeitpunkt nur ein paar kleine politische Bewegungen, die zugleich die einzigen waren. Die Mauern, die der Staat zwischen uns seit Jahren baute, fingen an, nacheinander zu zerfallen. Den ersten Funken haben aber kleine Kinder im Süden gezündet. Ja, kleine Kinder.

Jahrzehnte voller Gewalt des Terrors und Geheimdienstes brachen in Sekunden vor einer Gruppe Kinder zusammen und zerbrachen unter ihren kleinen Füßen. Jener Moment war eine Geschichte für sich. Einer der wenigen strahlenden und vorbildlichen Momente unserer Neuzeit, als das Wort das Gewehr besiegte und der Stift die Grausamkeit zu Fall brachte. So hat alles ganz einfach angefangen. Der Traum erschien am Horizont. Der Schmetterling brachte seine Flügel zum Flattern und den Schneeball damit zum Rollen. Nun war es unmöglich, ihn aufzuhalten.

Die Proteste breiteten sich schnell aus und die Menschen füllten alle Plätze und Straßen des Landes. Dabei begegneten sie der gewaltsamsten Mordmaschine aller Zeiten. Zu Beginn waren wir froh, glauben zu dürfen, dass das Schlimmste, was das Regime uns antun könnte, darin bestand, uns zu töten. Später erfuhren wir etwas, was tausend Mal schlimmer war als der Tod.

Der Staat konnte es kaum abwarten, mit aller Brutalität auf die Protestierenden loszugehen. Die Reaktion auf die Wünsche der Bürgerinnen und Bürger war für uns alle ein Schock und eine frühe Niederlage auf unserem langwierigen, enttäuschungsvollen Weg. Die erste Entmutigung bescherten uns unsere Brüder, die uns eigentlich schützen sollten. Die Menschen kannten das Regime sehr gut, aber sie haben all ihre

Hoffnung trotzdem auf die Soldaten und Polizisten, unsere Mitbürger, gesetzt.

„Ich kann es nicht glauben, dass die Menschen sich nach all den Jahren erheben werden!", sagte mein Freund Sami zu mir und guckte sich besorgt um.

„Was meinst du, Sami?", fragte ich ihn leise.

„Ich meine, wenn ein Land auf der Welt eine Revolution braucht, dann ist es definitiv Syrien."

„Keine Ahnung!", sagte ich unsicher.

„Hast du Angst? Wirst du nicht mitmachen?" hakte er nach.

Ich schwieg und guckte ihn an, während er nervös rauchte. Ich hatte wirklich keine Ahnung. Ich hatte keine Angst, aber hatte auch keinen Mut, um zu sagen, dass ich mich überhaupt positionieren wollte. Ich konnte Sami in dem Moment auch nicht vertrauen, denn alles fühlte sich seltsam an und ich wunderte mich über seinen Mut.

„Weißt du was, Adam? Wir haben hier wirklich nichts zu verlieren als die Ketten, die unsere Zungen und Hände fesseln", setzte Sami fort, bevor er aufstand.

Das kam mir bekannt vor, aber ich wusste nicht mehr, wo ich das gelesen oder gehört hatte. Dann gingen wir in die Vorlesung.

Obwohl der Alltag in Damaskus sich noch nichts anmerken ließ, hatte ich das Gefühl, dass die Welt um uns herum brodelte. Die Art und Weise, wie die Menschen einander anguckten, wie sie sprachen, wie sie Witze machten und wie schnell sie liefen, war anders. Alles schien angespannt zu sein, als ob Damaskus still die Ragnarök erwartete.

Als wir den Vorlesungssaal verließen, trafen wir zufällig einen Freund von Sami, den ich kaum kannte. Er hieß Wisam und ich hatte bei ihm das Gefühl, dass er mich irgendwie nicht mochte.

„Sami, kann ich mit dir kurz sprechen?", fragte er Sami, nachdem er mich mit seinen Augen in einer kalten Begrüßungsweise musterte, was mich ein wenig ärgerte.

Davor war es mir egal gewesen, ob ich von anderen Menschen, die ich nicht kannte, gutgeheißen wurde oder nicht. Dieses Mal wollte ich aber unbedingt mit dabei sein und gesehen werden. Ich guckte Sami an und wartete auf seine Reaktion.

„Sicher, Wisam. Ich wollte aber mit Adam etwas trinken gehen. Möchtest du vielleicht auch mitkommen?", fragte Sami seinen Freund.

Seine Antwort gab mir ein gutes Gefühl, sodass ich ihn dafür sogar gerne umarmt hätte.

„Ja, Wisam. Komm mit!", sagte ich freundlich zu ihm und wanderte mit den Augen zwischen ihm und Sami.

„Okay", antwortete Wisam kühl. Er wirkte sehr aufgeregt und wir drei gingen gemeinsam in die Cafeteria.

Bis zu diesem Zeitpunkt hätte noch alles anders verlaufen können. Ein Blutbad hätte noch verhindert werden können. Nun löste die Sturheit des politischen Systems einen Krieg aus, der zum Zünglein an der Weltwaage wurde.

Es war einfach nur ein Wunder, wie schnell die Mauern der Angst zusammenbrachen. Das Terrordenkmal wurde in unseren Augen plötzlich schwächer als ein Spinnennetz. Nur ein Wunderwerk konnte all das Wirklichkeit werden lassen. Wir waren auf einmal bereit, uns für eine bessere Heimat und für eine glänzende Zukunft aufzuopfern. Dieser Traum lebt immer noch in meinem Bewusstsein und hält die Blumen meiner Seele am Blühen.

„Wisam, ist alles gut bei dir? Du siehst traurig aus!", fragte Sami.

„Alles gut. Keine Sorge, Sami", antwortete Wisam, während er sich ängstlich umschaute.

„Wisam, ich kenne dich gut. Was stimmt nicht?", bohrte Sami beharrlich nach.

„Sami, bitte! Es ist wirklich nichts. Wirklich."

Ich spürte, dass Wisam etwas verheimlichte, weil ich da war, und ich entschied mich dazu, mich zu verabschieden. Sami aber unterbrach mich:

„Adam! Bleib bitte hier!", hielt er mich auf.

„Ich habe etwas vor und muss gehen", erwiderte ich.

„Adam, bitte!" Sami ließ nicht locker und forderte mich auf, mich wieder hinzusetzen.

„Ich weiß, was dich misstrauisch macht!", sagte Sami zu Wisam und setzte fort: „Adam ist ein Freund von mir und du musst keine Angst haben. Es gibt keinen Platz mehr für die Angst."

„Sie haben auf die Menschen in Daraa geschossen, nur weil sie demonstriert haben", sagte Wisam betrübt, hauchte den Zigarettenrauch in die Luft und fügte hinzu: „Ich habe die Bilder gesehen! Die Toten lagen auf dem Boden."

„Wundert es dich etwa? Ich wusste es", sagte Sami.

„Was mich nicht in Ruhe lässt, ist, wie ein Mensch in nur einem Augenblick von einem Unschuldigen zu einem Täter werden kann. Wie kann ein schuldloser Mensch einfach getötet werden? Das Blut glich einem Fluss. Könnt ihr glauben, wie schrecklich die Menschen sein können und wie schnell sich Gesellschaften spalten? Das war eine Schande!", sagte Wisam und seine schwarzen Augen tränten so heftig, dass auch mir die Tränen kamen.

Ich ging wieder nach Hause, zog mich um und lief zum Laden. Ich wollte Onkel Ilias sehen. Ich wollte, dass er mir das alles erklärt, da ich offensichtlich nicht mehr von allein die Welt verstand. Auf dem Weg zum Laden blickte ich in jedes Gesicht und guckte jeden Stein an. Damaskus schien an jenem Tag anders zu sein. Die Menschen sahen freundlicher und vertrauter aus. Es fühlte sich so an, als ob ich meine Heimat plötzlich gefunden hätte, obwohl ich dort fast zwanzig Jahre lebte. Als ob ich nach einem Koma, das zwanzig Jahre gedauert hat, aufgewacht war. Es war für mich wie eine zweite Geburt. Meine erste Geburt war ein Untergang, während die zweite einem Aufstieg glich. Ich konnte zum ersten Mal Mitleid für andere Menschen, die ich nicht einmal kannte, empfinden. Die erste Geburt war ein Zufall, vielleicht sogar ein Fehler, der mich in diese Welt brachte, und wofür ich immer noch einen bitteren Preis abzahle. Die zweite Geburt ist dagegen aus meinem menschlichen Willen heraus entstanden und ich spürte eine unendliche Bereitschaft, dafür den höchsten Preis der Welt mit einem mit Liebe erfüllten Herzen zu entrichten.

2

Ich reichte ihm die Tasse Kaffee und zündetet mir eine Zigarette an, während ich sein Schweigen betrachtete, das mir anders als sonst erschien:
„Onkel, was stört dich?"
„Nichts."
„Hast du heute die Nachrichten gehört?", fragte ich ihn.
„Welche?"
„Libyen ist jetzt eine Flugverbotszone!"
„Ich weiß."
„Und hier? Was passiert jetzt hier?"
Er antwortete nicht.
„Onkel, ich will's von dir hören."
„Was willst du hören, Adam?", fragte er aufgeregt.
„Was du zu der Lage hier sagst!"
Er schwieg wieder und guckte seine Tasse für eine Weile an, antwortete dann tiefbetrübt:
„Ich weiß nicht."
Es war klar, dass er etwas sagen wollte, aber dem Anschein nach wusste er nicht, wie er sich ausdrücken sollte.
„Onkel, ich habe von dir eigentlich mehr als ‚ich weiß nicht' erwartet. Ich will unbedingt von dir wissen, was hier eigentlich passiert", bohrte ich nach.
„Ich weiß nicht mehr als das, was du weißt. Öffne deine Augen und du wirst alles selbst verstehen. Halte auch dein Gewissen wach."
Er bewegte sich unruhig, kämmte seine Haare von links nach rechts mit der Hand und suchte sein Feuerzeug. Ich gab ihm meins und setzte wieder an:
„Alle an der Uni sind unsicher. Keiner versteht was."

„Ihr seid heute die Hoffnung, Adam. Die Hoffnung eines ganzen Landes. Seid verantwortungsvoll! Dieses Land ist zu übermüdet. Es braucht euch. Das ist jetzt eure Zeit, auf die wir alle gewartet haben."

Ich drückte meine Zigarette im Aschenbecher aus. Wieder kamen mir die Tränen. Er sah mich lächelnd an und umarmte mich wie ein liebevoller Vater, wie ein loyaler Freund und wie ein starker Bruder sehr fest, und flüsterte mir zu:

„Pass auf dich auf, mein Junge!"

Alles wirkte traurig, als ob Onkel Ilias sich von mir für immer verabschiedete. Diese Idee erschreckte mich. Ich umarmte ihn fester.

„Bitte, bleib da, Onkel!"

Ich ging aus dem Laden raus und rief Darin an. Mein Herz raste umso mehr, weil sie nicht an den Apparat ging. Ich verschwand wieder in den Laden. Erst nach einer halben Stunde rief Darin mich zurück.

„Darin! Alles gut bei dir? Wo bist du?"

„Sorry, Adam. Ich war etwas beschäftigt."

„Womit?"

„Wir hatten Religionsunterricht im Wohnheim."

„Darin!"

„Alles gut, Adam. Mach dir keinen Kopf. Mir geht es gut!"

„Darf ich dich etwas fragen?"

„Ja."

„Bist du echt zufrieden dort?"

„Ja, Adam!", antwortete sie schnell.

„Ich will dich sehen, Darin."

Wir verabredeten uns für den nächsten Tag, und ich ging wieder in den Laden. Onkel Ilias raffte sein Portemonnaie und seine Zigarettenschachtel vom Tisch.

„Ich bin etwas müde, Adam. Ich gehe nach Hause."

„Okay, Onkel. Vielleicht komme ich morgen später zum Laden. Ich treffe mich nach der Vorlesung mit Darin."

„Gut, Adam. Richte ihr liebe Grüße von mir aus. Hast du Geld?"

„Ja, Onkel. Geh du jetzt. Ich räume hier auf und dann gehe ich auch."

„Pass auf dich auf, Junge!", sagte er und blickte mir eindringlich in die Augen.

3

Mein Treffen mit Darin gab mir die endgültige Bestätigung, dass sie im Wohnheim der Qubaysiyyat bleiben wollte. All meine Versuche, sie wieder nach Hause zu bringen, waren umsonst. Ich wusste, dass sie sich dort nicht wohlfühlte, denn diese rigide Form der Religionsausübung passte gar nicht zu einem lebendigen und offenen Mädchen wie Darin. Die Qubaysiyyat waren für ihre positive Haltung gegenüber dem politischen Regime bekannt, doch nach dem Ausbruch der Revolution wurden sie zu einem ihrer Feinde. Sie versuchten immer, die hübschesten und reichsten Mädels zu polarisieren, um mehr Macht zu bekommen. Darin spürte offensichtlich meine Besorgnisse.

„Adam, keine Angst! Ich weiß sehr gut, was ich tue. Das Wohnheim ist nicht so schlimm. Dort gibt es viele gute Mädchen."

Ich nickte widerwillig.

Die Wut auf die Regierung und deren bestialisches Verhalten gegenüber den Protesten breitete sich wie ein Lauffeuer aus. Die Demonstrationen beschränkten sich innerhalb von ein paar Tagen nicht mehr auf die Städte im Süden.

Ich wusste, dass viele meiner Bekannten an den Protesten teilnahmen. Nur ich selbst war viel zu unsicher und hatte Angst. Hörte ich von den Demonstrationen, zitterte direkt mein ganzer Körper, und ich zog mich zuhause zurück. Ich wünschte mir so sehr, dass ich genug Mut aufbringen könnte, mich wie alle anderen an der Revolution zu beteiligen. Ich stand jeden Tag vor dem Spiegel und warf mir mit schlimmsten Schimpfwörtern meine Feigheit vor. Ich fand meine Angst unbegründet, da ich keine Familie hatte. Ich hatte keine Mutter, die traurig wäre, wenn mir irgendetwas passierte, und hatte keinen Vater, der sich sein Leben ohne mich schwer vorstellen könnte. Wenn irgendein Freund von mir seine Angst ausdrückte, hätte ich es nachvollzogen, denn er hatte etwas, das er verlieren könnte, und ich nicht!

Am Ende war ich für länger als eine Woche zuhause und hatte kaum Kontakt zu Menschen. Ich hasste meine Feigheit und hasste umso mehr mich selbst. Totale Leere herrschte in meinem Inneren- Ich stellte meine ganze Existenz in Frage, sodass ich mich mit einem Messer schneiden wollte, nur konnte ich mit dem Messer nicht nah genug an meine Haut kommen. Ich wollte mein Fleisch und Blut spüren, und dass ich ein echter Mensch war. Ich warf das Messer auf den Boden und heulte los. „Junge, du enttäuschst vor allem deinen Opa! Du beteiligst dich am Begraben seines Traums! Selbst er war mutiger als du und er wäre nicht stolz auf dich, wenn er noch lebte. Willst du die widerstandslose Unterwerfung wählen, wenn alles um dich herum brennt?!" Diese Gedanken verschlangen meine Seele langsam.

Als ich gerade versuchte, mich mit Büchern abzulenken, rief Darin an.

„Adam, wie geht es dir?"

„Gut, Darin. Und selbst?"

„Auch gut. Wo bist du? Ich muss dich sehen!", sagte sie mit zittriger Stimme.

„Ich bin zuhause."

„Okay. In zehn Minuten bin ich bei dir." Darin legte auf.

Zum ersten Mal besuchte mich Darin in meiner kleinen Wohnung. Wir hatten uns angewöhnt, uns in einem Café oder in einem Park zu treffen. Als ich die Tür aufmachte, kam Darin schnell rein und setzte ihr Kopftuch ab und sagte mir, ohne mich anzugucken:

„Hallo, meine Seele!"

„Hallo, Darin! Was ist mit dir?", fragte ich.

Darin sah sich neugierig um und sagte:

„Ich habe mir deine Wohnung anders vorgestellt!"

„Gefällt sie dir nicht?", fragte ich.

„Doch. Sie ist süß", sagte sie lustlos und guckte sich weiter um, als ob sie mich fragen wollte, wo sie sich hinsetzen könne.

„Möchtest du auf dem Balkon sitzen?", fragte ich sie. Dabei fiel mir wieder auf, wie wunderschön ihre Haare waren.

Meine Wohnung, die aus einem einzigen Zimmer bestand, hatte einen Balkon, obwohl ich ihn nur schwerlich Balkon nennen konnte. Es war ein Dach, auf dem wegen des herumliegenden Schrotts mehrerer Satellitenschüsseln und gespannter Wäscheleinen kaum Platz war. Ich hatte dort einen kleinen Plastiktisch und einen Stuhl aufgestellt, das war mein Platz zum Rauchen.

„Nein. Lass uns am besten hierbleiben!", rief sie.

„Okay. Ich mach mir dann mal neuen Kaffee. Meiner ist schon kalt geworden!"

„Mach das, meine Seele!", sagte meine Cousine.

Ich ging zum Wasserhahn, um das Kaffeekännchen zu spülen und wieder mit Wasser zu füllen und sagte:

„Du kannst dich auf den Sessel setzen! Wie geht es dir?"

„Mir?"

Ich drehte mich halb um und guckte sie an, ohne ein Wort zu sprechen. Nachdem ich das Kaffeekännchen auf kleinem Feuer platziert hatte, setzte ich mich ihr gegenüber aufs Bett und betrachtete Darin still.

„Weißt du was, Adam? Mein Vater fehlt mir!", sagte Darin traurig.

Ich schwieg eine Weile, beugte mich und senkte meinen Blick zum Boden:

„Sei froh, Darin! Du hast noch jederzeit die Wahl, zu ihm zu gehen."

Lautlosigkeit schwebte über uns, bis sie vom siedenden Kaffee unterbrochen wurde. Ich lief wieder zum Herd, und Darin sprach zu mir:

„Sie haben Fawaz letzte Woche festgenommen!"

„Fawaz! Fawaz, der aus der Uni? Wer hat ihn festgenommen und warum?", fragte ich daraufhin.

„Wer sonst? El Mukhabarat! Sie haben ihn verhaftet, nur weil er angeblich mit den Demonstranten sympathisierte!", antwortete Darin und weinte. „Heute ist er entlassen worden, und wir waren bei ihm zuhause", fügte sie hinzu.

„Und! Wie geht es ihm?"

Meine Cousine hob den Kopf hoch, und ich sah ihre Tränen und wie sie auf ihre Wangen flossen und dann auf ihren Schoß strömten.

„Er sprach mit uns kein einziges Wort! Kannst du dir das vorstellen? Dass ein Junge wie Fawaz gefoltert und brutal geschlagen wird? Die Folterspuren auf seiner Haut! Du kannst sein sanftes Gesicht nicht einmal erkennen!"

Fawaz war ein sehr guter Freund von Darin und studierte auch Medizin. Der junge Mann war fast schon zu gutherzig, trug fast weibliche Gesichtszüge, sah sehr zart aus und hatte Humor. Er war als Halbwaise mit seinen vier Geschwistern bei seiner Mutter in Damaskus aufgewachsen.

Ich wusste nicht, wie ich dem weinenden Mädchen antworten sollte. Das Gefühl der Machlosigkeit überwältigte mich, Darins Worte bohrten sich tief in mein Herz.

„Die Ungerechtigkeit ist hässlich, Darin, und tut weh!"

„Wir beide kennen die Ungerechtigkeit sehr gut, Adam! Oder?"

„Vielleicht!"

„Ich kann nicht mehr schweigen. Ich will auch mit auf die Straße. Das ist einfach schrecklich, und wir müssen das unbedingt ändern, mit all dem, was wir können", sprach Darin und wischte ihre Tränen ab.

Darin sagte, was ich eigentlich sagen müsste. Sie auch war mutiger und verantwortungsvoller als ich.

„In was für einer Welt leben wir? Warum ist das Leben der armen Menschen nichts wert?", setzte Darin fort.

Ich hielt ihre Hand, guckte ihre Augen an und sagte:

„Ich bin bei dir, Darin, für immer, und werde dich nicht allein lassen!"

Endlich hatte ich es geschafft, diese Worte auszusprechen, so lange wollte ich schon Darin meine unendliche Unterstützung und Treue versprechen. Darin lächelte mich an, und ich war ab diesem Moment nicht mehr derselbe Mensch wie zuvor.

4

Ich fand mich plötzlich zwischen all den wütenden Menschen auf der Straße. Ich verstand zu Beginn gar nichts. Alle um mich riefen: „Gott, Syrien, Freiheit und sonst nichts!" Das waren die drei Dinge, deren Essenz für mich mit Unwissenheit umhüllt waren.

„Gott". Ich hatte keine genaue Vorstellung von ihm. Ich dachte mir immer, dass er ein alter ernster Mann mit einem großen weißen Bart sei. Ich hatte auch noch nicht viel von ihm gehört, außer dass er die Kinder, die lügen, in die Hölle bringt, und mehr nicht. Buthaina hatte mich ständig angeschrien: „Möge Gott dich zu sich nehmen", und hatte mir damit den Tod gewünscht. Ich hatte mich dann immer gefragt: „Wohin sollte mich der Gott nehmen? Ich lüge doch nicht. Das heißt, in die Hölle wird er mich nicht bringen. Wo dann hin mit mir?" Also begann ich, mir einen Ort auszumalen, wo Gott die Kinder, die nicht lügen, hinnimmt, um die Erziehenden von ihnen zu befreien.

„Syrien". Das waren für mich der Fahnenappel und die Ohrfeige des Schulleiters, das Holzstück des Mathelehrers und die Traurigkeit des jungen Englischlehrers. Irgendwie hatten für mich meine Spaziergänge mit meinem Opa in Damaskus und meine Beziehung zur Altstadt, die ich durch ihn gebildet hatte, keinen Bezug zu Syrien, so als hätte ich das alles außerhalb Syriens erlebt. Ich hatte mich daran gewöhnt, Syrien jeden Tag unter meinem Sitzplatz in der Schule zu lassen, um, von dessen Last befreit, zwischen der Welt des Unrechts in Buthainas Wohnung und den Oasen der alten Geschichten meines Opas in Damaskus zu wandern.

„Freiheit". Das bedeutete für mich einfach nichts. Ein Wort, das ich an den Wänden neben dem Bild des Präsidenten gesehen hatte. Dieses Wort war sogar außerhalb des Kontextes verwendet worden. Acht Buchstaben, die gar nicht zueinander passten, nur die Abstraktion hatte sie zusammengebracht. Die Freiheit identifizierte sich in lächerlicher Weise mit dem Bild des Diktators.

Ich fragte mich: „Wieso schreie ich Worte, die so hässlich klingen?" Nun, mit dem dritten Schrei veränderte sich alles, als ob man mein Gedächtnis auf null zurückgesetzt und ich ab dem Zeitpunkt alles neu gelernt hätte. Plötzlich rief ich voller Überzeugung mit: „Gott, Syrien, Freiheit und sonst nichts."

Die meisten Demonstranten waren jung. So war auch unsere Revolution. Sie war und ist immer noch jung. Die Revolution der Jungen. Die langen Jahre der Tyrannei der Großen hatten nicht ausgereicht, um die Revolution ausbrechen zu lassen. Es brauchte uns, die Jungen. Wir waren es, die die Tyrannei begriffen und sagten: „Das geht nicht!"

Diese Kognition war das Entscheidende, um uns mit Wut zu füllen. Wir waren viel mutiger als die vorherigen Generationen, die einfach todstill waren und das Unrecht jeglicher Art gezwungenermaßen unter der Zunge und dem Herz weggesteckt hatten. Aber nicht nur das, wir waren die Mutigsten auf der ganzen Welt!

Die Stimmen wurden lauter und lauter „Das syrische Volk ist eins!" Aber was ist das syrische Volk? Was verbindet uns überhaupt, und warum habe ich nie das Gefühl der Zugehörigkeit und der Wärme in diesem Land gehabt? Darin war rechts neben mir. Sie hatte ihr weißes Kopftuch und ihre Sonnenbrille an. Unter der Sonne wurden ihre Wangen rosiger und der Schweiß glänzte auf ihrer Stirn. Ich guckte mich um und versuchte, irgendjemanden von den vielen Menschen um mich herum zu erkennen. Vergeblich. Ich kannte keinen außer Darin, aber irgendwie erschienen mir alle Gesichter vertraut, als ob ich alle dort kannte. Unser Skandieren pumpte den Schauer in meinen Körper auf und mein Herz flatterte in meiner Brust. Ich versuchte für nichts und wieder nichts wegzuschauen, damit keiner mein Stottern bemerkte. Nun befand ich mich mitten unter den Menschen und ich konnte nirgendwo hinschauen, ohne ein fröhliches Gesicht zu sehen.

Plötzlich ging die Harmonie in den Stimmen verloren, und die Leute rannten in alle möglichen Richtungen. Ich wusste nicht mehr, wo ich war und wo ich hinmusste.

„Die Schweine greifen an! Komm mit mir!", sagte Darin, drehte sich um und rannte weg.

Es war eine Szene wie aus der Hölle. Es waren hässliche Männer, die jeden und jede verfolgten und gnadenlos schlugen. Sie schlugen einfach die Jungs, bis sie sich nicht mehr bewegen konnten, und zogen die Mädels an den Haaren zu den am Straßenrand geparkten Autos. Mein Herz schlug zu schnell und pausenlos, bis ich es nicht mehr unterscheiden konnte, ob es schlug oder flimmerte. Darin stolperte vor mir und fiel auf den Boden:

„Darin! Ist dir etwas passiert?", beugte ich mich runter.

„Alles gut Adam!", antwortete sie mir und hielt ihr Knie mit der Hand.

Ich half ihr auf und wir rannten Hand in Hand zusammen, während Darin lachte. Sie lachte so, als ob sie ganz frei von allem geworden ist, bis wir eine Kreuzung erreichten.

„Adam, die Lage ist überall angespannt. Geh du von hier zu Onkel Ilias, und ich laufe zum Wohnheim. Oder nein, geh am besten nach Hause und lass dich bitte von niemandem aufhalten!"

Darin ließ meine Hand langsam los, dann rannte und sprang sie wieder lachend davon. Ich sah ihr nach, bis sie aus meinem Blickfeld verschwunden war. Ich lief in die Richtung des Ladens im Herzen der Stadt und war total gerädert.

Es fiel mir schwer, ruhig zu erscheinen. Allen Menschen um mich herum misstraute ich. „Könnte ihnen jetzt meine Angst auffallen? Könnten sie nicht unter ihren Klamotten Knüppel oder Messer versteckt haben?", fragte ich mich. „Die Menschen sehen doch alle so normal aus! Aber die Männer mit Messern und Knüppeln sahen auch unauffällig aus. Sie waren bis eben unsere alten Schulkameraden, unsere Freunde aus den Gassen und Menschen, mit denen wir unser Brot und Wasser geteilt haben! Warum haben sie uns angeschossen und verprügelt? Die Demonstranten waren einfache und friedliche Leute. Wenn ich aufgegriffen worden wäre, hätte ich mir unter den Schlägen tausendmal die Frage gestellt: ‚Was habe ich falsch gemacht? Warum verdiene ich das?' Wir riefen nur ‚Gott, Syrien, Freiheit und sonst nichts!' und ‚Das syrische Volk ist eins!' Warum haben sie diese Worte so verärgert, dass sie den Verstand verloren haben? Sind nicht diese Männer die wahren Feinde von Gott, Syrien, der Freiheit, und der Einheit dieses Volkes in dieser schrecklichen und hässlichen Heimat? Und schlagen sie uns deshalb?"

Gott, Syrien und die Freiheit standen an diesem Tag dem Bösen und der Erbärmlichkeit gegenüber.

5

„Hallo Onkel!", begrüßte ich Onkel Ilias, der aufgeragt mit dem Handy in der Hand gestikulierte, als ich den Laden betrat, meinen Rucksack auf den Boden warf und auf den Stuhl fiel.

„Ich wollte dich gerade anrufen. Was macht deine Gesundheit? Geht es dir schon etwas besser?", fragte er mich.

Ich antwortete nicht. Nervosität und Angst beherrschten mein Inneres und Äußeres, und ich fing an, mit meinem Bein zu wippen.

„Adam! Was ist los?", fragte mich Onkel Ilias und legte sein Handy auf den Tisch.

„Nichts, Onkel! Ich will nur Wasser trinken!"

Er stand auf und näherte sich mir, legte die Hand auf meine Schulter. Bestimmt merkte er, wie mein Herz heftig klopfte.

„Geht es dir gut, mein Junge?"

„Gut, Onkel. Gut."

„Okay, ich bringe dir kaltes Wasser."

Er verließ den Laden und ging zum benachbarten Kiosk. Ich schaute mich um und dachte nach: „Wie viele Menschen wurden heute getötet? Wie viele Träume wurden vernichtet und wie viele Hoffnungen begraben? Wie viele Köpfe wurden von militärischen Stiefeln zerstampft und wie viele Leute wurden zu Leichen, nur weil sie den Mund aufgemacht haben! Wie viele Unschuldige wurden zu Tätern und Blutsaugern. Wie kann man nur seine Menschlichkeit aufgeben und sich dem Übel unterwerfen? Wie schrecklich ist die Welt denn!"

Ich wusste zu diesem Zeitpunkt noch nicht, dass wir nur den ersten Schluck der Brutalität gekostet hatten und die auf uns zukommende Schrecklichkeit diesen schlimmen Tag zu Nichts machen wird. Das war nur der erste Stich in einen brennenden

Körper, der langsam die Fähigkeit zum Fühlen mit dem Vernichten jeder einzelnen Sinneszelle verlieren wird. Das war der Tag der schweren Geburt eines wundervollen Traumes von der Zukunft unseres Landes, das seit Jahrzehnten unter den Hammerschlägen einer brutalen Diktatur und ihrer willigen Komplizen litt.

Onkel Ilias kam mit einer Flasche Cola zurück, reichte sie mir und setzte sich an den Tisch. Er fragte mich leise und verwirrt:

„Du warst bei der Demo, richtig?"

„Ja."

„Und?", fragte er und richtete seine Augen zum Boden, als ob er die Antwort schon wusste.

„Sie haben die Menschen geschlagen! Ich weiß nicht, wer sie waren. Aber das waren Männer, die die Menschen wie Tiere angegriffen haben!"

Meine Stimme bebte, ich stand kurz davor, zusammenzubrechen.

„Und hat jemand dich geschlagen?", fragte er.

„Nein. Ich bin mit Darin geflohen und sie ist hingefallen."

„Darin? Darin war auch dabei? Wo ist sie jetzt?"

„Sie ist jetzt wieder im Wohnheim", antwortete ich ihm und versuchte, mich zusammenzureißen.

„Das Mädchen ist verrückt", sagte er und guckte erst mich an, dann wieder den Boden. Er seufzte: „Aber so ist Darin!"

„Darin hat mich zur Demo mitgenommen", sagte ich ihm stolz.

„Passt auf euch auf, Junge! Darin ist etwas draufgängerisch."

„Darin?"

„Darin! Darin kommt nach ihrem Onkel!", sagte Onkel Ilias.

„Nach wem? Meinem Vater?", fragte ich zittrig.

„Ja! Gott hab ihn selig. Er hatte nie in seinem Leben Angst."
Ich schloss trübsinnig die Augen. „Mein Vater war mutig! Warum bin ich nicht so wie er? Vielleicht weil ich ihn nicht kenne? Aber leben seine Gene nicht in mir?"
„Und, was noch?", fragte ich Onkel Ilias und hielt meine Augen geschlossen.
„Was?", fragte er.
„Erzähle mir von meinem Vater. Niemand hat mir damals von ihm etwas erzählt", bat ich ihn mit bebenden Lippen.
„Ahmad war mein bester Freund und wir sind zusammen aufgewachsen."
„Warum hast du mir von ihm nie erzählt?"
„Weil es einfach schwer ist. Und das nicht nur, weil er dein Vater ist."
„Erzähle bitte! Bitte!"
„Als ich nach Russland reiste, war dein Vater noch jung, und ich war mit deinem Onkel Hisham bestens befreundet. Dein Vater versuchte immer, sich an uns zu hängen. Er hat deinen Onkel sehr geliebt. Für Hisham war das aber eine Last, er wollte seinen kleinen Bruder nicht immer um sich haben. Ich glaube, das war auch typisch und heißt nicht, dass dein Onkel deinen Vater nicht geliebt hat. Dein Vater war eine tolle, charismatische Persönlichkeit. Er war braunhäutig und ziemlich groß, hat sich immer sehr schick angezogen. Alle Männer seines Alters waren auf ihn eifersüchtig, weil er einfach alle Aufmerksamkeit auf sich ziehen konnte. Er war an Kunst und Literatur sehr interessiert und hat Gedichte geschrieben, sodass er jede Frau in jener Zeit faszinieren konnte. Ich kam aus Russland zurück und war total kaputt. Meine Situation war tragisch, und ich war fast pleite. Dein Onkel Hisham hatte zu dieser Zeit ganz viele Probleme mit

seiner ersten Frau, ich sah ihn kaum. Dein Vater war aber immer bei mir. Er war noch Student, und da habe ich ihn als wunderbaren Menschen kennengelernt. Vorher war mir das nicht so aufgefallen, weil da für mich Hisham im Vordergrund stand und Ahmad nur der kleine Bruder war. Aber jetzt war er ein junger Mann voller Energie und Anständigkeit, äußerst lebendig und ehrgeizig."

„Erzähle weiter bitte!", drängte ich ihn und war komplett aus Zeit und Raum gefallen.

„Dein Vater hat sein Studium ausgezeichnet abgeschlossen und musste danach zum Militärdienst. Ich habe ihn mehrmals in Homs besucht, wo er seinen Dienst leistete. Er fehlte mir, und ich wollte nicht warten, bis er beurlaubt wurde. Nachdem er seinen Dienst beendet hatte, veränderte er sich komplett. Er wollte nur noch ein ruhiges und sicheres Leben mit irgendeinem festen Job haben. Ich habe ihm davon abgeraten, die Stelle als Lehrer in einer Grundschule in Latakia anzunehmen. Dein Opa war auch meiner Meinung und sagte, dass dein Vater in Damaskus auf jeden Fall etwas Besseres finden könnte. Ich weiß nicht, warum dein Vater diese Stelle unbedingt annehmen wollte. Vielleicht war es einfach Schicksal. Dann hat er deine Mutter in Latakia kennengelernt. Ich habe euch auch dort mehrmals besucht. Du warst noch ein Baby!", lachte er in Traurigkeit.

„Und meine Mutter?", fragte ich ihn.

„Deine Mutter war eine sehr intelligente und belesene Frau. Dein Vater hätte keine bessere Frau auf der Welt für sein Leben finden können."

„Für sein kurzes Leben", unterbrach ich ihn, während ich an meiner Zigarette zog.

„Sie war das Einzelkind in ihrer Familie. Ihr Vater machte es zur Bedingung, dass seine Tochter in Latakia wohnen bleibt, wenn Ahmad sie unbedingt haben wollte. Dein Vater akzeptierte das natürlich aus Liebe zu deiner Mama. Dein Opa, Abo Walid, starb, wie du weißt, kurz nach dem traurigen Unfall."

„Und was hielten meine Großeltern von der Ehe meines Vaters?"

„Deine Mutter konnte die Herzen aller Menschen mit ihrer Gutherzigkeit und ihrem Esprit gewinnen. Deine Oma hat sie sehr geliebt, und deshalb war Buthaina später neidisch auf deine Eltern. Deine Oma war auch etwas härter in Bezug auf Buthaina. Das hat alles noch schlimmer gemacht."

Ich seufzte und drückte meine Zigarette in den Aschenbecher aus. Das war das erste Mal, dass jemand mir von meinen Eltern erzählte. Selbst mein Opa hatte dies immer vermieden. Ich zog die letzte Zigarette aus der Schachtel und drückte die Verpackung kräftig in meiner Hand zusammen.

„Ich möchte einen Kaffee, Onkel. Willst du auch einen?", sagte ich, nun etwas ruhiger, aber auch viel trauriger.

„Gern, Adam! Warum nicht?", lächelte er mich an.

6

Am nächsten Tag lag ich in tiefem Schlaf, als mein Handy klingelte. Ich wachte mit ungeheuren Kopfschmerzen auf und hörte am Telefon Darins Stimme.

„Adam, wie geht es dir?"
„Guten Morgen, Darin. Gut, und selbst? Was macht dein Knie?", fragte ich und rieb mir die Augen.
„Wir müssen uns schnell treffen. Bist du noch zuhause?", Sie klang aufgeregt.
„Ja, ich bin heute nicht zur Uni gegangen. Was ist los?! Ist alles gut?"
„Ich muss dich sofort sehen!"
„Klar! Wo?"
„Ich bin jetzt in der Nähe der juristischen Fakultät. Wie lange brauchst du hierhin?"
„Eine halbe Stunde."
„Okay, dann in einer halben Stunde in der Cafeteria. Pass gut auf dich auf!"

Ich zog mich schnell an, steckte mein Handy und meine Brieftasche ein und trank zwei Gläser Wasser, bevor ich die Wohnung verließ.

In der Cafeteria sah ich mich suchend nach Darin um. Sie saß an einem Tisch ganz an der Seite, und als ich ihr nahekam, guckte sie sich ängstlich um, bevor sie mich mit ihrer Hand zu sich heranwinkte.

„Darin! Was ist los?"
„Komm erstmal runter, meine Seele!", sagte sie leise.
„Darin! Du siehst nervös aus! Was ist denn los?"
„Lass uns etwas trinken, Adam!"

Ich holte für Darin eine Limonade und für mich einen Kaffee.

„Es tut mir leid, Adam. Du hast deinen Kaffee heute zuhause bestimmt nicht getrunken", wisperte Darin.

„Kein Ding, Darin. Erzähl mir doch endlich, was ist passiert?"

Die Cafeteria war voll mit Studierenden, die lärmend sprachen, und die westliche Hintergrundmusik war auch laut. Darin schaute sich die Umgebung nochmal prüfend an, bevor sie sich wieder mir zuwandte.

„Gestern, als ich ins Wohnheim zurückkam, hat eine Betreuerin mich gesehen und gefragt, wo ich war und warum meine Kleidung schmutzig war. Ich sagte ihr, dass mir schwindlig war und ich hingefallen bin. Es war klar, dass sie mir nicht geglaubt hat. Am Abend hat eine andere Betreuerin meine Freundin Wafaa angesprochen und ihr gesagt, dass mein Verhalten auffällig sei und sie vermuten, dass ich an den Demos teilnehme."

„Und?", fragte ich Darin voller Angst.

„Wafaa sagte mir direkt, dass ich das Wohnheim dringend verlassen müsste. Die Betreuerin, die ihr das erzählt hat, sagte ihr, dass ihre Vorgesetzten mich bei der Polizei oder sogar beim Geheimdienst verraten könnten."

„Darin. Kennen sie eure Adresse?"

„Nur Wafaa kennt sie. Aber wenn sie dem Geheimdienst meinen Namen nennen, kann der mich natürlich leicht finden."

„Bist du sicher, dass Wafaa dich nicht verrät?", fragte ich.

„Ich denke nicht, Adam! Wafaa ist gut!"

„Du musst dich verstecken! Unbedingt!"

„Aber wo?"

„Komm mit mir!", sagte ich ihr und stand auf.

Wir nahmen ein Taxi und fuhren zu mir nach Hause. Unten vor der Tür gab ich ihr meinen Schlüssel.

„Darin, du gehst nach oben und ich fahre zu Onkel Ilias, okay?"

Ich nahm das nächstbeste Taxi und stieg in der Nähe des Ladens aus. Ich erzählte Onkel Ilias, was geschehen war. Er sprang auf und schrie mich an, was ich mir dabei denken würde, Darin alleine zu lassen. Das sei nicht nur leichtsinnig, sondern auch sittenwidrig. Darin in der Wohnung eines anderen Mannes! Selbst wenn es die Wohnung ihres Cousins ist, gehöre sich das nicht!

So hatte ich Onkel Ilias noch nie erlebt. Seine Reaktion überraschte und verletzte mich zugleich. Er ließ mich ratlos im Laden zurück, stieg in seinen Pickup-Skoda und fuhr weg.

Ich wusste nicht, ob Onkel Ilias Recht hatte oder nicht. Ich wollte doch Darin einfach nur schützen. Der Ort war für mich egal. Ihre Sicherheit stand für mich an erster Stelle.

Ich kochte mir einen Kaffee und trug die Tasse nach draußen, zündete mir eine Zigarette an und dachte: „Würde Onkel Ilias Darin wieder nach Hause bringen? Nein! Das ist für sie und für ihre Familie zu gefährlich. Warum sprach Onkel Ilias von der Angemessenheit meines Verhaltens und nicht von Darins Sicherheit? Aber ich glaube, für ihn ist Darins Sicherheit genauso wichtig wie für mich, wenn nicht wichtiger!"

Meine Vermutung war richtig. Nach einer Stunde kam Onkel Ilias wieder und sagte mir, dass Darin nun bei ihm zuhause sei und seine Schwester sich um sie kümmern würde.

„Onkel, du musst das nicht! Wir lösen unsere Probleme selbst!"

„Häh?", starrte er mich fassungslos an.

„Ja, Onkel. Wir haben uns in diese Situation gebracht. Du brauchst das nicht!"

Mir selbst fiel auf, wie überheblich ich klang. Onkel Ilias antwortete mit unterdrückter Wut.

„Adam, das ist das erste Mal, dass du mit mir auf diese Weise sprichst! Pass bitte auf!"

Er setzte sich auf seinen Stuhl, zündete eine Zigarette an und guckte nach draußen, um sicherzustellen, dass niemand unserem Gespräch lauschte. Seine Stimme klang jetzt wieder gelassen und freundlich:

„Hör zu, Junge! Wenn du dir denkst, dass ich ein Greis bin, dann kennst du mich nicht richtig! Wenn es sein muss, nehme ich es mit dir und zehn Jungs in deinem Alter auf! Denkst du, dass dieses Thema dich eher betrifft als mich? Dass Darin dir wichtiger ist als mir? Darin ist für mich wie eine eigene Tochter. Hisham ist mein Freund und seine Kinder sind meine, genauso wie du auch wie mein Sohn bist."

Ich sah ihn beschämt an. Er redete weiter:

„Aber ich bin sehr stolz, Adam! Als du mit mir auf diese konsequente Art und Weise geredet hast, habe ich deinen Vater in deinen Augen gesehen. Du musst nur auf die Älteren hören, damit du später nichts bereust! Das Bereuen ist schlimm. Niemand kennt das besser als ich!"

„Bis wann wird Darin denn bei euch bleiben?"

„Für immer! Was ist das Problem? Das ist ihr Zuhause und sie kann dort für immer bleiben."

Bis zu diesem Zeitpunkt wussten wir nicht Mal, ob Darin wirklich verfolgt wurde, oder ob die Leute im Wohnheim ihren Verdacht für sich behalten würden.

7

Es war ein recht heißer Freitag. Gegen zehn Uhr rief mich Darin an und wollte sich mit mir treffen. Ich kam um halb zwölf an unseren Treffpunkt. Darin wartete auf mich in einem Auto. Mit dabei war auch Wafaa, die auf dem Rücksitz neben Darin saß. Fawaz begrüßte mich und stieg ins Auto ein, während ich schweigend auf dem Beifahrersitz Platz nahm. Ich fragte nicht mal, wo sie hinwollten. Für mich war es klar, sie sind auf dem Weg zu einer Demonstration, und ich spürte unser gemeinsames Schicksal. Das war das erste Mal, dass ich bewusst kollektiv gedacht habe.

„Darin, weiß Onkel Ilias, wo du hingehst?", fragte ich sie, ohne mich nach hinten zu drehen.

Sie schwieg und ich wusste, dass sie ihn entweder anlog oder die Wohnung heimlich verlassen hatte. Fawaz fuhr den Wagen und versuchte, die Straßen der Geheimdienstdirektorate, mit denen Damaskus reichlich bestückt war, zu meiden. Wafaa hatte den Betreuerinnen im Wohnheim erzählt, dass sie das Wochenende bei ihrer Familie in Daraa verbringen wollte. Fawaz bot ihr an, bei seiner Mutter und seinen Schwestern zu bleiben und fragte mich, ob er bei mir übernachten könnte. Ich stimmte zu.

Unterwegs klingelte das Handy von Fawaz, er ging dran: „Ja. Unterwegs. Was geht bei euch ab?"

Seine Stimme klang sanft und ruhig. Seine Haare glänzten seidig und umspielten die nach wie vor sichtbaren Folterspuren auf seinem Gesicht. Doch irgendwie wirkte er anders. Im Gegenteil zu meinem Opa hatte die Verhaftung von Fawaz einen positiven Ausgang. Vielleicht ist das der Unterschied zwischen Jung und Alt? Der Junge wird wütend, der Alte unterwürfig. Aber wer weiß, vielleicht wäre auch mein Opa jetzt im Auto, wenn er noch lebte!

Fawaz nahm sein Handy wieder in die Hand und rief jemanden an, der ihm Anweisungen zu dem Weg gab. Er bog scharf in eine enge Straße ab und parkte sein Auto vor einem alten Haus, das dem Anschein nach nicht zu Ende gebaut worden war. Aus dem Haus kam ein junger Mann heraus, der uns nach Innen führte. Die Hitze war unerträglich. Der Asphalt brodelte fast unter der brennenden Sonne. An den Straßenrändern lagen Berge aus Sand und Bauschutt, die die Straße endlos erscheinen ließen. Kein Haus war höher als zwei Etagen. Es wunderte mich, wie wir in Sekunden durch zwei Welten gereist waren. Zuerst waren wir im Herzen von Damaskus und schauten direkt in sein modernes Gesicht, wo die Gebäude und Türme den Himmel berührten und die Straßen mit Schatten auffüllten. Und dann waren wir auf der anderen Seite unseres verkleinerten Weltbildes, wo die Armut über die Slums herrschte. Nur war die Armut nicht der Auslöser der Proteste. Dahinter steckten politische Ursachen. Der Grund dafür, warum die Demonstrationen vor allem am Rande der Städte ausbrachen, war, dass die Menschen in solchen Gegenden sich besser kannten und sich leichter zusammenschlossen.

Das Regime wollte mit den Protesten 2011 mit der gleichen Methode umgehen, wie es das in den letzten fünf Jahrzehnten gemacht hatte. Mit der gewaltsamen und rücksichtslosen Einschüchterung und Abschreckung der Bürger und Bürgerinnen durch das Schicksal einiger von ihnen. Doch dieses Mal lief alles anders, insbesondere, weil wir andere Menschen auf unser Leiden auf diversen Medienkanälen aufmerksam machen konnten. Die Globalisierung und die

Digitalisierung waren ein Segen für unsere revolutionären Interessen.

Wir blieben bei dem jungen Mann, der Mohannad hieß, eine halbe Stunde, tranken Tee und diskutierten über die politische Situation im Lande. Ich könnte zehn Mal sterben, ohne jene hoffnungsvollen Gesichter zu vergessen, die es jetzt nicht mehr gibt. Sie sprachen von ihren Hoffnungen für unser Land, und ich saß dort still dabei, interessiert und begeistert. Sie waren einfach, authentisch – ein Teil der Bevölkerung und der Revolution. Das war für uns alle das erste Abenteuer und die Erfahrung war ungewöhnlich und neu, faszinierend und unwiderstehlich. Wir waren keine revolutionären Intellektuellen oder Gewerkschafter. Wir hatten überhaupt keine Vorstellungen von der politischen Arbeit. Unser Gewissen und unsere Menschlichkeit, unsere Liebe zu unserem Land und unserem Volk waren unser Kompass und unsere Kraftquelle.

Darin, Wafaa und Fawaz kannten Mohannad anscheinend auch nicht. Die Stimmung war trotzdem fast freundschaftlich oder wie wir es damals genannt haben, „genossenschaftlich". Mohannad redete wie ein Wasserfall, als sein Handy klingelte. Er stand auf und wir folgten ihm nach draußen. Unter der brennenden Sonne schlichen wir in Richtung der Demonstration, wo sich unzählige Menschen versammelten. Wir wurden immer mehr und mehr. Männer, Frauen, Kinder und Senioren drängten sich wie Pilger, die an ein heiliges Bassin gekommen waren, um ihre ausgetrockneten, zerrissenen und in Trümmer gelegten Seelen mit einem belebenden Trunk zu erfrischen.

Die Stimmen wurden immer lauter und umarmten die weißen durchsichtigen Sommerwolken, die in Richtung Sonne ruderten. Alle riefen im Einklang und aus tiefstem Herzen:

„Das Volk will das Regime stürzen! Das Volk will das Regime stürzen!" Ich rief mit, bis die Heiserkeit meine Stimme zuschüttete, ohne dass ich es bemerkte. Meine Parole richtete sich nicht nur gegen das Regime, sondern gegen das Unrecht auf der Erde. Auf meiner rechten Seite war Darin. Sie hielt heimlich meine Hand und war so glücklich, wie ich sie noch nicht erlebt habe. Die Menschen haben mit ihren Tränen gerungen und blickten hoffnungsvoll in den Himmel.

Ich hielt Darins Hand fester und schloss die Augen, atmete tief ein und reiste in Gedanken nach oben, wo ich meinen Opa sah. Ich lächelte, umarmte ihn und sagte: „Heute haben wir den Henker niedergeschlagen, allein mit unserer Stimme und unseren wehrlosen Händen – mit Liebe, Mut und Hoffnung."

Mein Gefühl, meinen Opa enttäuscht zu haben, verschwand hinter meinem Stolz. Es waren mystische, spirituelle Momente – die reinsten meines Lebens, die meine Seele für immer mit Revolte füllten.

Plötzlich und abrupt wurde ich aus meinen Gedanken gerissen und sah Menschen unter dem Hagel der Kugeln auseinanderstieben. Manche fielen direkt hin. Die Stimmen der Demonstranten wurden unerträglich laut, vermischten sich mit den Geräuschen der Schüsse und füllten die ganze Hauptstadt. Die Regierungskräfte wollten den Menschen auf der Straße den Mund verbieten, auch wenn das den Abwurf einer Atombombe auf Damaskus und das Auslöschen der Stadt bedeutet hätte.

Vor uns, ganz oben, war Qasyun. Dort habe ich den blutdürstigen Mörder gesehen. Stehend betrachtete er die verbrannte Stadt, hatte seine Lyra in dem Schoße. Er tötete die Söhne und die Töchter jenes traurigen Landes und führte das Blutbad auf dem Altar seiner Alleinherrschaft und seines

Überlebens als Diktator über das Land. Damaskus glich an diesem Tag Rom im Jahre 64 – zwei Städte, die von der Hybris und der Megalomanie ganz und gar beherrscht wurden.

Die Demonstranten schützten sich vor den Kugeln des Wahns in den kleinen Straßen am Rande des Platzes. Ein Junge war dabei, einen blutgebadeten Verletzten von der Stelle zu rücken. Unbewusst eilte ich zu ihm. Dann kam auch er ums Leben. Wir trugen ihn in die schmale Straße abseits. Dabei wurden wir aber angeschossen und ließen den leblosen Körper des Jungen zu Boden sinken. Ich spürte, wie ein Feuerspieß durch mein Bein drang und flüchtete um die Ecke. Zum Glück drang die Kugel nicht in mein Bein ein. Sie verletzte mich nur oberflächlich, aber die Wunde blutete, und ich brauchte Hilfe. Ein verschleierter Mann kam zu mir. Darin warf sich vor Angst und Sorge auf mich.

„Adam!", rief sie.

„In Ordnung, Darin. Keine Panik!"

„Wir müssen ihn jetzt mit den anderen Verletzten mitnehmen und behandeln", sagte der Mann, während Demonstranten weiter versuchten, Verletzte und Tote zu holen und dabei immer wieder angeschossen wurden.

„Ich komme auch mit!", sagte Darin.

„Nein. Wir kümmern uns um ihn, keine Sorge", erwiderte der Mann mit fester Stimme.

„Ich studiere Medizin und kann helfen", ließ Darin nicht locker.

„Das kann uns nur hindern. Bitte!", sagte der Mann noch strenger.

„Lass sie bitte mitkommen! Sie ist meine Schwester!" sagte ich und merkte, dass Darin mich so anstarrte, als hätte sie meine Verletzung vergessen.

Der Mann erlaubte Darin, mitzukommen und gab ihr eine Mullbinde und Desinfektionsmittel, nachdem man meine Wunde untersucht hatte. Es war ein kleiner Laden, der in ein Feldlazarett verwandelt wurde und nun voll mit Toten und Verletzten war. Schluchzend bandagierte Darin meine Wunde. Ich sah sie an, hob sanft ihr Kinn mit meiner Hand und lächelte sie an. Sie senkte jedoch wieder den Blick und setzte ihre Arbeit fort.

Wir schlichen uns langsam wieder zu Mohannads Haus durch und blieben dort, bis sich die Sonne hinter dem weiten Horizont verkroch. Nur die Nacht konnte uns bergen und erst, als es dunkel wurde, fuhr uns ein junger Mann zu Onkel Ilias nach Hause. Fawaz ist seit dem Tag nicht mehr aufgetaucht. Mehrere Opfer und Dutzende Verletzte waren an diesem Tag der Ertrag der herzlosen Todesmaschine des Regimes und seiner Todesschwadronen. Die Stadt schien in einem tiefen Trauerzustand zu sein. Sie weinte um ihre Söhne und Töchter, die den letzten Sonnenaufgang erlebt hatten.

In einer Parallelwelt, wie wir sie uns wünschten, hätten die Soldaten ihre Waffen hingeworfen und hätten sich uns angeschlossen. Wir hätten zusammen getanzt und sie hätten die Schießbefehle abgelehnt. „War das zu viel verlangt? Ist es wirklich etwas, was wir uns nur auf einer surrealistischen Ebene vorstellen können? Wie tief ist die Menschheit im Schlamm der eigenen Erbärmlichkeit schon versunken?! Ist jetzt die Unterlassung der Tötung anderer zu einer Utopie geworden?", diskutierte ich mit mir selbst.

Sie schossen uns an, während wir eine Heimat forderten, die uns und sie vereinigt. Eine Heimat, die sie nicht zwingt, uns anzuschießen, um unsere Stimmen verstummen zu lassen und dafür am Ende des Tages ihren Kindern etwas zu essen bringen zu können. Eine Heimat, die sie nicht zwingt, uns anzuschießen, damit sie ihren eigenen Stolz erfüllen und ihre Unterlegenheit befriedigen, indem sie „ihren Führer" blind verteidigen, den sie als Totem verehren.

Ja, sie haben uns bewusst getötet und uns mitsamt unserer Desillusionierung in den Graben geworfen. Genau das macht die Menschen krimineller als alle anderen Wesen, die ihres Gleichen töten. Das volle Bewusstsein der Menschen für das, was sie tun, zeichnet sie aus. Das macht ihre Taten weniger verständlich, weniger vertretbar und schwieriger zu rechtfertigen. Wenn die Menschen töten, sind sie bestialischer als ein hungriger Löwe, der eine Herde unschuldiger Gazellen ansteuert. Der Löwe wird durch das fehlende Bewusstsein und durch seine Naturveranlagung freigesprochen, während die Menschen wegen ihres Bewusstseins und ihrer Vernunft beschuldigt werden müssen.

Wir, der Homo sapiens, stellen eine einzigartige Mischung von Tier und Mensch dar. Wir sind weder in der Lage, makellos unseren reflektierten Verstand einzusetzen, noch würden wir einen Ablassbrief erhalten, sobald das Argument einer dem Tier eigenen Erkenntnislosigkeit aufgezeigt wird. Wir schweben in diesem traurigen Zwischenzustand, mit unserer eigenen Schande, seit der Schöpfung, seit Kain und Abel und deren Opfer.

Vielleicht hat in dem Moment das Verständnis von Friedrich Nietzsches Übermenschen in meinem noch kindlichen Bewusstsein Fuß gefasst. Ich schaute aus dem Fenster, während unser Auto durch die Gassen im stillen Damaskus fuhr.

Ich ließ meinen Gedanken freien Lauf und atmete die Luft von Damaskus tief ein. Trotz unseres Ertrinkens im Schlamm unseres unheilbaren Wahns bleiben wir die zerbrechlichsten Wesen auf der Erde und diejenigen, die am meisten für die Trauer anfällig sind. Genau diese Trauer nahm mich gerade in ihren Griff und ich schloss nicht aus, dass sie auch einen der Täter umschlang. Wer weiß, hätte man diesen Menschen keine Waffen in die Hände gegeben, wären sie jetzt möglicherweise noch unschuldig. Wenn sie wer anders oder wo anders wären, wären sie keine Verbrecher! Wenn, wenn, wenn – alles nur realitätsferne Annahmen. Sicher ist jetzt, dass diese Menschen Verbrecher sind. Sie haben gerade unzählige Träume ermordet und meinen Hass auf diese Welt verdoppelt, nachdem meine Augen voller Hoffnung unter dem Himmel von Damaskus gestrahlt haben, als ich noch die Luft mit den Genossen teilte und sie mit mir – die Revolution, die Stimme und den Traum!

Ich war schon immer davon überzeugt, dass das menschliche Leben von Zufällen bestimmt wird. Zufälle häufen sich und machen unsere Gegenwart aus. So trafen sich durch einen Zufall zwei Menschen, ein Mann und eine Frau. Irgendwie fanden sie sich und wurden meine Eltern, die ich nicht einmal wirklich kannte. Sie heirateten und zeugten mich, ohne dass ich gefragt wurde, ob ich es wollte oder nicht. Und dieser Zufall, der Moment, in dem ich entstand, hat nicht nur das Leben meiner Familie bestimmt, sondern alles und jede Kleinigkeit in meinem traurigen Leben. Ein Moment der Liebe und der Leidenschaft und der Egoismus meiner Eltern führten mich hierhin, in diese unendliche Tragödie.

Und unser Nero, der jetzt auf Qasyun tanzt? Was wäre aus ihm geworden, wenn er nicht der Sohn seiner Eltern, der Sohn dieser bestimmten Familie geworden wäre?! Was wäre gewesen, wenn er überhaupt nicht geboren worden wäre?! Er ist definitiv kein Erzeugnis einer Liebe. Okay, er ist jetzt da und dieses Übel war anscheinend unvermeidbar. Aber was, wenn ein kleiner Unfall irgendetwas geändert hätte und er jetzt ein normaler Bürger wäre?! Was wäre, wenn er die Bedeutung der Macht in seinem Leben nie gespürt hätte?! Vielleicht wäre er heute unter den Demonstranten und jetzt unter den unschuldigen Opfern?! Wer weiß?! Ist ihm die Macht zum Verhängnis geworden oder ist seine Tyrannei ein Resultat der Macht?!"

All diese Gedanken lasteten auf meiner Seele, während unser Auto durch das dunkle Damaskus fuhr, ohne dass wir einmal das Vorderlicht anmachen konnten. Darin saß auf dem Rücksitz und schaute tief betrübt durch das Fenster.

8

Der unbekannte Fahrer brachte uns bis zur Gasse von Onkel Ilias. Wir bewegten uns vorsichtig und langsam in Richtung seines Hauses. Ich konnte kaum laufen, aber ich schleppte mich hinkend weiter, bis wir die Wohnung erreichten. Onkel Ilias und Tante Maisaa waren da. Wir kamen rein ins Wohnzimmer, das vom Zigarettenrauch verhangen war und noch nach Kaffee roch. Onkel Ilias saß dort, neben sich hatte er eine kleine Kerze angezündet. Tante Maisaa betrat das Zimmer gemeinsam mit uns. Sie machte das Licht an und öffnete das Fenster sperrangelweit, während sie schimpfte: „Verdammte Zigaretten! Du wirst uns eines Tages töten, Mann!"

Tante Maisaa war eine sehr nette Frau, die einfach Pech im Leben gehabt hatte. Zudem hatte sie eine spitze Zunge, von der niemand verschont blieb, und wenn jemand oder etwas sie ärgerte, schimpfte sie wie ein Rohrspatz. Sie war Ende vierzig, ledig und einsam wie eine asketische Nonne. Ihr Verlobter, ein Bauingenieur, war vor zwanzig Jahren auf einer Baustelle gestorben, als ein Baukran umgefallen und ihn unter sich begraben hatte. Seitdem lebte sie in einem trauerähnlichen Zustand.

Ich und Darin setzten uns verschämt und ängstlich auf das Sofa neben Onkel Ilias. Er schwieg weiter und zündete sich eine weitere Zigarette an, ohne uns anzugucken, so, als hätte sich nichts um ihn im Zimmer bewegt.

„Onkel, wir...", sagte ich.

„Ich weiß, Adam!", unterbrach er mich. „Du musst nichts sagen!"

Ich guckte Darin traurig an und biss mir auf die Lippe vor Verlegenheit. Tante Maisaa kam mit vier Gläsern Limonade.

„Schatz, wie ist es mit dem Bein?", fragte sie mich und lächelte beschwichtigend. Sie setzte sich auf den Sessel und sagte zu ihrem Bruder:

„Was willst du noch? Da sind deine beiden Kleinen! Trink die Limonade und hör endlich mit den Zigaretten und dem Kaffee auf, sonst stirbst du, du alter Mann!"

Onkel Ilias lächelte und drückte seine Zigarette aus:

„Schließ das Fenster, Maisaa. Diese beiden Verrückten wollen uns dahin schicken, wo der Pfeffer wächst! Was ist mit euch los? Was?", schrie er uns an. „Wie oft habe ich gesagt, dass ihr aufpassen sollt? Und wie willst du jetzt auf die Straße gehen, Adam, ohne aufzufallen? Mein lieber Gott!"

„Onkel, ich lebe doch noch. Aber Fawaz ist verschwunden. Was sollen wir seiner Mutter sagen?"

Wafaa war bereits bei Fawaz' Familie. Onkel Ilias schlug vor, die Familie aufzusuchen. Ich wollte unbedingt mitgehen und ließ mich nicht davon abbringen, so dass Onkel Ilias schließlich nachgab. Wir fuhren in der Dunkelheit. Die Wohnung war nicht so weit entfernt, nur die Angst machte den kurzen Weg zu einer unendlichen Qual. Hätte uns eine Patrouille oder ein anderer Schlägertrupp angehalten, wäre es mit uns vorbei, wir wären alle nur noch Vergangenheit.

Die Wohnung lag im zweiten Stock in einem Mehr-Familien-Haus aus fünf Etagen. Die normale und klassische Wohnung einer gut situierten Familie. Die Mutter erlitt einen kompletten Nervenzusammenbruch, während zwei Schwestern lamentierten. Unsere Versuche, sie zu beruhigen, waren umsonst.

Später erfuhr ich von Onkel Ilias, dass Fawaz' Mutter ihn an seine Geliebte erinnerte. Das war das erste und einzige Mal, das Onkel Ilias dieses Stück seiner Vergangenheit ansprach.

„Und warum sagst du ihr das nicht, dass du sie magst, Onkel?", fragte ich ihn.

„Was? Wer hat das denn gesagt? Sie wirkt nur wie Nathalie!", Tränen schimmerten in seinen Augen.

„Also liebst du sie nicht?", fragte ich weiter.

„Liebe? Adam, die Liebe ist kein Wort, das du einfach nur aussprichst! Ich liebe Nathalie und werde es für den Rest meines Lebens tun!"

Ich wollte sie irgendwie zusammenbringen. Ich wusste natürlich nicht, dass die Religion es verhindern würde. Aber wer weiß, vielleicht wäre alles anders gelaufen, wenn das Schicksal uns etwas Zeit gelassen hätte. Wenn! Wenn! Wenn!

9

Ich sollte danach die Normalität meines Alltags vortäuschen und weiter wie gewöhnlich zur Uni gehen. Darin, Wafaa und ich haben nicht aufgehört, uns an den Demonstrationen zu beteiligen. Wir trafen uns jedes Mal an einem anderen Punkt und gingen gemeinsam zur Demonstration. Oft haben sich die Menschen am Rande der Hauptstadt gesammelt und demonstriert. Nachdem Fawaz nicht mehr auftauchte, mussten wir viel vorsichtiger sein, denn sollte er festgenommen worden sein, müssten wir damit rechnen, dass er unter extremer Folter unsere Namen verraten würde. Dann würden wir sofort gejagt.

Deshalb machte ich es mir zur Gewohnheit, immer die Ein- und Ausgänge im Blick zu behalten, egal wo ich war, damit ich jede Gefahr rechtzeitig bemerken und notfalls fliehen konnte. Die Befürchtung, festgenommen zu werden, ließ uns nie los. Die Vorstellung eines schnellen Todes im Kugelhagel war mir persönlich viel sympathischer, als unter die Skalpelle eines Henkers des Regimes zu geraten.

An einem Donnerstag fuhr ich nach Duma, etwas östlich von Damaskus, um die Aktivisten und Rebellen dort bei der Organisation einer Demonstration zu unterstützen. Darin wollte am nächsten Tag nachkommen, um zusammen mit mir an der Demonstration teilzunehmen. Ich übernachtete bei einem Aktivisten aus der Region, den ich nicht so gut kannte.

In dieser Nacht wurde die Wohnung meines Onkels Hisham, der auf einer Geschäftsreise in Beirut war, durchsucht. Die Soldaten kramten überall und durchwühlten die Möbel, was Buthaina verrückt machte. Sie heulte. „Wenn Sie den verfluchten Jungen suchen, finden Sie ihn bei Ilias. Ich habe ihn aus meiner Wohnung rausgeschmissen!" Erstaunt guckte

Jasmin ihre Mutter an. Anscheinend war das Mädchen doch nicht böse genug, um das Verhalten ihrer Mutter nachvollziehen zu können.

Die Soldaten brachten Buthaina und Jasmin zur berüchtigten „Abteilung für politische Sicherheit", wo sie befragt wurden. Buthaina gab dem Kommissar die Adresse von Onkel Ilias und erzählte alles, was sie über mich und über Onkel Ilias wusste. Die Frau ahnte nicht, dass sie ihre Tochter verriet, indem sie mich dem Tod ausliefern wollte. Darin wohnte bis diesen Zeitpunkt immer noch heimlich bei Onkel Ilias und Tante Maisaa. In dieser Nacht war Onkel Ilias nicht daheim, sondern mit seinen Freunden beim Kartenspiel.

Als Buthaina und Jasmin die Direktion verließen, hielt sich das Mädchen voller Verachtung von ihrer Mutter fern und versuchte mehrfach, Darin anzurufen. Um 22:00 Uhr ungefähr klingelte mein altes Handy, das ich nur selten benutzte, mit einer unbekannten Nummer. Ich ging dran und es war Jasmin: „Adam! Bitte, du und Darin, ihr müsst von Onkel Ilias heute Abstand halten! Bitte!", schluchzte das Mädchen. Wir alle gingen davon aus, dass Telefonate abgehört wurden. Deshalb berichtete mir Jasmin eher indirekt, was vorgefallen war, und sagte, dass sie sich Sorgen um uns machte. Ich bestätigte, dass Darin bei Onkel Ilias war und bereute es danach, da ich mir nicht sicher war, ob ich Jasmin vertrauen konnte, obwohl mich die Ehrlichkeit in ihrer weinenden Stimme berührte.

Ich versuchte danach ebenfalls, Darin oder Onkel Ilias zu erreichen – erfolglos. Wenige Minuten später drangen Soldaten in die Wohnung ein und nahmen Darin und Tante Maisaa fest. Danach warteten die Soldaten in ihren Autos in der Gasse, bis Onkel Ilias spät in der Nacht nach Hause kam und sie ihn ebenfalls verhaften konnten.

Der Tag war ein neuer schwarzer Abgrund in meinem Leben, nicht weniger schlimm als der Tag, an dem meine Eltern mich verlassen hatten, oder der Tag, an dem ich meinen Opa verloren hatte. Doch war dieser Tag vielleicht noch entsetzlicher als alle anderen Erlebnisse zusammen. Etwas in mir flüsterte, dass ich Darin, Onkel Ilias und Tante Maisaa nicht wiedersehen würde, und so war es auch.

Mein Gastgeber, der seine Wohnung zu einem kleinen Medienzentrum umfunktioniert hatte, merkte, dass mich eine große Katastrophe befallen hatte. Der Mittdreißiger fragte mich:

„Ich weiß nichts. Aber anscheinend ist etwas Schlimmes passiert, mein Freund!"

„Vielleicht ist es noch nicht passiert. Firas, ich muss sofort nach Damaskus! Bitte! Ich muss es verhindern!", sagte ich und stand aufgewühlt vor ihm.

„Adam! Sei bitte ruhig! Setz dich bitte und erzähl mir, was los ist!'"

„Nein. Ich will gehen, jetzt."

„Du gehst nicht! Bist du verrückt?", sagte er mir und stand auch auf.

Ich fing an zu weinen und fiel zu Boden. Firas half mir zum Sofa und brachte mir ein Glas Wasser, das ich kaum in der Hand halten konnte.

Firas seufzte.

„Adam, ich kenne dich nicht gut, aber was ich weiß ist, dass alle von dir gut reden und dass du loyal zu unserer Revolution stehst und an sie glaubst. Stimmt's?"

„Die Revolution ist mein ganzes Leben!"

„Wir riskieren unser Leben für das Land und für eine bessere Zukunft, für unseren Traum, in Freiheit und Würde zu leben.

Niemand hat uns gezwungen, diesen schweren Weg zu gehen. Wir wollten es. Das heißt, wir alle sind bereit, der Brennstoff der Freiheitsfackel zu sein. Stimmt's?"

Ich antwortete nicht. Ich sah die Revolution mit anderen Augen. Vielleicht war ich bereit, für die Revolution zu sterben, doch nun würde ich den Tod nicht mehr mit einem offenen und zufriedenen Herzen annehmen. Ich wäre traurig, so wie ich von nun an jedem Tag, an dem die Revolution einen Sohn oder eine Tochter verliert, traurig sein würde.

Ja, die Revolution war wirklich mein ganzes Leben, und mein ganzes Leben wurde zu einer Revolution. Vor der Revolution war ich ein Junge, der am Rande der Gegenwart lebte; mit ihr wurde ich ein Teil der Gegenwert, beteiligte mich an deren Gestalten und an dem Gestalten der Zukunft, meiner Zukunft und der Zukunft der Millionen. Aber, die Revolution bedeutete für mich auch Darin. Darin, die mich liebte, auch wenn ich ihr Gefühl nicht ebenso erwidern konnte. Die Revolution bedeutete für mich Onkel Ilias, seine Väterlichkeit, seine Bücher, seine Diskussionen, sein Mut und seine Vorsicht. Die Revolution bedeutete für mich Tante Maisaa, ihr leckeres und mit Liebe gemachtes Essen und ihr kindliches Lächeln. Die Revolution bedeutete für mich den armen Fawaz, auch wenn mir das Schicksal nicht ermöglicht hatte, ihn näher kennenzulernen. Die Revolution bedeutete für mich Jeden und Jede, die mit mir den Traum teilten. Was wäre denn die Revolution ohne sie alle?

In dem Moment schien mir aber die Idee des Todes sehr banal zu sein. Was für einen Wert hat mein Leben denn angesichts so einer Revolution und eines so großen Traums? Mein Tod würde nicht das Ende sein, auch nicht der Tod von irgendwem, nicht einmal der Tod von uns allen. Den Weg dieser Revolution würden die nächsten Generationen gehen und beenden Sie würden den Tyrannen Galgenstricke aus den Zöpfen unserer trauernden Mütter flechten und sie an den Mauern unserer zerstörten Städte aufhängen. Sie würden auf unseren Leidensweg, den wir mit unserem Blut vorgezeichnet haben, gehen und Rache für unsere Leiden nehmen. Wir würden Gott um Auferstehung bitten, um weiterzukämpfen. Wir würden als Quälgeister aus unseren Ruhestätten emporsteigen, die Schädel der Despoten einschlagen und sie bis in ihre Gräber verfolgen.

Dieser rosafarbige Traum wurde durch die Tage und Jahre blasser. Für ihn machten wir aus unserem Fleisch Prothesen, damit er sich stehend halten kann. So umrüsteten wir seine Säulen, jedes Mal, wenn sie baufällig wurden, und formten für ihn Mörtel aus dem Blut unserer Herzen. Aus unserer Haut schnitten wir Fäden und webten sie zu Flicken, damit er nicht erfriert, nachdem ihm der internationale Wille kein wärmendes Obdach gewährt hatte. Wir überfütterten ihn mit unserer Hoffnung, und dennoch wurde er nur dünner. Doch in unseren Augen blieb der Traum genauso schön, attraktiv und aufblühend, wie er immer war. Wir haben ihn nicht einfach aufgegeben, während viele Enttäuschte ihn aus ihren Gedanken verbannt hatten.

Ich konnte in dieser Nacht meine Augen nicht ein einziges Mal schließen und beobachtete die ganze Zeit Firas, der um drei Uhr vom Schlaf besiegt wurde. Alle halbe Stunde schlich ich mich zum Garten raus, um zu rauchen. Als meine Zigarettenschachtel leer war, klaute ich Firas Packung. Um sieben Uhr schlich ich in die Küche und kochte Kaffee. Um viertel nach acht fing ich an, absichtlich Geräusche zu machen, damit Firas aufwachte. Als ich sein Zimmer betrat, war er wach und starrte die kahle Zimmerdecke an.

„Firas, bist du wach? Der Kaffee ist frisch, ich bringe ihn sofort", sagte ich.

Er starrte weiter die Decke an.

Er fing an, seine Zigarettenschachtel zu suchen. Also sagte ich ihm, während er unter seiner Bettdecke und dem Kissen herumwühlte:

„Die Schachtel ist bei mir."

„Hast du noch nicht geschlafen, Junge?"

„Nein."

„Ich weiß auch nicht mehr, wann ich eingeschlafen bin."

„Hauptsache, du hast etwas geschlafen. Wir haben heute viel zu tun", sagte ich und reichte ihm die Tasse.

„Ich glaube, es ist besser, wenn du heute zuhause bleibst, Adam! Du bist müde und musst schlafen."

„Keine Chance! Ich bin hier nicht, um zu schlafen. Wenn ich hierbleibe, werde ich verrückt."

Kurz danach wurde auch meine Wohnung in Damaskus durchsucht. Seitdem habe ich Damaskus nicht wiedergesehen. Hätte ich es vorhergesehen, hätte ich vielleicht die Mütze meines Opas, seine Tagebücher und die Bilder meiner Eltern mitgenommen. Das alles wurde gemeinsam mit dem Wenigen, das ich hatte, zu Vergangenheit. Doch es machte mir kaum etwas aus, denn die Revolution brachte mir bei, dass die Ideen, die der Mensch in seinem Kopf und seinem Herzen trägt, viel mehr wert sind als alles andere. Wozu brauchte ich denn noch die Tagebücher meines Opas und die Bilder meiner Eltern? Die Tagebücher behielt ich in meinem Kopf und die Bilder in meinem Herzen, damit ich meine Eltern erkennen kann, wenn ich in den Himmel gehe. Ich brauchte nichts Greifbares, solange ich ein Gedächtnis hatte, wobei ich noch nicht wusste, ob es ein Segen oder ein Fluch wäre, dieses Gedächtnis lebendig zu halten.

Ich reichte Firas die Kaffeetasse mit der Zigarettenschachtel, nachdem ich daraus eine Kippe gezogen hatte. Sie hielt ich zwischen meinen Lippen. Meine Stimme klang unsicher und zaghaft.

„Firas, ich kann nie wieder nach Damaskus. Alle, die ich dort kenne, sind nicht mehr da. Ich weiß nicht, ob..."

„Adam, Du bleibst hier! Ich werde versuchen, für dich eine dauerhafte Bleibe in meiner Nähe zu finden. Ab heute bin ich dein großer Bruder", sagte Firas und tätschelte auf meine Schulter.

Oh mein Gott, wie faszinierend sein letztes Wort klang! Bruder! Nie zuvor hatte ich das Gefühl der Bruderschaft in meinem Leben gespürt! Ich wollte ihn umarmen und weinen. Das tat ich dann auch.

Firas, der Mann, der mich bis zum Ende geschützt und betreut hat. Er war in der Tat der beste Bruder, und ich liebte seine drei Kinder, als wären sie meine Neffen. Er war ein Freund, wie man ihn wohl nur einmal im Leben treffen kann!

10

Die nachfolgenden Monate waren sehr schwer zu ertragen. Die Bitterkeit der Sehnsucht presste meine Seele zusammen und killte mich nach und nach. Die erste Phase war einfach ein Hoffnungslosigkeitsstrudel, denn es war gar nicht leicht, das Geschehene hinzunehmen. So quälend und schmerzhaft ist es, wenn wir unsere Liebsten auf einmal verlieren. Ich hatte den Autounfall, der mir meine Eltern entriss, überlebt, war nach dem Tod meines Opas dem Untergang entgangen und musste nun auch noch mit dem Wissen, dass Darin und Onkel Ilias verschwunden waren, weiterleben. Und ich dachte, dass ich das alles erleiden musste, weil diese Trauer und Betrübnis als mein unausweichliches Schicksal festgeschrieben war – auf einer steinernen Stele aus Höllenlava, die tief in den Archiven des ewigen Elends lagerte.

Das Einzige, was mir half, war, mich mit ganzer Kraft an der zivilen Arbeit meiner neuen Familie zu beteiligen. Unseren Kummer zerstießen wir mit unserem Eifer für die Revolution. Unsere Seelen reinigten wir ständig mit ihren Liedern und Ausrufen. Unsere Müdigkeit warfen wir jeden Abend vor der Schwelle ihres Paradieses weg, mit unserem Schweiß gaben wir unserem Traum Wasser und Nahrung, bevor wir todmüde im Schatten seiner Schösslinge schlafend niederfielen und jeden Tag beim Aufwachen unsere Hoffnung als frische Rose aufblühen sahen.

Ich fing irgendwann an, in der Metallwerkstatt bei Firas zu arbeiten. Zu Beginn brauchte er wirklich viel Geduld, bis ich wenigstens ein bisschen gelernt hatte. Seine Familie war unkompliziert und nett, und ich fühlte mich ihnen zugehörig. Firas' Onkel stellte mir eine kleine Ein-Zimmer-Wohnung zur

Verfügung, und er akzeptierte von mir kein Geld dafür. So viel Großzügigkeit hatte ich in Damaskus nie kennengelernt.

All die Menschen, die ich an diesem Zufluchtsort kennenlernte, habe ich in mein Herz geschlossen. Sie wurden zu meiner Familie, und die Revolution wurde zu meiner Mutter, die mich in meinen jungen Zwanzigern adoptiert hat. Sie riss mich vom Schoße der Verzweiflung, befreite mich aus den Fängen der Machlosigkeit und Einsamkeit, rettete mich aus der Entfremdung, die ich in der eigenen Heimat erlebt hatte – und schenkte mir einen glänzenden Traum, für den ich leben konnte. Die Revolution gab meinem Leben Bedeutung, und ohne sie wäre ich immer noch so orientierungslos, wie ich es bis dahin gewesen war. Ohne sie wäre ich in den Sümpfen der Gleichgültigkeit ertrunken und im Spiegellabyrinth der Absurdität vergessen worden. Aber nein! Mit der Revolution wurde ich zu einem neuen Menschen, einem Menschen, der für die anderen leben wollte und ein edles Ziel hatte. Ich musste das Salz meiner Tränen über meine Wunden fließen lassen und meinen Schmerz über den Verlust so vieler Gefährten wegstecken, damit ich weitermachen konnte. Ich musste der Adam sein, dem die Menschen vertrauten und auf den sie sich verlassen konnten. Ich wurde zu einem Phönix, der sich nach jedem Zusammenbruch neuformiert und wieder aufsteht. Ich war wie ein Blinder, der das Licht des Lebens endlich erblicken konnte, wie jemand, der aus dem Tod gerettet wurde und auferstand, der dem Leben einen Kuss auf die Stirn gab, nachdem sein Herz mit Liebe zum Leben gefüllt wurde. Ich wurde von einem Teenager, der als Randnotiz einer vergessenen Seite vor sich hingelebt hatte, zur Überschrift einer legendären Geschichte.

Nach der Verhaftung von Darin, Onkel Ilias und Tante Maisaa ließ mein Onkel Hisham sich von Buthaina scheiden, und seitdem wusste keiner mehr etwas über sie. Mein Onkel lebte mit Jasmin und der Hoffnung, dass Darin eines Tages wiederauftauchen würde. Ich konnte mir vorher gar nicht vorstellen, dass er es je wagen könnte, sich von Buthaina zu trennen. Aber ihr Verrat und dessen Folgen waren ungeheuer bösartig. Ich habe erst viel später erfahren, dass Wafaa zu ihrer Familie in Daraa in den Süden zurückgekehrt war und später nach Jordanien flüchtete. Tante Maisaa wurde nach ein paar Tagen entlassen. Ich habe mit ihr danach nur ein einziges Mal telefoniert und konnte aus dem, was sie sagte, nicht richtig verstehen, was genau passiert war. Sie war sicherlich gefoltert worden, aber nun wieder frei, während Darin und Onkel Ilias immer noch die Qual und den Schmerz ertragen mussten. Mit Jasmin blieb ich heimlich in Kontakt. Ab und an telefonierten wir und sie wurde zu einer komplett anderen Person. Sie erinnerte mich nun viel mehr an Darin und nicht mehr an Buthaina und ihre boshaften Blicke. Ich wünschte mir, dass ich sie wieder treffen könnte – auch, um ihr altes Bild aus meinem Kopf zu löschen. Ich war in einer Situation, in der ich es mir erlaubte, zu verzeihen. Auch Buthaina war vielleicht nicht allein schuldig am Schicksal von Darin. Sie wollte mich treffen und wusste nicht, dass ihre Tochter dort war und ich nicht. Vielleicht verschlang die Reue ihr Herz, weil sie ihr eigenes Kind in einen bodenlosen Abgrund der Hölle geschmissen hatte. Aber was nutzte Reue, nachdem so viele Menschen zu Schaden gekommen waren? Wie könnte Onkel Ilias jemals wieder in die Augen seines besten Freundes Hisham schauen? Würde Hisham überhaupt verzeihen können?

Ich vermisste Damaskus, und zugleich hasste ich es! Für mich war meine Heimatstadt nur noch ein Massengefängnis, voll mit unterdrückten Menschen und unzähligen verborgenen Spitzeln der Geheimdienstapparate. Ich würde natürlich jede Chance nutzen, um meinen Onkel Hisham und Tante Maisaa zu besuchen, nur war Damaskus, das von uns nur ein paar Kilometer entfernt war, jetzt viel weiter weg als der Himmel und dessen Sterne.

In der weitverzweigten Opposition herrschte Chaos. Wir mussten unsere Ideen und Ziele vor der Ideologisierung und der Islamisierung verteidigen, die mit der Bewaffnung der Revolution die Oberhand bekamen. Die Ausgrenzung versetzte uns in Panik. Wir waren die Wenigen, die immer auf eine friedliche und zivile Bewegung gesetzt hatten. Ja, die Brutalität des Regimes ließ vielen keine andere Möglichkeit, als bewaffnet zu kämpfen, aber dennoch war ich bis zum Ende ein Befürworter der friedlichen Revolution, die ich liebte.

Ich lebte für lange Zeit in meiner kleinen Wohnung mit meiner Katze „Lola". Als ich sie fast tot in der Nähe aufgefunden hatte, war sie erst wenige Tage alt, genauso wie meine Seele, die mit dem Ausbruch der Revolution neu geboren worden war.

„Adam!!!", rief der junge Mann mit den langen Haaren und dem Vollbart und starrte mich an.

Als der junge Mann mit seiner Kalaschnikow unter dem Arm zu uns ins Zimmer kam, begrüßte er alle Jungs, einen nach dem anderen. Und alle nannten ihn „Sam".

Er guckte mich etwas länger an, drückte meine Hand stärker, lächelte erfreut und setzte fort:

„Erkennst du mich nicht?"

„Sami, richtig?", fragte ich ihn verwirrt.

„Richtig!", antwortete er, lachte laut und umarmte mich fest.

Sami erzählte uns ausführlich über sein Leben unter den Rebellen. Als er sich aus dem Gespräch etwas zurücknehmen konnte, drehte er sich zu mir und fragte mich:

„Adam, was hat dich hierhin gebracht?"

„Dasselbe, was dich gebracht hat, Sami!", antwortete ich.

„Du bist auf einmal verschwunden und alle an der Uni dachten, dass du festgenommen oder getötet worden bist", sagte er lachend.

„Wie einfach es ist in diesem Land, vom Tod zu reden. Was macht dein Leben? Was machst du hier? Du hast auch noch eine Waffe dabei!", fragte ich nach, wobei meine Abscheu vor Schusswaffen meiner Frage einen leicht vorwurfsvollen Tonfall gab.

„Ich wurde festgenommen, nachdem du verschwunden warst. Wisam und ich."

„Wisam? Wo ist er jetzt? Wie ist das passiert?"

„Wir sind in der Abteilung 251 für zwei Monate zusammengeblieben. Danach wurde ich entlassen, Wisam aber nicht. Aber diese zwei Monate fühlten sich wie zwei Jahre an, oder noch viel länger. Selbst Tiere könnten diese Folter nicht verkraften."

Ich bekam Gänsehaut und fragte Sami:

„Sami, als du im Gefängnis warst, hast du dort vielleicht einen Mann getroffen, der Ilias Ibrahim heißt?"

„Hmmm", dachte er nach, kratzte seinen Bart und antwortete: „Nein, ich glaube nicht."

„Fawaz Al Ahmed vielleicht?", fragte ich weiter.

„Nein. Es tut mir leid, Adam", sagte er und klapste auf meine Schulter.

„Schade. Gott sei Dank, dass du jetzt hier bist. Ich wünschte nur, dass auch Wisam bald freikommt."

„Ich habe keine Hoffnung mehr, Adam! Mein Bruder wurde in Deir ez-Zor vor Monaten inhaftiert. Er ist unter der Folter gestorben. Ich will dir keine Angst machen, aber rechne immer mit dem Schlimmsten."

Ich war zutiefst erschrocken. Was bedeutet das? Dass ich Darin und Onkel Ilias einfach vergessen sollte? Aber nein, wie könnte ich bitte so ein Unglück überleben? Vergessen?! Die Bekümmernisse werden nicht vergessen. Nur mit der Zeit wird es leichter, sie zu ignorieren und vor den Augen zu verbergen, so, als ob unser Gedächtnis aus Regalen besteht, die an den Wänden unserer Seelen übereinander hängen. Und immer, wenn ein bisschen Zeit vergangen ist, werden die alten Bekümmernisse ein Regal nach unten geschoben. Irgendwann aber erleben wir etwas oder treffen wir jemanden, der den Staub wegwedelt und die alten Leiden wieder nach oben hebt. Dann reißen unsere Wunden, die wir mit Selbstbetrug überdeckt hatten, wieder auf.

Ich spürte einen Schwächeanfall und verabschiedete mich von den Jungs. Sami wollte mich begleiten, da ihm meine

Schwäche wahrscheinlich aufgefallen war. Sami und ich liefen gemeinsam durch die Nacht und besannen uns auf die alten Zeiten. Da empfand ich zum ersten Mal etwas Sehnsucht, und wir redeten über unsere früheren Kommilitonen, wobei wir nicht mal wussten, ob sie überhaupt noch lebten.

Bevor wir uns voneinander an einer Kreuzung trennten, sah mir Sami in die Augen und sprach:

„Adam, darf ich dir etwas schenken?"

„Mir etwas schenken?"

„Ja, dir", antwortete er und zog aus seinem Gürtel eine schwarze Pistole. Er reichte mir sie und sagte jetzt wieder viel ernsthafter:

„Adam, die wirst du vielleicht eines Tages brauchen. Hier herrschen nur noch Unsicherheit und Chaos! Verteidige dich, wenn es sein muss. Man weiß einfach nicht, was kommt."

Ich nahm die Pistole mit zittriger Hand. Sami umarmte mich schnell und ging. Seitdem habe ich ihn nie wieder gesehen.

12

Kurz darauf lernte ich eine junge Frau aus der Gasse, in der ich wohnte, kennen. Am Anfang telefonierten wir und schickten uns Nachrichten. Ein Treffen in der Öffentlichkeit war fast unmöglich, ohne dass man uns unter Verdacht gestellt und über uns geredet hätte. Meine Gefühle zu dem Mädchen, das etwas älter war als ich, konnte ich niemals richtig einschätzen. Ich empfand eine Mischung aus Respekt, Gefallen und Begierde – alles gleichzeitig. Als sie ihre Emotionen für mich in Worte fasste, als sie sagte, dass sie mich mochte, war meine Reaktionen zunächst abweisend, was das Mädchen sehr verletzte. Danach hatten wir eine Zeitlang keinen Kontakt mehr, bis ich mich eines Nachts sehr einsam fühlte und zu meinem eigenen Erstaunen spürte, dass ich mich nach ihr sehnte. Ich rief sie an, und von da an waren wir ständig in Kontakt. Sie hieß Rema und war ein hübsches Mädchen. Ich fragte sie nie nach ihrem Alter, bis sie mich einmal nach meinem Geburtstag fragte.

„Der 2. Mai 1992", antwortete ich.
„Dein Sternzeichen ist Stier!"
„Und?"
„Nichts. Dein Sternzeichen ist Stier. Wir passen nicht zueinander."
„Wann bist du denn geboren?", fragte ich Rema.
„Am 15. Januar 1990", antwortete sie und wir schwiegen danach.

Während eines Telefonats fragte sie mich, ob ich in meinem Leben geliebt hatte, und meine Antwort lautete sofort: „Nein!" Danach musste ich an Darin denken. Sie liebte mich, und ich wusste immer noch nicht, wieso mich! Vielleicht war der

Grund, dass ich für sie immer verboten war. Ihre Mutter hatte uns nie erlaubt, miteinander zu spielen, obwohl wir es immer wollten. Und vielleicht, weil ich der einzige Junge in ihrer Umgebung war. Ich musste an ihren einzigen Brief denken, den ich nicht beantwortet hatte, und an unseren einzigen kindlichen, reinen Kuss. Für mich war das etwas Kindliches, für Darin aber war es die reine Wahrheit und die Spitze der Reife!

Rema war das erste Mädchen, das ich sexuell begehrte, im Alter von zwanzig Jahren. Und deshalb verschob ich verabredete Treffen mit ihr immer wieder und erfand dauernd Ausreden. Sie war richtig attraktiv. Sie schickte mir einmal ein Bild von sich ohne das Kopftuch, das sie draußen trug. So fing sie mich mit ihrer Schönheit. Ihre hellbraunen Haare und ihr weißer Teint machten zusammen eine wunderbare Mischung aus westlicher, ruhiger Schönheit und östlichem, stürmischem Charme.

Es war ein heißer und sonniger Tag im August 2013, als wir uns am Rande der Stadt verabredet hatten. Man hörte in der Region ununterbrochen Schießereien. Die Armee des Regimes ließ keinen einzigen Tag vergehen, ohne mehrere zivile Ziele gezielt zu bombardieren. Ich steuerte das Auto, Rema neben mir, einfach ziellos durch die Gegend und hatte für den Tag überhaupt nichts geplant.

Rema und ich stiegen aus und setzten uns in der Nähe des Autos in die Trümmer eines Hauses. Über uns gab es ein halbes Dach, das in jedem Moment zusammenfallen konnte. Ich zündete mir eine Zigarette an, Rema fragte mich auch nach einer.

„Ich wusste nicht, dass du rauchst, sonst hätte ich dir direkt eine Kippe angeboten", sagte ich und gab ihr die Zigarette mit dem Feuerzeug.

„Ich rauchte früher mal ab und zu", antwortete sie und zündete die Zigarette an.

Wir rauchten und sahen uns an. Rema drehte sich zur Seite und drückte die Zigarette auf einem Stein aus, und als sie sich wieder aufrichtete, überraschte ich sie mit einem Kuss auf ihre Wange. Ihr Gesichtsausdruck spiegelte ihre Verwirrung wider. Verlegen entschuldigte ich mich:

„Es tut mir wirklich leid, Rema, das ist das erste Mal..."

Noch bevor ich zu Ende gesprochen hatte kam sie näher und küsste mich auf den Mund. Langsam wurden die Küsse tiefer und ich wollte einfach nur weitermachen. Rema sprang in meinen Schoß und wir blieben so minutenlang. Ich wollte nicht, dass es endet. Ich wollte sie für immer nur küssen.

„Ich liebe dich, Rema!", flüsterte ich ihr zu – Worte, die ich unter ihren Küssen kaum aussprechen konnte. Ich berührte ihre Brüste mit meinen Fingern, nachdem ich den Mut dazu gefunden hatte. In dem Moment war das Geräusch der Bombardierung sehr nah und Rema schreckte hoch.

„Lass uns gehen bitte. Ich will hier nicht sterben."

Wir standen auf und liefen wieder über die verstreuten Trümmer des Hauses. Plötzlich stoppte Rema, bückte sich und hob einen sehr verstaubten Büstenhalter vom Boden, den sie mit spitzen Fingern vor meinen Augen hin- und herschwenkte. Sie war sehr wütend, aber erst, als wir wieder im Auto saßen, stellte sie mir die Frage, die ihr im Hals steckte wie eine Fischgräte:

„Wie viele Mädchen hast du vor mir hierhergebracht?"

„Wie bitte?", antwortete ich mit einer Frage.

„Meine Frage hast du gehört, ja?"

„Gehört, aber nicht verstanden!"

„Der BH auf dem Boden. Er hat bestimmt einer schönen Frau gehört, ja?"

„Na ja, du bist bestimmt durchgedreht. Woher soll ich wissen, wem der gehört hat?"

„Wer sonst soll das denn wissen? Wer hat mich hierher gebracht?"

„Aber ich bin zum ersten Mal hier. Keine Ahnung, was das für ein Ort ist!"

„Klar!", sagte sie und lächelte ironisch.

„Okay", murmelte ich und fuhr ab.

Ich wusste, dass Rema mir nie glauben würde. Andererseits dachte ich mir, dass ich mich nicht zu rechtfertigen brauchte. Ich trennte mich von ihr an der Stelle, wo wir uns anderthalb Stunden vorher getroffen hatten. Sie stieg aus, ohne mir ein Wort zu sagen, lief eine kleine Strecke und drehte sich, als ich losfahren wollte, nochmal zu mir um.

„Ciao, Casanova!"

Ich war komplett verwirrt. Ich glaube, ich liebte sie nicht. Das war ich nicht, der „ich liebe dich" gesagt hat, sondern irgendjemand in mir, der die Umarmung nicht beenden wollte. Vielleicht war dieser jemand das Kind in mir, das noch nicht gestorben war und das einfach nur eine Umarmung brauchte. Ich wollte Rema folgen und sagen, dass sie schlimme Mutmaßungen über mich anstellte. Doch stattdessen startete ich den Wagen und fuhr zurück zur Werkstatt. An den wenigen Tagen, die Rema danach noch leben sollte, hatte ich keinen Kontakt mehr mit ihr.

13

Firas war nicht in der Werkstatt, als ich dort ankam. Ich fragte unseren Nachbarn und er sagte mir, dass er die Werkstatt gar nicht geöffnet hatte. Das war sehr ungewöhnlich für ihn. Ich machte mir Sorgen und fuhr zu ihm. Firas' ältestes Kind war neun Jahre und das Kleinste ein paar Monate alt. Ich klopfte an die Tür und sein Sohn Mohamad machte auf.

„Hallo Mohamad! Wie geht's dir heute? Ist dein Papa da?", sagte ich lächelnd und beugte mich zu dem Jungen hinunter.

„Papa ist krank", antwortete der Neunjährige.

„Dann sag doch bitte deiner Mama, dass ich da bin und deinen Papa besuchen möchte!"

Firas hatte sehr starke Bauchschmerzen und ich fuhr ihn zu einem Arzt, der ihm ein paar Medikamente gab. Anschließend ging ich nach Hause und hatte vor, den freien restlichen Tag mit einem Buch zu verbringen. Doch zuerst checkte ich mein altes Handy. Jasmin hatte mir eine Nachricht geschickt, mit der Bitte, sie wieder anzurufen. Ich hatte Panik und fragte mich tausend Mal, was passiert sei, bis ich Jasmin nach mehreren Versuchen endlich erreichen konnte.

„Adam! Wie geht es dir?", fragte das Mädchen mit einer bibbernden Stimme

„Gut! Und dir?"

„Wir haben von Darin letzte Woche einen Brief bekommen. Du musst ihn auch lesen!", meinte Jasmin, die ihre Tränen nicht länger zurückhalten konnte.

„Von Darin? Wo ist sie? Was hat sie geschrieben?", schrie ich, wartete auf die Antwort und setzte schnell fort: „Jasmin, bitte!"

„Der Brief ist sechs Monate alt. So sagte das Mädchen, das Tante Maisaa den Brief übermittelt hat. Das Mädchen war mit

Darin im Gefängnis!", gab Jasmin stockend von sich und fügte weinend hinzu: „Ich werde dir den Brief abfotografieren und schicken! Pass auf dich auf, Adam!

Meine lieben Genossen und Genossinnen auf der anderen Seite der Welt, der Welt der Freien,
 ich wünschte mir, ich würde das heutige Datum kennen, damit ich meinen Brief datieren könnte. Wenn euch mein Brief eines Tages in die Hände fallen sollte, werdet ihr euch vermutlich freuen, dass ich noch am Leben bin, nur freut mich das gar nicht! Ich wünsche mir den Tod jeden Tag, seitdem ich hier bin. Ich schreibe euch, um zu sagen, dass ihr nicht traurig sein müsst, wenn ich sterbe, denn meine letzten Atemzüge sind meine Befreiung und meine Entlassung von diesen Fesseln. Bitte, seid nicht traurig! Ich wünsche, dass es Adam und Onkel Ilias, Tante Maisaa, Wafaa und Fawaz gut geht und dass sie frei und gesund sind.
 Das Einzige, was ich bedaure, ist dass ich sterben werde, ohne euch nochmal zu sehen. Ach, traurig ist auch, dass mein Kind, das zehn Monate alt ist, ohne Mama leben wird, wenn es überhaupt noch leben darf oder kann. Dieses Kind war meine Rettung von diesen Monstern, denn die Vergewaltigungen haben nicht aufgehört, bis in meinen siebten Schwangerschaftsmonat. Wie traurig ist es, dass einer dieser Verbrecher der Vater meines Kindes ist, irgendeiner von denen, die mich täglich wechselweise vergewaltigt haben. Ich wünschte, dass ich den Vater erkennen könnte, damit ich ihn als Erstes umbringe. Sehr elend ist mir, dass mein unschuldiger Sohn, Adam, mit mir die Gräueltaten und die Unmenschlichkeit hier erleben muss.
 Ich liebe euch alle!
 Darin

Ich wollte glauben, dass es nicht Darin war. Aber das war ihre Handschrift. Ich kannte sie sehr gut und wusste, wie Darin jeden Buchstaben zeichnete, genau wie in ihrem Liebesbrief an mich vor vier Jahren, der unbeantwortet geblieben war!

Mir wurde schlecht und ich rannte zum Waschbecken, steckte mir den Finger ganz tief in den Hals und versuchte, zu erbrechen. Vor dem Spiegel berührte ich mit den Fingerspitzen mein Gesicht, das anders als sonst aussah – blass und tot. „Darin! Mein Gott! Welche sündigen Herzen konnten das Blut in die Körperteile pumpen, die dich gequält haben! Welche Art von Menschen ist das! Warum nur?" Darin wurde misshandelt, vergewaltigt, und von einem ihrer Gefängniswärter geschwängert. Sie entband ihr Kind in der kleinen Zelle und nannte ihn sogar Adam! Aber wie wird dieser Adam heranwachsen?!

Lola miaute neben mir und streichelte meinen Fuß. Ich nahm sie hoch, gab ihr einen Kuss und sagte ihr: „Such dir ein anderes Zuhause, Schatz!" Ich setzte sie vor der Haustür ab und ging wieder rein, während sie miaute, in der Hoffnung, wieder hereingelassen zu werden. Sie sollte dann draußen was zum Essen finden, nicht mein Fleisch!

Ich lief benommen zum Kleiderschrank und nahm die Pistole heraus, die mir Sami vor Monaten gegeben hatte. Ich betrachtete die Waffe lange und sagte innerlich: „Danke Sami! Du hast Recht gehabt, als du gesagt hast, dass ich dieses Ding brauchen werde!"

Ich hob die Pistole und richtete ihre Mündung an meine Schläfe. Ich zitterte unkontrolliert. Ich ließ die Pistole fallen, zog mein Hemd aus, fixierte im Spiegel das Muttermal auf meiner Brust und atmete in tiefen Zügen, bis das Zittern nachließ. Erneut zielte ich mit der Waffe und schoss auf die Reflexion meines Schädels im Spiegel Kugel um Kugel ab.

14

Es war der 21. August 2013. Um zwei Uhr in der Nacht. Die Nacht der Apokalypse. Egal, wie schrecklich die Apokalypse sein würde, sie könnte gar nicht schlimmer sein als diese Nacht. Ich war auf dem Sofa eingeschlafen. Der zerbrochene Spiegel und die Schusslöcher in der Wand vor mir. Schrille Autohupen und Panikschreie weckten mich. Schon während ich die Augen öffnete, war mir klar, dass die Region bombardiert worden war. Ich ging halb nackt, ohne nachzudenken, aus dem Haus und sah mich angstvoll um. Die Dunkelheit der Nacht explodierte errötend, so wie die Hölle. Lola, meine Katze, war tot. Ihr kleiner Körper lag direkt an der Tür, klebte regelrecht daran. Die Luft stank beißend. Der Geruch des gelben Todes, den ich nie zuvor gerochen hatte und nie mehr vergessen würde. Es stank nach Sarin!

Ziellos rannte ich wie von bösen Geistern besessen durch die Straßen. Die Luft berührte meine nackte Brust zum ersten Mal, „und zum letzten vielleicht", dachte ich mir. Ich war wie Adam bei seinem Aufsetzen auf der Erde, ganz nackt. Er wollte wahrscheinlich zuallererst seinen Schambereich bedecken, so wie ich meine Narbe, das Fluchzeichen, das Muttermal, zu bedecken versuchte. „Wie kann ich vor diesem verdammten Geruch fliehen?!" Vergeblich. Wir atmeten den Tod ein. „Sollte ich mich um die überdeutliche Narbe kümmern, oder versuchen, Luft zu finden?" Meine Augen tränten heftig, meine Muskeln verspannten sich und schienen meinen Körper nicht mehr halten zu können. Die Welt drehte sich um mich, alles drehte sich viel zu schnell. Die Menschen um mich fielen mal nach unten und mal nach oben. Die Haufen von Toten um mich herum. Wer noch lebte, trug auf seiner Schulter einen

Toten und rannte ohne Ziel – Gottes Gnade erflehend. In dieser Nacht erstickten Tausende, während das kriminelle Totem bis heute frei ist.

Die Hilferufe und die Schreie von Kindern und Frauen mischten sich in meinem Kopf zu einer Trommeltruppe, die meinen Schädel fast in die Luft springen ließ.

Alles um mich war im Fall. Männer. Frauen. Kinder. Alte. Katzen. Hunde. Vögel. Blumen. Maulbeerenbäume. Weinreben. Die Sterne der Nacht und der Mond. Das Gewissen und die Gesetze und die Sitten und die Hoffnungen und die Träume.

Die Welt wurde enger und enger. Mich interessierten das unbedeckte Muttermal und die Menschen um mich herum gar nicht mehr. Ich wollte nur nicht umkippen! Oh Gott! Ich spürte, dass ich das Bewusstsein verlieren würde, während Tränen meine Augen verschleierten, sodass ich nichts mehr sehen konnte. Ich stürzte, tiefer und tiefer, ohne den Boden erreichen zu können, als ob dieses Fallen das Letzte war, was mir in die höllische Stele meines Unglücks eingraviert worden war. Ich schloss die Augen und sank in die Dunkelheit.

Drittes Kapitel

„Glück, das ist einfach eine gute Gesundheit und ein schlechtes Gedächtnis."

Ernest Hemingway

Drittes Kapitel

1

Türkei, Istanbul.

Keine Zuflucht! Kein Ausweg! Begegne deinem Tod, den du einatmest! Verstecke dich nicht hinter den Wänden und unter den Dächern! Sie werden dich nicht beschützen. Flehe den Himmel nicht an! Hoffe nicht auf das Überleben, denn die Luft ist voller Tod. Die Atmosphäre ist tödlich. Schreie nicht nach Hilfe, denn die Enttäuschung wird bitter sein, viel bitterer als dieser Tod, der alles um dich überflutet. Egal wo du hinlaufen willst, wirst du nur dem Würgeengel über den Weg laufen und seinen Atem im Nacken spüren. Egal, wie sehr du danach strebst, wirst du seiner tödlichen Umklammerung nicht entkommen können. Du wirst nur Nero sehen, wie er seinen Hals streckt, um einen letzten Blick auf dich zu werfen, während du ohne Feuer brennst und ohne Blutvergießen getötet wirst, nur weil du in einem Land geboren bist, dessen Luft zu Gift wurde. Er spielt für dich die Melodie deiner Vergänglichkeit und das Lied seiner Unsterblichkeit. Auf einem weit entfernten Berg sitzt er auf seinem Thron, der aus den Knochen und Schädeln der Unschuldigen gebaut wurde, und trinkt auf seinen Sieg. Er tötet dich heute, wie noch niemand getötet wurde. Der Idiot! Er weiß nicht, dass jeder Tod am Ende gleich ist. Er weiß auch nicht, dass kein Weg ihn nach Rom führen wird, sondern für ihn alle Wege in der Hölle enden. Und jetzt, bete zu diesem Berg, dass er ihn ausspuckt. Vielleicht fällt er herunter, wie alle anderen hier!

Das war das Erste, was ich über das Massaker nach anderthalb Monaten geschrieben, oder besser gesagt, artikuliert hatte. Das war während meiner dritten Woche in Istanbul. Ich konnte mich nach dem Massaker selbst nicht mehr ertragen, sodass ich das Land verließ. Alles, was passiert war, sah ich wieder und wieder – jedes Mal, wenn ich auf die Straße ging. Das Miauen meiner Katze Lola wurde in meinem Kopf immer lauter. In meinen Träumen miaute sie und ich verstand die Sprache der Katzen. Sie tadelte mich für das, was ich ihr angetan hatte. Ich wollte doch mir selbst das Leben nehmen, aber stattdessen verschuldete ich ihren Tod. Vielleicht war es mein Recht, mich zu töten, aber auf keinen Fall war es mein Recht, Lola vor der Tür im Gas ersticken zu lassen.

Ich konnte mir die Straßen ohne die Leichen und ohne die nach Hilfe schreienden Menschen gar nicht mehr vorstellen. Die Halluzinationsanfälle begleiteten mich tags und nachts. Ich sprach endlich mit einem Freund von mir und gestand ihm, dass ich ein solches Leben nicht mehr ertragen konnte. Meine Abreise hat er dann durch Bestechung und Kontakte in die Wege geleitet und nun hatte ich einen sicheren Ausweg in den Norden. Von dort aus musste ich dann die türkische Grenze überqueren.

„Lasse ich es einfach mit der Revolution? Wem überlasse ich denn diesen Traum?" Ich stellte mir diese Fragen tausend Mal, und jedes Mal trieben mich die Gedanken bis zur Ratlosigkeit, vor der ich meinen Kopf gegen die Wand schlug. Ich fühlte mich schuldig, weil ich überlebt hatte, während fast alle mir nahestehenden Menschen gestorben waren – Firas und seine Familie, Rema und ihre Eltern, alle Nachbarn und viele Freunde. Alle wurden aus dem Leben gerissen. In der ersten Woche konnte ich die Augen nicht schließen, und wenn ich es doch irgendwann schaffte, wurde ich durch kleinste Geräusche draußen geweckt. Erst in der zweiten Woche konnte ich endlich wieder schlafen. Nur war der Schlaf noch schlimmer, als endlos wach zu bleiben, denn die immergleichen Alpträume wurden zu meiner täglichen Routine. Ich träumte jeden Tag von Firas und seinen Kindern, während sie sich auf dem Boden vor Schmerzen krümmten und heulten. Von Darin träumte ich auch. Sie trug ihr kleines Kind zum Himmel, schnappte nach Luft und flehte den kleinen Adam an, mit dem Atmen nicht aufzuhören. Neben ihr miaute Lola, und ganz weit weg sah ich Rema weinen.

Ich bereitete mit den anderen Überlebenden ein Massengrab für alle Opfer vor, die aufeinandergestapelt begraben wurden. Ich grub tiefer und tiefer in den Boden hinein und erinnerte mich an die Beerdigung meines Opas. Zum Schluss schaufelten wir Erde auf die Toten in der Grube und ich fragte mich, ob es wirklich besser war, dass ich oben geblieben war und nicht mit den Anderen unten lag!

Als ich in Istanbul ankam, reichte mir eine Flasche aus, damit das Bild der aufeinander gehäuften, in Plastiktüten gewickelten Leichen für einen Moment aus meinen Gedanken verschwand. Mit der Zeit wurden es vier und selbst diese waren nicht genug, um die Umrisse des Grauens aus meiner Erinnerung zu löschen. Am gestrigen Tag habe ich es gewagt, eine fünfte Flasche dazu zu nehmen, doch danach konnte ich kaum laufen, geschweige denn den Weg nach Hause finden.

Ich klappte meinen Block in der Kneipe „Kuka Pub" in Istanbul in Beşiktaş am Bosporus zu. Diese Kneipe entdeckte ich bei einem Spaziergang auf der europäischen Seite von Istanbul. Diese Stadt entzückt alle mit ihrer Schönheit. Trotzdem konnte ich sie in den ersten Tagen nicht wahrnehmen. Sobald ich dort ankam, erlitt ich einen weiteren Schock. Ich hatte doch gedacht, die Welt sei einfach stehen geblieben! Dass das Leben irgendwo anders ganz normal weiterlief, konnte ich mir nicht mehr vorstellen! All die Menschen, all die Autos und den ganzen Alltagstrott betrachtete ich, als ob ich ein außerirdisches Wesen wäre, das erst kürzlich auf diesem fremden Planeten gelandet war. Wie sehr hasste ich diese Stadt!

Ich trank einen großen Schluck aus der Flasche und zündete noch eine Zigarette an, zog an der Kippe und ließ den Rauch aus meinem Mund in die Luft entweichen. Das Wetter war traumhaft und eine leichte Brise drängte mich dazu, meine Augen zu schließen und tief einzuatmen. Mein Freund Murad verspätete sich. Normalerweise kam er immer viel früher. Ich hatte ihn zehn Tage zuvor kennengelernt, nachdem ihm meine häufigen Besuche im Alleingang in der Kneipe aufgefallen waren. Am vierten oder fünften Tag, an dem ich in die Kneipe kam, lud er mich auf Türkisch zu seinem Tisch ein. Ich verstand ihn nicht und guckte ihn fragend an. So fragte er mich weiter auf Türkisch, ob ich Syrer bin, und ich antwortete ihm auf Englisch: „Yes, Sir!"

Ich schätzte ihn auf etwas älter als fünfzig Jahre, jedoch wirkte er sehr einfach und fast kindlich. Er war mittelgroß, dünn, und die Farbe seines großen Schnurrbarts schwankte zwischen Schwarz und Grau. Er hinkte auf seinem linken Bein infolge eines Motorradunfalls in seiner Jugend. Nachdem ich seine Einladung angenommen hatte, erzählte er mir, dass er diese Kneipe seit Jahren aufsuche und dort viele Menschen kennengelernt hätte. Daraufhin fragte ich mich: „Warum sitzt er dann immer allein, wie ich, als ob niemand ihn kennen würde?!"

Okay. Ich muss gestehen, dass ich am Anfang seine Persönlichkeit und seine Redensart nicht gutheißen konnte. Ich überlegte sogar, in eine andere Kneipe zu gehen, um ihn nicht mehr zu sehen. Für mein Empfinden laberte er viel zu viel und war dabei auch noch fest davon überzeugt, dass er gutes Englisch spräche. In Wirklichkeit sprach er aber fast ausschließlich Türkisch und verwendete nur ab und zu ein paar einfache englische Worte, die nicht einmal zehn Prozent von seiner Plauderei ausmachten. Ich habe ihm zu Beginn nie zugehört, und wenn ich vermutete, dass er mich etwas fragte, lautete meine Antwort immer gleich: „Yes. Exactly, Sir!"

Er übertrieb alles und redete über seine Vergangenheit so, als ob er Politiker, Soldat, Geschäftsmann, Arbeiter und Obdachloser zugleich gewesen wäre. Während er sprach, tat ich jedes Mal nichts anderes, als mich zu besaufen. Danach schleppte ich mich auf mein Zimmer in Beyoğlu, in der Nähe vom Taksim-Platz, zurück. Heute jedoch verspätete sich Murad, und ich machte mir Sorgen um ihn.

Auf dem Weg in den syrischen Norden sah ich wie ein Trottel aus, als ob ich gerade aus einer Grotte herausgekrochen wäre, wo ich für Jahrzehnte verweilt hätte. Zwei weitere, mir unbekannte Jungs sind mit mir gefahren. Einer davon war der Bruder vom Anführer einer bewaffneten Rebellengruppierung. Er machte die Fahrt möglich. Ein bisschen Geld hatte ich durch die Arbeit bei Firas gespart. Das war aber nicht genug, sodass ich von einem Freund Geld geliehen hatte.

Ich hatte keine Ahnung, wie die Fahrt verlaufen würde. Was ich wusste, war nur, dass wir uns in den Norden begaben. Ich setzte mich still ins Auto und nacheinander passierten wir die Kotrollpunkte, die überall auf dem Weg waren und das Land zersplitterten. Es war deutlich, dass alles gut vorbereitet war, denn an manchen Kontrollpunkten wurden wir nicht einmal angehalten. Die Soldaten, die wir unterwegs sahen, hätte ich am liebsten angeschrien und beleidigt. Aber ich dachte mir:

„Was bringt das? Was ändert das an der Tatsache, dass sie nur Untertanen des kriminellen Regimes sind?!" Ich konnte sie weder als „halb unschuldig" noch als „gezwungen" betrachten. Sie waren Arm und Bein des Regimes. Egal, ob es ihnen bewusst war oder nicht und ob sie es innerlich ablehnten oder nicht – sie waren es.

Nach ein paar Stunden Fahrt bekam der Fahrer einen Anruf, dass er die Richtung ändern müsse, was ihn dem Anschein nach sehr aufregte, wütend machte und durcheinanderbrachte. Er stoppte den Wagen, stieg aus und fing an, Dutzende Telefonate zu führen. Wir mussten nach Azaz, nördlich von Aleppo. Aber dort verschärften sich an diesem Tag die Kämpfe, und die Region fiel infolgedessen unter die Kontrolle des IS. „Verdammt! Da stolpern wir über neue Schweinehunde auf unserem langwierigen Weg zur Freiheit", dachte ich mir sofort.

Also änderte der Fahrer die Richtung. Nach etwa zwei Stunden, spät in der Nacht, erreichten wir die Stadt Binnish in der Provinz Idlib.

Ich sollte bei einem jungen Mann übernachten, den ich nicht kannte. Er hieß Halim und war ein Kämpfer der Freien Syrischen Armee. Er versuchte die ganze Nacht, mit mir zu reden und mich auszufragen. Ich antwortete immer mit kurzen, knappen Sätzen, sodass er am Ende nicht mehr ganz entspannt aussah. Am nächsten Morgen verabschiedete ich mich von ihm, indem ich ihn schweigend fest umarmte.

Ich überquerte die syrische Grenze in die Türkei durch den von der Opposition kontrollierten Grenzübergang „Bab al-Hawa" und verließ Syrien das erste und das letzte Mal in meinem Leben. Europa war mein Ziel und ich trug in meinem Herzen das Leid der ganzen Welt, wie ich meinen Rucksack trug. Ich trug es und es entkräftete mich, als ob Tonnen heißen Eisens auf meinem Rücken wären.

Nach der dritten Flasche spürte ich langsam Verwirrung und eine seltsame Euphorie. Bevor ich nach Istanbul kam, hatte ich in meinem Leben noch nie getrunken. Doch ausgerechnet Alkohol wurde zu meiner Zuflucht und verschaffte mir die erleichternde Betäubung, die mir Istanbul mit seiner ganzen Pracht nicht geben konnte.

Nachdem ich die vierte Flasche bestellt hatte, kam Murad eilig auf mich zu, setzte sich zu mir und begrüßte mich erfreut:

„Wir trinken heute nicht hier. Heute lade ich dich zu mir nach Hause zum Abendessen ein", sagte er in seinem dürftigen Englisch.

Ich versuchte, mich zu entschuldigen und eine Art Ausrede von mir zu geben, aber es gelang mir nicht. Als der Kellner mit der Bierflasche kam, bezahlte Murad den Tisch und lehnte sich zu mir.

„Alles gut, mein Freund! Ich habe jetzt viel Geld und wir feiern heute gemeinsam", gab er fröhlich von sich.

Ich wurde schnell wieder etwas wachsamer und spürte Gefahr. „Wohin wird mich dieser Mann mitnehmen? Ich kann seine Sprache kaum verstehen und kenne ihn fast gar nicht!" Als wir in seinem Renault 5 von 1990 losfuhren, war ich immer noch fest entschlossen, mich der Einladung zu entziehen und vor ihm zu fliehen. Also täuschte ich vor, aufs Klo gehen zu wollen. Er verstand mich aber nicht und schwatzte irgendwas auf Türkisch, was mich noch ängstlicher machte. Als wir die Bosporus-Brücke erreichten, gab ich auf. Murad erzählte mir, dass er ein neues Auto kaufen und mich aus diesem Anlass in sein Dorf mitnehmen wollte, wo die Natur sehr schön sei – wenn ich ihn richtig verstand. Wir fuhren über die Brücke von der europäischen auf die asiatische Seite von Istanbul. Die Fahrt von Beşiktaş bis Üsküdar dauerte ungefähr zwanzig Minuten. Murad parkte sein Auto auf der Necmeddin Okyay-Straße, wo er in einer kleinen Wohnung mit seiner Frau, seinen drei Kindern und seiner alten Tante lebte. Es war längst dunkel, als wir ausstiegen. Murad begleitete mich fast schon überschwänglich bis zum Eingang des einfachen Gebäudes. Ich war bereit, jederzeit wegzurennen und schaute mich deshalb ständig um, was Murad aber anscheinend überhaupt nicht merkte.

Die Gasse präsentierte sich schon beim ersten Anblick in ihrer Widersprüchlichkeit. Die Gebäude waren hoch und auf den beiden Straßenseiten standen unzählige Autos. Aber wenn man zwischen die Häuser schaute, erblickte man die Armut. Murad begrüßte den Lebensmittelhändler, der auf der Straße rauchte. Die beiden schrien einander fröhlich etwas zu, ohne dass ich ein Wort verstand. Wie ein Idiot stand ich neben Murad und täuschte ein Lächeln vor.

In der Wohnung ging es festlich zu. An dem Tag hatte Murad seinen Anteil vom Erbe seines Vaters bekommen, nachdem er jahrelang mit seinen Geschwistern darum gestritten hatte. Die Familie versammelte sich um mich und Murad stellte mich stolz auf Türkisch vor. Von seiner Rede verstand ich nur das Wort „arkadaş", also „Freund". Alle begrüßten mich auf Türkisch und Murad prustete darauffolgend los und lachte sie aus. Er erklärte dann, dass ich kein Türkisch spreche und dass er sich mit mir in Englisch unterhalte. Murads Frau und die Tochter fingen an, Teller auf den Tisch zu stellen, während Murads Tante auf dem Sofa lag und ihre Taille mit einer alten Wolldecke umwickelte. Sie wirkte auf mich furchteinflößend, sie sah wie die Hexe aus den Cartoons aus: sehr dünn, mit einem scharfen Kinn im Gesicht und keinem einzigen Zahn mehr im Mund. Sie brüllte ab und zu fremde Worte in den Raum, aber keiner beachtete sie, als ob sie keiner hörte. Ich schreckte jedoch jedes Mal auf, wenn sie schrie.

Sarab, Murads Tochter, war eine hübsche junge Frau, die ihrer Mutter sehr ähnelte. Ich staunte über ihren Namen und fragte sie, ob „Sarab" aus dem Arabischen käme und somit die gleiche Bedeutung in beiden Sprachen habe, also „Fata Morgana" oder „Illusion". Sie bestätigte dies, woraufhin ich mich fragte, warum man einem Mädchen diesen Namen gibt. Sie erzählte mir dann, dass sie ihren Namen sehr liebt. Sie sprach gutes Englisch, was ihren Vater anscheinend neidisch machte, sodass er sie dauernd unterbrach oder ergänzte. Sarab studierte Journalismus und war über die syrische Krise tagesaktuell im Bilde, im Gegensatz zu ihrer Familie. Ich drückte mich aber jedes Mal davor, zu antworten, wenn sie mir Fragen zu Syrien stellte.

Währenddessen trank Murad die ganze Zeit Arak, er redete und lachte pausenlos, was seine Tante, gemessen an der Lautstärke ihres Herumbrüllens im Hintergrund, wohl sehr ärgerte. Ich strengte mich an, zu verstehen, was er erzählte, während die Familie auf seine Witze hin lachte. Er erzählte weiter und guckte mich an, als ob ich alles mitbekommen hätte. Nur Sarab blickte mitleidig in meine Richtung und ihre Augen sagten mir: „Ich fühle mit dir! Halte durch!" Ich trank Arak nur zögerlich. Zugegeben, ich mochte ihn gar nicht. Murad füllte mein Glas aber jedes Mal wieder auf, wenn ich einen Schluck getrunken hatte und reichte mir die Teller, mit der Aufforderung, noch mehr zu essen.

Nach einer Stunde entschuldigte ich mich und machte mich auf den Weg. Murad bot mir an, mich nach Hause zu bringen, und ich lehnte nicht ab. Die ganze Familie brachte mich zur Haustür. Alle, bis auf die Tante, verabschiedeten sich von mir sehr emotional und betonten mehrmals, dass ich sie nochmal besuchen müsse. Als wir durch die Gasse zu Murads Auto gingen, hören wir die Tante immer noch brüllen.

2

Nachdem Murad mich zum Taksim-Platz gebracht hatte, sagte er zu mir: „Ab heute bist du einer von uns, Adam!" Das sagte er sogar in einwandfreiem Englisch, als ob er es geübt hätte. Er reichte mir eine kleine Tüte, in der viel Geld war. Ich schaute in die Tüte rein und gab sie ihm zurück. Murad beharrte darauf, und mir blieb nichts anderes übrig als das Geld anzunehmen. Ich stieg aus, steckte das Geld unter mein Hemd und machte mich auf den Weg nach Hause. Ich ging sehr langsam und dachte mir, wie viel schöner die Welt sein könnte, wenn alle Menschen so gut wären wie Murad und seine Familie.

Seit meiner Kindheit unterschied ich zwischen nur zwei Kategorien von Menschen: „Die Guten und die Bösen". Die Guten wie mein Opa, Darin und Onkel Ilias. Und die Bösen, wie Buthaina, der Schulleiter, der Mathelehrer und damals Jasmin. Die einzige Person, die ich nie eingruppieren konnte, war mein Onkel Hisham. Er hatte Mal in der ersten, Mal in der zweiten Kapelle gesungen. Er pendelte in meinen Augen zwischen Gut und Böse. Ich zündete mir eine Zigarette an und stand vor dem baufälligen Haus, in dem ich eine kleine Wohnung im vierten Stock gemietet hatte. Ich blickte mich um und bemerkte eine schlafende, schwarze Katze hinter der Mauer. Die Zigarette fiel aus meiner Hand runter, mein Puls raste. Ich konnte kaum noch atmen, mein alter Alptraum war wieder da. Nur dass ich dieses Mal wach war. Der Raum um mich verengte sich immer mehr, meine Augen tränten heftig. Der Geruch nach faulen Eiern hing wieder in der Luft, als ob verdorbene Eier vom Himmel regneten. Als ob ich wieder in Ghuta wäre. Ich drehte mich zur Haustür und versuchte vergeblich, den Schlüssel ins Schlüsselloch zu stecken. Voller

Angst warf ich einen Blick nach hinten. Die Katze war nicht mehr da. Ich stocherte weiter mit dem Schlüssel ins Leere, während die letzte Luft aus meiner Lunge wich. Endlich konnte ich die Tür öffnen und machte das Licht an. Auf der Treppe lagen überall getötete Katzen. Mit größter Anstrengung schaffte ich es bis zur ersten Etage, dann konnte ich überhaupt nicht mehr atmen, sodass ich mich hinsetzte, weinte und wimmerte. Meine Nachbarin „Maison" machte die Tür ihrer Wohnung auf, streckte den Kopf heraus und sah mich auf dem Boden kauern. Besorgt beugte sie sich über mich: „Was ist los?!" Aber ich konnte nicht antworten. In Todespanik streifte ich mit meinen Blicken hilfesuchend herum und hielt meinen Hals mit beiden Händen. Maison brachte mir ein Glas Wasser, half mir auf und führte mich in ihre Wohnung.

Maison war der erste Mensch, den ich in Istanbul kennenlernte. Sie sprach mich mehrmals an, wenn wir uns zufällig auf der Treppe oder der Straße trafen. Sie war vierzig Jahre alt, sah aber viel jünger aus, obwohl ein paar Falten ihr bräunliches Gesicht durchzogen, was ihr in meinen Augen ein charmantes Erscheinen gab. Ihr Gesicht sah nett und lieb aus. Sie hatte ein paar graue Haare am Haaransatz und trug fast immer einen grünen Schal auf den Schultern. In der unteren Wohnung lebte sie seit Monaten mit ihrem Mann, der dreißig Jahre älter als sie und sehr krank war. Sie bezeichnete seine Krankheit immer als unheilbar und nannte sie nie. Nachdem die beiden aus Aleppo in die Türkei geflüchtet waren, fing sie an, als Kellnerin in einem kleinen Restaurant in der Nähe zu arbeiten. Ich glaube, die Arbeit passte sehr gut zu ihr, da sie attraktiv und schlank war. Wenn sie arbeitete, band sie ihre Haare zu einem Pferdeschwanz. Damit sah sie aus wie eine Tennisspielerin.

In der Wohnung setzte ich mich mit Maisons Hilfe vorsichtig auf das Sofa. Sie fragte mich, ob alles in Ordnung war. Maison stotterte ständig, wenn sie sprach, was den Eindruck vermittelte, als ob sie sehr unsicher sei. Ich antwortete ihr, dass ich von einem Verwandten Geld bekommen hätte und auf der Straße einem Räuber begegnet sei. Der habe mich verprügelt und hätte versucht, mir das Geld wegzunehmen, doch ich habe mich losreißen können und sei weggerannt.

Ich weiß gar nicht, wie mir diese Geschichte einfallen konnte und wieso ich Maison überhaupt anlog. Maison fragte gar nicht mehr nach. Ich stand auf und wollte zu meiner Wohnung hochgehen. Sie wollte mich begleiten, aber ich lehnte das ab und sagte, dass sie ihren Mann nicht allein lassen sollte. Sie versicherte mir, dass sie, da ihr Mann schon seit Jahren krank sei, wüsste, wann sie bei ihm sein muss. Er lag im Koma. Maison ließ ihn stundenlang allein und ging arbeiten, weil sie beide sonst sterben würden, erzählte sie mir.

Keuchend ging ich mit ihrer Hilfe die Treppe hoch. Als wir ankamen, bestand sie darauf, dass ich mich aufs Sofa legte, während sie sich suchend in der Küche umsah. Ich sagte ihr, dass ich keinen Hunger hätte.

„Aber ich schon!", antwortete sie mir lächelnd.

Ihr Gesicht schien mir dem meiner Mama sehr ähnlich! Auf einem Foto, das ich in Damaskus mit den alten Sachen von meinem Opa, seinen Tagebüchern und seiner Mütze aufbewahrt hatte, trug meine Mama die gleiche Frisur wie Maison! Als ich eine Zigarette anzünden wollte, fragte mich Maison, ob ich zuhause Eier habe, oder sie in ihre Wohnung gehen und welche holen müsse.

„Nein, bitte! Ich hasse Eier", sagte ich sehr ernsthaft.

Ich konnte nur sehr wenig von dem, was Maison zubereitet hatte, essen. Ich holte mir ein Bier aus dem Kühlschrank und setzte mich wieder an den Esstisch. Ich beobachtete Maison heimlich, während sie aß. Sie sah wirklich wie meine Mutter aus! Vielleicht bestand diese Ähnlichkeit in Wirklichkeit gar nicht, aber ich konnte mir nichts anderes vorstellen. Nachdem sie fertig war, fragte sie mich, wo ich den Tee hatte und ich antwortete wieder, dass ich keinen Tee mag und daher auch keinen im Haus hätte. Sie ging runter, um Teebeutel zu holen, und in den wenigen Sekunden ihrer kurzen Abwesenheit hatte ich wirklich Angst, bis sie wiederkam.

„Weißt du, dass du wie meine Mama aussiehst?", sagte ich ihr, während sie ihren Tee mit Genuss trank.

„Wo lebt sie?", fragte sie mich.

Ich schwieg für eine Weile und erwiderte dann: „In Damaskus!"

Irgendwie wollte ich ihr die Wahrheit nicht sagen, wahrscheinlich, weil ich die ganze Geschichte nicht erzählen möchte.

Ich trank einen großen Schluck aus der Bierflasche.

„Kann ich meinen Kopf auf deinen Schoß legen?", fragte ich Maison und sie klapste auf ihren Oberschenkel.

Ich ließ meinen Kopf fallen und sie durchkämmte meine Haare mit ihrer Hand. Das war das erste Mal in meinem Leben, das ich das Gefühl hatte, wie toll es ist, eine Mutter zu haben.

„Sing bitte für mich!", sagte ich ihr zuckend und weinend.

3

Um halb zwölf am nächsten Tag wachte ich auf und fand mich komplett nackt! Viele leere Flaschen lagen um mich herum. Wieder stieg Panik in mir hoch und vereinte sich mit den Kopfschmerzen, die unerträglich in meinem Schädel hämmerten: „Was?! Habe ich mich vor Maison ausgezogen, als ich besoffen war?! Hat sie das Muttermal gesehen?! Das Geheimnis meines Lebens!", fragte ich mich, noch bevor ich richtig wach war.

Alles, woran ich mich erinnern konnte, war, dass ich die ganze Nacht getrunken und geweint hatte, während Maison für mich sang. Sie hatte sehr lange gesungen und ich wusste nicht mehr, was für Lieder das genau waren. Ich kochte mir Kaffee, und mit der ersten Tasse erinnerte ich mich an ihre Berührungen und ihre frenetischen Küsse – auf eine ähnliche Weise, wie wir uns an die Träume erinnern. War das ein Traum? Ein Nachtmahr? Nein, das war echt und wirklich: „Asche auf mein Haupt! Habe ich mit der einzigen Frau geschlafen, bei der ich das Gefühl hatte, dass sie meine Mutter sein könnte?! Hatte ich mit einer verheirateten Frau gesündigt, deren Mann ein paar Etagen tiefer im Koma liegt?! Was für ein Mensch bin ich denn?!"

Viel wichtiger, als dass Maison ihren Mann hinterging, war für mich, dass sie mein Vertrauen in ihr ausgenutzt hat, da ich vor keinem Menschen nackt sein wollte. Damit glitt Maison in meinem Urteil wie Quecksilber von der Gruppe der Guten zur Gruppe der Bösen, mit der gleichen Geschmeidigkeit, mit der sie in der vergangenen Nacht ihre Rollen gewechselt hatte, die besorgte Nachbarin, die liebevolle Mutter und am Ende die verheiratete Geliebte.

Ich wollte mir die zweite Tasse Kaffee holen, als mein Handy mit einer fremden Nummer klingelte. Das war ein junger Mann, der von den Schmugglern geschickt wurde und mit mir über die heimliche Weiterreise nach Griechenland sprechen wollte. Er wollte mich in zwei Stunden in einem Café am Taksim-Platz sehen. Es war ein Sonntag und angenehm warm, obwohl der Himmel mit Wolken verhangen war. Ich schloss eine halbe Stunde vor dem Treffen die Wohnungstür hinter mir. Als ich die Treppe runterging, öffnete Maison ihre Wohnungstür, als ob sie auf mich gewartet hätte.

„Hallo Adam!", sagte sie mir und lächelte mich zaghaft an. Ich blieb stehen, verzog das Gesicht und ging weiter nach unten. Ich kam vor dem Jungen im Café an und bestellte einen Kaffee, zündete mir eine Zigarette an und beobachtete die Passanten. Der Junge kam verspätet, was mir aber gar nicht auffiel, da ich die ganze Zeit gedankenverloren war.

„Adam?", fragte er mich in einem syrischen Dialekt.

„Ja! Bist du Raed?"

„Cool! Ja, ich bin es."

Er setzte sich an den Tisch und bestellte einen Tee für sich. Ich bat die Kellnerin um einen zweiten Espresso. Er fragte mich, ob das Geld für die Reisekosten da war. In diesem Moment musste ich an Murads Geld denken. Ich wusste nicht mehr, wo ich es hingelegt hatte. „Kann das sein, dass ich es verloren habe? Könnte Maison das Geld genommen haben?" Diese Fragen raubten mir die Konzertration.

„Ich denke schon!", antwortete ich etwas vage dem Jungen, der seine Sonnenbrille nicht einmal abgesetzt hat.

„Cool! Dann nimmst du morgen den Bus nach Izmir. Wenn du da bist, rufe diese Nummer an", und er reichte mir einen kleinen Zettel. Du musst dort ein oder zwei Nächte übernachten. Okay?

Ich ging danach in den Gassen um den Taksim-Platz spazieren. Ich betrat eine Straße, in der sich ein Bordell an das andere reihte. Die Mädchen präsentierten sich an den Fenstern, um Kunden einzufangen. Sie wechselten sogar die Sprachen ständig, je nachdem, wie der Passant aussah. Ich war neugierig, in welcher Sprache ich angesprochen würde. So guckte ich ein Mädchen mit asiatischen Gesichtszügen an. Sie blickte mich an und versuchte, mich in einwandfreiem Arabisch zu verführen: „Komm! Komm!" Ich sah weiter in ihre Augen und spürte in dem Moment starke Kopfschmerzen. Ihr Gesicht schien mir von Traurigkeit gezeichnet. Gar nicht sexy. Ich kann mich an ihre Gesichtszüge sehr gut erinnern. Ihr Gesicht wirkte klein und verloren zwischen den auf die fast nackten Schultern fließenden schwarzen Haaren. Ihre Nase war etwas spitz, die Wangenknochen waren vorspringend und voller Sommersprossen. Ich fragte mich: „Wer findet so ein Mädchen sexy und kann mit ihr schlafen, wenn ihr Gesicht so trübsinnig ist?" Auch ihre Blicke, mit denen sie mich zum Eintritt verlocken wollte, fand ich zu düster. Sie rief mir nochmal etwas auf Türkisch zu, doch ich sah mich bereits um auf der Suche nach dem nächsten Ausgang aus der Straße. Ich wollte direkt nach Hause gehen, verlief mich aber in den hinteren Gassen in Beyoğlu. Plötzlich fand ich mich am Fuß einer Steintreppe in Cihangir, die als „Treppe der Besoffenen" bekannt war. Das war eine lange Treppe am Bosporus, die immer nur so strotzte von Betrunkenen, Obdachlosen, unglücklichen Verliebten oder undefinierbaren Leuten wie mir.

Ich saß auf der Treppe und guckte in die Ferne. Ich zündete mir eine Zigarette an und dachte nach. „Ist das nicht jämmerlich, dass meine Eltern und mein Opa unter der Erde sind? Dass Darin und Onkel Ilias hinter Gittern leben, falls sie überhaupt noch am Leben sind? Dass Firas und Rema und deren Familien einfach kaltblütig getötet wurden? Dass Maison in der vergangenen Nacht fremdgegangen ist? Dass dieses Fenstermädchen jeden anlächeln muss, damit einer vielleicht ihren Körper gegen ein bisschen Geld akzeptiert? Vielleicht hat das Mädchen ihren Körper für ein Brot verkauft. Oder macht der Job ihr Spaß und sie macht ihn ganz leidenschaftlich? Nun, ihr Gesicht sagt mir das Gegenteil. Sie ist anscheinend genauso wie ich, überwältigt, traurig und verloren. Ich werde sie zunächst in die Kategorie der Guten einordnen, nur notdürftig, da sie jetzt kraftlos ist. War Buthaina nicht einst ein Opfer der patriarchalischen Gesellschaft? Und dann was? Sobald sie die Macht bekommen hat, andere zu tyrannisieren, hat sie es auch getan. Sie hat nicht gezögert, das Leben der Menschen um sie herum zu zerstören und in eine Hölle zu verwandeln. Einst hatte sie weinend vor dem Richter gestanden, der das Sorgerecht ihrer beiden Söhne ihrem ehemaligen Mann gegeben hatte. Danach wurde sie selbst zum Richter über all die anderen, die vor ihr standen und um etwas Gnade und Milde flehten. Sie hat mich hierhergebracht – und ihre Tochter in die Dunkelheit der Unmenschlichkeit, hinter Schloss und Riegel des tagtäglichen Todes. Buthaina glitt auch hinüber in die Rubrik der Bösen. Vielleicht lebt sie jetzt gar nicht mehr. Das ist mir vollkommen gleichgültig. Ich wünsche ihr sogar die unendliche Abwesenheit, damit die Sonne ihrer Ungerechtigkeit über die Köpfe der Menschen gar nicht mehr aufgeht."

Es begann zu regnen, was die Trockenheit der Luft etwas aufweichte. Ich atmete die feuchte Luft tief ein und zündete mir eine zweite Zigarette an. Ich betrachtete das Wasser des Bosporus. Diese Meerenge, die Asien und Europa spaltet. Als ich in Istanbul war, vermied ich es immer, dem Wasser nah zu kommen. Auch, als ich die eine und andere Brücke durchqueren sollte, verzichtete ich möglichst darauf, über die Geländer zu schauen. Aber ich musste in ein paar Stunden das Wasser bezwingen, um die griechische Küste zu erreichen. So sollte meine Reise in den Westen beginnen, nach Europa.

Mein Herz raste, als ich daran dachte. Ich entschied mich, weiterzulaufen. Ich wollte nicht mehr nach Hause gehen, damit die Bilder der vergangenen Nacht nicht wieder in mein Gedächtnis kriechen konnten, aber wusste auch nicht, wo ich die Zeit verbringen sollte, zumal es nun stärker regnete. Nochmal in die Kneipe? Ich war richtig durstig. „Das Wasser über mir und vor mir, aber ich bin durstig!" Ich fand endlich den Rückweg zum Taksim-Platz. Mir war schwindelig, und ich musste denken, dass ich seit gestern nichts zwischen die Zähne bekommen hatte.

Nach einer halben Stunde erreichte ich komplett durchnässt die Kneipe, setzte mich an einen Tisch draußen unter dem großen Schirm. Sofort kam der Kellner zu mir und fragte mich lächelnd auf Englisch: „Beer, Sir?"

„A coffee and a water please!" erwiderte ich. Ich wollte keinen Alkohol mehr trinken. Mir war klar, dass es anstrengend würde, die ganze Zeit wach und nüchtern, ohne die betäubende Wirkung des Alkohols durchzuhalten, aber es war meine letzte Nacht in Istanbul und ich wollte nicht noch einmal die Kontrolle verlieren. Ich wartete auf Murad und wollte noch dem Vermieter Bescheid sagen, dass ich die Wohnung verlassen musste. Danach würde Istanbul für mich vorbei sein und zu Vergangenheit werden. Oh, Istanbul! Ich wünschte mir, dass ich etwas Kraft übrig hätte, um die Schönheit dieser Stadt zu genießen, oder sie zumindest wahrzunehmen.

Die Kopfschmerzen meldeten sich zurück. Ich dachte wieder an das Mädchen am Fenster: „Hat sie heute einen Kunden bekommen? Und wie viele Männer musste sie dafür zwangsweise anlächeln?!" Ich wollte noch einmal zu ihr gehen und wusste nicht weshalb! Vielleicht weil sie der einzige Mensch war, der mich so hoffnungsvoll angesehen hatte. Sie hoffte, dass ich in ihr Zimmer gehen und mit ihr schlafen würde, vielleicht, weil sie einfach das Ende ihres Arbeitstages herbeisehnte. Die Liebe hat in dieser Beziehung überhaupt nichts zu suchen, nur das Geld ist das Ziel des Mädchens, und der Spaß ist das Ziel des Kunden, aber vielleicht ist das nicht das einzige Ziel. Vielleicht ist es auch der Wille, eine verlorene Jugend wieder herbeizurufen, einen vergreisten Stolz zu befriedigen, oder eine verdrängte Lust einfach in einen fremden Körper auszugießen, wobei die andere Seite der Beziehung nichts mehr verlangen wird, wenn die Hose wieder hochgezogen ist.

Ich holte mir zwei Schmerztabletten aus dem Rucksack und trank hinterher das Wasserglas leer. Murad war immer noch nicht aufgetaucht und ich wurde nervös. „Was sollte ich ihm sagen? Dass ich einfach fortgehen muss? Das wird sehr emotional und anstrengend sein!" dachte ich mir. Ich nahm einen Stift und ein Stück Papier aus den Rucksack und schrieb auf Englisch: „Mein Freund Murad, danke für alles! Ich muss leider gehen und werde dich nie vergessen!" Ich gab dem Kellner den Zettel, zahlte den Tisch und ging, ohne mich noch einmal umzuschauen.

4

Das Geld von Murad lag auf der Kommode im Wohnzimmer. Ich setzte mich aufs Sofa und dachte darüber nach, ob ich wirklich diesen Weg gehen wollte. Ich fand es selbst lächerlich, dass ich mich immer noch nicht endgültig entschieden hatte. Die Schuldgefühle fegten mich hinweg. Ich sah die Geister all meiner Genossen, und sie beschimpften mich als flüchtig und feige. „Ja, du bist geflohen, du Drecksau!" warf ich mir selbst vor. Wieder hatte ich das Gefühl zu ersticken und rannte zum Kühlschrank, um zu gucken, ob eine Bierflasche meine letzte Entscheidung überstehen konnte. „Was hat dir die Revolution beigebracht?! Was hat sie an dir geändert? Du bist, wie du schon immer warst, nicht mehr als ein Angsthase!" Ich eilte auf die Straße und zum Kiosk, um Alkohol zu kaufen, oder um mich unter die Reifen eines Autos zu werfen.

Als ich wieder nach Hause kam, stand ich vor Maisons Tür. Es war zweiundzwanzig Uhr, als ich mein Handy wieder in die Tasche gesteckt hatte und dort zögerlich klingelte. Ich vermisste sie und wollte sie sehen. Ich flüchtete schnell wieder nach oben in meine Wohnung und öffnete unverzüglich die erste Flasche. Nach zwei Minuten klopfte jemand an die Tür. Es war Maison.

„Ich weiß, dass du geklingelt hast!", meinte sie, nachdem ich die Tür vorsichtig geöffnet hatte.

„Komm rein!", sagte ich und drehte mich.

Maison erzählte mir weinend ihre Geschichte. Sie wurde unter Zwang von dem Mann, den sie liebte, getrennt. Er war der Sohn eines Bauern, der bei dem Bourgeois arbeitete, den sie später heiraten musste. Ihr Geliebter stammte aus demselben Dorf wie sie, und sie studierten beide arabische

Literatur an der Universität in Aleppo. Er war bereits ein bekannter junger Dichter und schrieb viele Gedichte für sie. Ihr Vater arbeitete auch bei dem Bourgeois und er zwang seine Tochter, den Mann zu heiraten. Der ungeliebte Ehemann erkrankte nach ein paar Jahren schwer. Seine Brüder sicherten sich all sein Eigentum und warfen Maison vor, eine Liebesbeziehung mit dem Dichter geführt zu haben. Sie beschuldigten sie auch, dass sie keine Kinder von ihrem Ehemann gewollt habe, weil sie ihn nicht geliebt und seinen Tod erwartet hätte. Ihr Vater verstarb zwei Jahre nach dem Eheschluss und sie wollte ihre Ehe aufrechterhalten, da ihr der Vater nichts zurückgelassen hat und so musste sie ihren alten Mann, der in den nächsten Jahren fast nur sediert war, ertragen.

Maison saß weinend vor mir und schwor Stein und Bein, dass sie keinen anderen Mann außer ihren Mann kannte und ihn so pflegen würde, als ob sie ihn geliebt hätte. Irgendwann hätten die Brüder ihres Mannes Aleppo aufgrund des Krieges verlassen, so dass sie sich plötzlich dort mit ihrem Mann allein befand. Sie trug ihn nach Istanbul, nachdem seine gesundheitliche Lage sich drastisch verschlimmert hatte.

Ich war etwas verloren. „Ist das wirklich Maison, die ich heute Morgen gehasst habe? Ist sie immer noch die verheiratete Frau, die gestern mit mir geschlafen hat?" Wenn ich diese Fragen mit „Ja" beantwortet hätte, würde ich mich auf die Seite der Familie ihres Mannes schlagen, was ich mir gar nicht vorstellen konnte! Also musste ich ihr in ihrem Leid und ihren Tränen zur Seite stehen und sie wieder in die Gruppe der Guten einreihen.

Die Sympathie mit Maison war selbstverständlich. Viel seltsamer war es, dass ich das Gefühl hatte, vor einer Entscheidung gestanden zu haben. Also sie zu lieben, oder zu hassen. Grau gab es nicht. Ich umarmte sie liebevoll und kam erst wieder zu mir, als ich in ihr ejakuliert hatte, während sie den Namen ihres geliebten Dichters stöhnte.

5

Gegen sieben Uhr stieg ich mit meinem kleinen Rucksack in den Bus, der mich nach Izmir bringen sollte. Ich musste in jedem Fall aus Istanbul fliehen, da es für mich gar nicht mehr vorstellbar war, zu bleiben. Durch die Beziehung mit Maison war ich wie der, der das Feuer überall um sich anfachte. Ich sagte ihr nicht einmal, dass ich fortgehen wollte. Ich nahm einfach meinen Rucksack und ging aus der Wohnung raus, wie zum Spazierengehen. Und tauchte natürlich nicht mehr auf.

Mitgenommen habe ich nichts mehr als die wenigen Sachen, mit denen ich in Istanbul angekommen war. Hinzugekommen war nur das Geld, das mir Murad gegeben hatte. Dieses Geld sollte mir helfen, nach Europa zu kommen und meine Schulden zu tilgen.

Ich dachte an Murad und was er denken würde, wenn er den Zettel von dem Kellner bekam, während dieser ihm Arak und Käse auf den Tisch stellte, so wie er es mochte. Er könnte annehmen, dass ich keinen Kontakt mehr mit ihm haben wollte, nachdem er mir das Geld gegeben hatte. Ich dachte auch daran, was Maison empfinden würde, wenn sie merkte, dass ich nicht mehr da war! Die letzte Nacht war bizarr gewesen. Merkwürdig war es, dass ich Maison nicht erlaubt hatte, mein Hemd auszuziehen. Noch viel seltsamer war, dass ich überhaupt keine Schuldgefühle hatte! Die Fragen, die sich in meinem Kopf ununterbrochen drehten, waren: „Wer hat hier den anderen ausgenutzt? War das überhaupt Ausnutzen? Sollte meine Empathie mich dazu führen, mit ihr zu schlafen und halt bis zum Ende gehen? Was für eine Empathie war das denn?!" Also, ich war diesmal ganz wach. Weder Alkohol noch irgendwas anderes kann ich beschuldigen. Sollte ich mir denn meine Einfühlsamkeit übelnehmen? Und warum sollte ich überhaupt darüber nachdenken und mich vor mir selbst rechtfertigen?

Als ich mit ihr im Bett war, sah sie viel älter aus. Die Falten in ihrem Gesicht verschärften sich, als ob sie innerhalb von Minuten dreißig Jahre alterte. Nachdem wir fertig waren, sah sie wieder sehr ähnlich wie meine Mutter aus! Verdammt ähnlich!

„Sollte ich in diesem Fall nicht auch aus Empathie mit dem Fenstermädchen schlafen? Nein. Ich würde ihr das Geld, das sie wollte, umsonst geben, wenn sie wirklich zu dieser Arbeit gezwungen und Sex an sich nicht ihr Ziel gewesen war. Mit dem Fenstermädchen zu schlafen, würde in mir größere Schuldgefühle auslösen. Hingegen würde mir das nicht guttun, wenn ich Maison Geld gegeben hätte, obwohl es mir einmal eingefallen war, ihr ein bisschen Geld zu lassen. Aber egal, welche Absicht ich dabei gehabt hätte, könnte ich dieses Geld nicht anders sehen als den Preis ihres Körpers. Zugleich würde ich von ihr jegliche Hilfe ablehnen, damit ich nicht das Gefühl bekäme, meine Gefühle zu verkaufen. Im Endeffekt war das, was ich getan hatte, menschlich, und ich frage mich bis heute, was für eine Menschlichkeit das gewesen war.

Ich schlief im Bus ein, da ich in der vergangenen Nacht nicht einmal die Augen schließen konnte. Maison war fast bis zum Sonnenaufgang bei mir geblieben und nachdem sie weg war, hatte ich die Wohnung aufgeräumt und meinen Rucksack gepackt.

Ich träumte von Darin. Sie rannte in einem labyrinthähnlichen Raum herum, der viele Wände hatte, die ihn teilten. Sie versuchte, die Wände zu vermeiden und den Ausweg zu finden. Doch die Wände bewegten sich in jede Richtung und sie schrie meinen Namen. Sie meinte aber nicht mich, sondern ihren Sohn, den sie suchte. Schließlich brach Darin vor Müdigkeit und Hoffnungslosigkeit auf dem Boden zusammen, und der Diktator fiel über sie her, erwürgte sie mit beiden Händen und lachte wiehernd, bis ihre Atemzüge aufhörten.

Ich wachte entsetzt auf und hielt meinen Hals mit den Händen. Ich konnte kaum Atem schöpfen, und ich wurde von Übelkeit befallen. Ich konnte den Brechreiz nicht mehr beherrschen. Zum Glück war der Sitz neben mir frei.

Die Fahrt bis Izmir dauerte sieben Stunden, die ganze Zeit saß ich in Gedanken versunken. Die Angst vor dem Ertrinken wurde von meiner Geistesabwesenheit überwunden. Ich dachte unablässig an Darin und rief mir all unsere gemeinsamen Erinnerungen ins Gedächtnis. „Hätte ich Darins Liebe erwidert, selbst wenn ich das nur vorgetäuscht hätte, wäre ihr vermutlich das Ganze nicht passiert! Sie hätte ihr Zuhause nicht verlassen und wäre nicht im Foltergefängnis gelandet!" warf ich mir vor.

Ich steckte meine Kopfhörer in die Ohren, holte meinen Block aus dem Rucksack und schrieb.

> *Liebe Darin,*
> *meine hübsche Freundin, die reuelos in der Welt der Unfreiheit lebt. Ich bin jetzt ein Schritt ferner von unserer Heimat und unserem Traum! Was werde ich dir sagen, wenn du wieder da bist? Wenn du mich über die Revolution fragst? Sollte ich sagen, dass ich einfach wieder geflohen bin? Dass ich alles, was du mir beigebracht hast, aufgegeben habe? Dass ich jetzt glaube, dass die Heimat mich verlassen würde, wenn ich sie verlasse? Wie ich damals gedacht habe, dass du mich vergessen würdest, wenn ich mich nicht bei dir melde? Vergeblich.*

Ich habe dir eines Tages versprochen, dass ich diese Revolution immer und überall in mir tragen werde, bis zum Tod. Aber, meine liebe Darin, verzeih mir, denn in meinem Herzen ist kein Platz mehr für einen weiteren Flicken. Ich bin so zerrissen und abgezehrt, dass ich mich selbst nicht mehr tragen kann. Wie könnte ich denn so den größten und reinsten Traum der Welt tragen? Für ihn und für eure Freiheit haben wir so lange gekämpft, auch als der Himmel Bomben geregnet hat. Sie haben dann aufgegeben, uns zu unterwerfen, stattdessen haben sie die Luft und uns vergiftet. Sie haben uns keinen Hoffnungshauch gelassen, den wir einatmen können, ohne dass er uns tötet, und keine Erde, die wir betreten können, ohne dass sie uns verschlingt, und keinen Freund, dem wir vertrauen können, ohne dass er uns zurücklässt. Alle sind einfach gestorben, meine hübsche Freundin!

Ich war vor der Revolution tot, liebe Darin, und sie ließ mich wieder auferstehen, mit Fleisch und Blut, mit Seele und Vernunft, mit Liebe und Hoffnung. Aber danach bin ich tausend Mal gestorben und das war ein Sterben, von dem es keine Auferstehung gibt.

Adam

Reine Ironie des Schicksals war es, dass Darin an diesem Tag entlassen wurde.

6

Ich kam in Izmir an und suchte ein Hotel. Meine Beine konnten mich kaum tragen, und ich war todmüde. Izmir ist eine Stadt, die mit Hotels überfüllt ist. „Die Stadt der Hotels". So nannte ich sie. Die Qual der Wahl machte mir zu schaffen. In welches Hotel sollte ich gehen? Ich lief bis zu einem zentralen Platz in Izmir: „Platz des 9. September". In der Mitte lag eine zirkuläre Grasfläche, die mit Blumen bunt bepflanzt war. Im Zentrum der Grünfläche war ein großes Becken und eine Verkörperung des Erdballes, umgeben von großen Wasserfontänen. Ich ging auf die „Anafartalar"-Straße, südlich vom Platz. Vor mir, ganz weit entfernt, sah ich einen Berg, und ich musste an den Berg in Damaskus und an unseren Nero denken. Ich schaute weg. Mir fiel ein, dass ich etwas essen sollte, um nicht umzukippen. In der Nähe fand ich ein nettes kleines Restaurant und ging einfach rein. Als der Kellner zu meinem Tisch kam, zeigte ich mit dem Finger auf einen Teller Bohnen, der auf der Menükarte abgebildet war, und lächelte ihn sprachlos an. Der Chef war ein alter Mann, der an einem kleinen Tisch saß und auf den kleinen Fernseher starrte, der an der Wand hing. Er sah so interessiert aus, als ob er solche Nachrichten zum ersten Mal hörte. Okay, die Nachrichten waren schrecklich, so wie fast immer. Erstaunlich war aber, dass er so betroffen aussah. Er war definitiv ein guter Mensch. Nein, er war vielleicht ein ganz normaler Mensch in einer Zeit der Abnormität.

Wer kann glauben, dass Millionen von Homo sapiens in der Zeit der Globalisierung, der Digitalisierung und des Hochgeschwindigkeitsverkehrs, in der Zeit der kurzen Socken und der vergrößerten Brüste gequält, vertrieben und getötet werden? Wer glaubt, dass solche Tragödien in unserer Zeit passieren können? So, als ob wir immer noch in der Zeit der Inquisition, der Zeit der Opritschniki oder der Gestapo leben würden. Es mag sein, dass eine Infektion durch ein neues Virus einen internationalen Notstand auslöst. Der Tod von Millionen Menschen durch das Virus der menschlichen Bosheit wird im besten Fall die Funknachrichten um zwei Minuten verlängern. Oder auch nicht. Es wird dafür eine andere Nachricht von Toten in anderen weiten Ecken der Welt gestrichen. Hauptsache, die Werbungen bleiben unantastbar.

Nach dem Essen setzte ich meine Suche nach einem Hotel fort. Meine Aufmerksamkeit erregte ein attraktives und großes Gebäude mit einer blauen Fassade, das „Alican Hotel" hieß. „Ich habe genügend Geld dabei, um in einem Luxushotel zu übernachten!", dachte ich mir und checkte ein. Als ich zu meinem Zimmer hochging, warf ich mich auf das Bett und dämmerte sofort weg.

Nach zwei Stunden wachte ich wieder auf und hatte schmerzhaftes Sodbrennen. Ich ging aus dem Hotel und rief die Nummer mehrmals an, die ich von dem Jungen in Istanbul bekommen habe, ohne dass man mir antwortete. Ich bekam Panik! „Was, wenn ich hier nicht mehr rauskommen könnte?!", fragte ich mich und hielt das Handy die ganze Zeit in der Hand. Ich flüchtete in ein Café, voller Zorn auf den Bohnen-Teller, den ich am Nachmittag gegessen hatte. Es roch im Café nach Tee und Kaffee, was mich an das alte Café in Damaskus und an meinen Opa und seinen Freund „Abo Mustafa" erinnerte. Am Tisch neben mir saßen zwei alte Männer, die über einem Backgammonspiel brüteten und sich dabei freundschaftlich stritten. Ich lächelte. Endlich klingelte mein Handy und unterbrach meine nostalgischen Gedanken.

„Hallo!"

„Hallo! Ich bin Adam und ich habe Sie angerufen, um Ihnen zu sagen, dass ich schon in Izmir bin!"
„Wer bist du? Was willst du?", sagte der arrogante Mann.
„Wegen der Reise nach Griechenland!"
„Ok. Wer hat mit dir über mich gesprochen?"
„Raed in Istanbul."
„Ok. Ich rufe dich in einer halben Stunde zurück", sagte er und legte schnell auf.

Ich verließ das Café und lief ziellos durch die Stadt. Es war fast stürmisch und ich hatte Angst, dass es so windig bliebe und wir trotzdem fort müssten! Ich dachte an das Meer und an meine Angst, die alles nur schlimmer machen konnte! „Warum gehe ich nicht jetzt an den Strand, ganz freiwillig? Vielleicht werde ich meine Ängste dadurch in den Griff bekommen!" sagte ich mir im Inneren. Verwirklicht habe ich dieses Vorhaben aber nicht. Ich ging um den großen Platz herum und fand mich plötzlich in einem Freizeitpark namens „Luna-Park". Ich stand wie ein Stock da, als ich das große Riesenrad sah. Vielleicht war es das erste Mal, das mich Lärm nicht störte, da ich ihn einfach nicht hörte. Dieses große Gebilde zog mich unwiderstehlich an, und ich sah fasziniert zu, wie die Kapseln mit den Menschen langsam aufstiegen und dann wieder sanken, während sie lachten oder schrien. Anfangs fragte ich mich: „Was ist daran so aufregend?" Später interpretierte ich das aber anders. „War nicht das Fliegen in der Phantasie der Menschen schon immer eine Besessenheit, um Freiheit zu erlangen? So, als ob sie sich der Erde entledigen könnten! Als ob sie sich von ihrem Mensch-Sein lösen und von den Sünden, die sie auf der Erde da unten begangen haben, befreit würden!"
So waren die Menschen im Riesenrad. Kaum kamen ihre Kapseln nach unten, als sie wieder nach oben wollten. Es gab

sogar Leute, die mehrmals die Runde drehten. Vielleicht waren diese Leute diejenigen, die nichts mehr liebten als Abenteuer. Und das Abenteuer ist nichts anderes als eine Herausforderung unserer Angst, der Anziehungskraft des Planeten und unserer Körpern - den Adrenalinpumpen. Es ist der Wille, das Naturgesetz außer Kraft zu setzen.

Ich wollte auch in die Höhe schweben, aber dann ließ ich es sein. „Ich bin der schuldige Sohn dieser Erde. Ich will keine flüchtige, artifizielle, episodenhafte Transzendenz, sondern etwas Idealeres. Ich will eine Transzendenz, die mein Inneres von der Last der Flucht und der Feigheit – des Adrenalins also – reinigt. Ich will dem Naturgesetz nicht widerstehen, sondern meinen Kopf wie ein afrikanischer Strauß vor meiner eigenen Schande in die Erde graben."

Ich wollte weitergehen, als mein Handy wieder klingelte. Der Schlepper, der offenbar ein alter Mann war, teilte mir den Ort mit, an dem wir uns am nächsten Tag um zweiundzwanzig Uhr treffen sollten. Aus seinem Akzent konnte ich nicht genau heraushören, ob er Syrer oder Palästinenser war. Ich sollte nach seiner Anweisung das Geld in einem kleinen Laden deponieren. Er würde es dort abholen, sobald ich mich aus Griechenland telefonisch melde. Für die Weiterreise von Griechenland aus könne er mir auch weiterhelfen, versicherte mir der Schlepper.

Ich ging zurück ins Hotel und schlief bis zum nächsten Morgen. Dann spazierte ich wieder durch die Stadt der Hotels. Ich bereute es, dass ich die ganze Zeit nur getrunken und nichts gegessen hatte. Vier Kaffeetassen trank ich, verteilt über den Tag, und sie schmeckten überhaupt nicht. „Heute werde ich dem Meer begegnen!" Dieser Satz drehte sich ständig in meinen Kopf. Um sieben Uhr lief ich zum Hotel, checkte aus, und ging weiter zum Laden, in dem ich das Geld hinterlassen musste. Der Mann hinter der Theke verlangte von mir ein Kennwort, denn er würde das Geld erst an den Schlepper weitergeben, wenn ich nach der Überfahrt anriefe und das Kennwort nennen würde. Ich gab ihm anstelle eines Passworts die Handynummer von Darin, die ich noch auswendig kannte. Danach bummelte ich noch eine Weile durch die Straßen und ging dann um einundzwanzig Uhr zum Standort, während die Angst mein Herz verschlang.

7

Ich musste mich also dem Meer, dem blauen Monster, ausliefern. In der Nacht, bevor wir mit dem kleinen Schlauchboot ausliefen, sank ein Boot, das dreißig Migranten trug. Dreißig Kopien von mir. Dreißig Niedergeschlagene und Sicherheitssuchende. Die meisten waren Kinder und Frauen, die einfach ertranken. So still und ohne jeglichen Lärm. Auch die Zahlen haben heutzutage andere Werte. Dreißig Ertrinkende von heute entsprechen nicht dreißig Ertrunkenen aus früheren Zeiten. Und wenn von siebzig Opfern eines Luftangriffs die Rede ist, sollten wir sie nicht mit siebzig anderen, die vor zwanzig Jahren getötet wurden, vergleichen. Die Menschen, ähnlich wie die Währung, werden immer wertloser. Sie werden umso wertloser, je stärker die Fähigkeit nachlässt, sie zu retten oder je weiter der Ort ihres Todes von den Ländern der Entscheidungsmacher, der ersten Welt und den kapitalistischen Ländern entfernt ist.

Wir mussten um Mitternacht los, niemand durfte unsere Abfahrt sehen. Ich stand vor dem schwarzen kleinen Boot, das von den Wogen hin und her geworfen wurde, und beobachtete es still. „Ich kann gar nicht schwimmen, sollte ich deshalb mehr Angst als alle anderen haben?" überlegte ich. Ich kam zu dem Schluss, dass es für mich doch viel besser ist, nicht schwimmen zu können, wenn das Boot im Meer kippen sollte. So müsste ich gar nicht erst versuchen, mich selbst zu retten, und unendlich lange zu schwimmen, um es dann doch nicht bis an die Küste zu schaffen. Wäre es nicht schlimmer, vor Entkräftung aufgeben zu müssen, während mein Herz voller Leid war. So würde ich nicht durch Ertrinken ums Leben kommen, sondern durch Machtlosigkeit und Enttäuschung. So würden mich meine Tränen und Schreie töten, während meine Muskeln mich im Stich ließen und ich nirgendwo den Hafen erblicken könnte. Genau, das wäre die größte Enttäuschung, wenn unsere eigenen Körper uns hintergehen, uns nicht mehr helfen können oder nicht mehr funktionieren.

Ich dachte in dem Moment, dass ich das Ertrinken immer in meinen belanglosen Einträgen im Tagebuch als Ausdruck des Todes und der Niederlage verwendet hatte. Für mich bedeutete es die Spitze des Schmerzes und der Liebe.

Ich betete die ganze Zeit, obwohl ich gar nicht religiös bin, während wir von der Dunkelheit der Nacht und dem Schäumen der unruhigen Wogen umgegeben waren. Ich dachte, es müsse doch eine metaphysische hoheitliche Kraft geben, die uns nicht zwischen die Reißzähne des Ertrinkens geraten lassen wollte, wenn wir schon von der ganzen Menschheit im Stich gelassen wurden. Sogar die wenigen Schiffe, die damals den Menschen im Meer geholfen haben, wurden kriminalisiert.

Das wunderbare Mittelmeer wurde zu einem ungeheuren Massengrab, dessen Tiefe die Hoffnungen aufs Überleben und das Träumen von morgen verschlingt. Und ganz unten liegt die Leiche eines Monsters, das mit der ersten Ignorierung des Todes gestorben ist. Das Monster, das immer vorgab, ein argloser Engel zu sein. Das Monster hat einen Namen, es heißt Menschlichkeit.

Und so ist also jenes Wassergebiet keine riesige See mehr, die die Kontinente der alten Welt trennt, sondern ein Isthmus zwischen zwei sehr weitgehend unterschiedlichen Welten. Ein Isthmus, der zwischen der Hölle der ausgelatschten Heimat und dem Paradies der sehnlichen Sicherheit liegt, zwischen dem Tod und der Auferstehung. Ich hatte damals gern

Meeresfrüchte gegessen, nun seitdem das Meer so viele Menschen verschlungen hat, habe ich Angst, dass ich das Fleisch meiner Landsleute essen könnte.

Neben mir kauerte eine Frau mit ihrem Kleinkind auf dem Arm, und jedes Mal, wenn das Boot ganz weit von der Küste hin und her wogte, drückte sie ihren Kleinen fester an sich und murmelte mit unverständlichen Worten. Am Ende des Bootes saß ein alter Mann mit seiner Frau und seinen zwei Kindern, einem jugendlichen Sohn und einer jüngeren Tochter, denen er alle zwei Minuten gebot, sich fest an das Boot zu halten. Drei weitere junge Männer aus Syrien gab es noch, neben zwei Männern aus Afghanistan und zwei aus Mali.

Ein Mann aus Nordafrika war von den Schleppern beauftragt worden, das Boot zu steuern. Uns wurde schnell klar, dass er davon überhaupt keine Ahnung hatte. Er konnte zwischen den Richtungen auf dem Meer kaum unterscheiden und guckte alle zwei Minuten voller Zweifel auf sein Handy. Obwohl unser Ziel Chios nicht mehr als 15 Kilometer von der türkischen Küste entfernt war, verlor er den Kurs, sodass wir fünf Stunden auf dem Wasser herumirrten. Wir baten die Natur und Wissenschaft, uns aus unserem Unglück zu retten.

Nach einer Stunde im Boot fiel einer der beiden afrikanischen Jungs in Ohnmacht, nachdem er sich panisch an seinen Freund geklammert hatte. Der Freund sprach den Fahrer des Bootes auf Französisch an, der sich sichtlich ärgerte. Der afrikanische Junge schluchzte und richtete seine Taschenleuchte aufs Gesicht des Fahrers, der fast überschnappte und den Jungen ins Wasser werfen wollte. Der alte Mann, der am Ende des Bootes saß, mischte sich ein, worauf der Fahrer ihn anschrie. Die beiden syrischen Männer packten den Fahrer und drohten ihm an, ihn ins Wasser zu werfen, wenn er nicht vernünftig bleibe. Das alles konnte mich von meiner Angst nicht ablenken und ich hatte das Gefühl, dass meine Knochen froren. Ich holte mir eine Zigarette aus der Tasche. Nach mehreren Versuchen gelang es mir, sie anzuzünden. Der Geruch der Zigarette war schärfer als sonst. Meine Sinne waren übertrieben wachsam. Die kalte, salzige und feuchte Luft biss meine nervöse Haut. Immer deutlicher sah ich die Angst in den Gesichtern der Mitreisenden. Die Geräusche der Wellen vermischten sich mit dem Tuckern des Motors zu einem dissonanten Lärmen. Ich war natürlich diesem Tuckern sehr dankbar! Sollte es aufhören, wäre es das Ende – mitten im Meer. Je lauter der Motor brüllte, umso sicherer fühlte ich mich. Ich zog angespannt an meiner Zigarette und schmiss die Kippe ins Wasser. Meine Arme schliefen fast ein, und ich musste erbrechen.

Kaum dämmerte die Sonne mit ihren Strahlen, die das Wasser flimmern ließen, rief der Fahrer wie besessen in seinem marokkanischen Dialekt: „Da der Strand, Freunde!" Er fing an, zu tanzen, und als unser Boot sich dem Land näherte, sprang er raus, hüpfte im Wasser aufgeregt auf und ab und holte ein Messer aus seiner Tasche. Wie ein Verrückter stieß er auf das Boot mit dem Messer ein und durchbohrte die Gummihaut, während alle Reisenden ins Wasser fielen und die Frauen aufheulten. Der afrikanische Junge trug seinen Freund auf der Schulter durch das seichte Wasser und legte ihn vorsichtig auf dem Strand nieder, wo er langsam aufwachte.

Wir waren offensichtlich auf einer Insel gelandet. Die Küste wirkte verlassen. Wir rissen uns zusammen und machten uns auf die Suche nach Menschen auf der Insel. Vorsichtig kletterten wir über das felsige Gelände. Mit den beiden syrischen Männern stieg ich auf einen kleinen Hügel, vergeblich hielten wir Ausschau nach Anzeichen menschlichen Lebens. Wir gingen wieder zu unserer Gruppe zurück. Die Trinkwasservorräte waren alle aufgebraucht, ebenso die Akkus unserer Handys. Wir entschieden uns, den Strand entlangzugehen. Nach ungefähr eineinhalb Stunden kamen wir an einen kleinen Steinhafen, in dem Fischerboote vor Anker lagen. In der Ferne sahen wir kleine, bunte Bauernhäuser, die von Blumengärten umgeben waren. Auf der Kaimauer werkelte ein alter Fischer vor seinem Boot. Er trug ein ärmelloses Hemd, Jeans-Shorts und hatte einen Strohhut auf. Leichtfüßig sprang er auf das Boot, anscheinend bereitete er sich gerade aufs Auslaufen vor. Einer meiner beiden Landsmänner ging zu ihm und bat ihn um Trinkwasser und darum, dass er die Polizei oder die Küstenwache anrufen möge. Die Frau setzte sich auf den Boden und stillte ihr Kind, während die beiden afrikanischen Jungs sich auf Französisch unterhielten. Der Junge, der während der Überfahrt das Bewusstsein verloren hatte, sah nun wieder deutlich besser aus. Ich sah mich um und bemerkte, dass der Fahrer unseres Bootes nicht mehr da war. Vermutlich hatte er sich in dem Moment aus dem Staub gemacht, als er das Wort „Polizei" hörte.

8

Ich ging zu dem alten Fischer und fragte ihn langsam und deutlich auf Englisch:

„Wie heißt dieser Ort, Sir?"

„Lagkada", antwortete er und setzte seine Arbeit fort, während er die Kippe zwischen den Lippen hielt.

Ich kam etwas näher und bat ihn:

„Haben Sie vielleicht eine Zigarette für mich?"

Der Fischer reichte mir lächelnd seine Tabaktütchen und die Blättchen. Ich scheute davor, ihm zu sagen, dass ich nicht wusste, wie man eine Zigarette dreht. Mit meinen zitternden Händen versuchte ich, die Zigarette zu drehen. Er bemerkte meine Verwirrung und Verlegenheit. Er nahm mir die Sachen wieder aus den Händen und drehte für mich drei Zigaretten, von denen ich eine an einen der beiden syrischen jungen Männer weitergab. Shadi – so hieß er – und ich rauchten neben dem Boot. Der Fischer betrachtete uns ab und zu. Er wirkte sehr einfach und nett, war groß und kahlköpfig, rothäutig und hatte eine rote, große Nase.

Die Zigarette weckte meine Lebensgeister, nur war es zu kalt, und ich wunderte mich, wieso der alte Fischer in seinen Sommer-Klamotten nicht fror. Er sprang aus dem Boot und klopfte seine Hände aus. Er fragte uns, woher wir kamen und als wir es ihm erzählten, sagte er: „Gut, dass ihr hier angekommen seid. Ich heiße Labotas. In Lagkada nennt man mich ‚Poseidon'. Ich war viele Jahre bei der griechischen Marine und mehrmals auch in Syrien. Wenn ihr noch etwas braucht, sagt Bescheid. Ich werde hierbleiben, bis die Polizei kommt. Da ist mein Haus", und er zeigte auf ein kleines buntes Haus, das allein über einer Steintreppe stand. Nach ein paar

Minuten hielten ein Polizeiauto und ein größerer Wagen am Rand der Hafenanlage, um uns zur Polizeistelle in Chios zu bringen. Wir bedankten uns bei Labotas, oder Poseidon. Die Fahrt bis Chios dauerte eine halbe Stunde. Ich war hundemüde und wollte nur schlafen, aber die wunderschöne Landschaft, durch die wir fuhren, hielt mich wach und fesselte meinen Blick. Ich musste daran danken, dass alle, die mich kannten, gar nicht wussten, wo ich war! Meinem Onkel Hisham und Jasmin hatte ich auch nichts von meinen Fluchtplänen gesagt. Nach den Ereignissen in Ost-Ghuta hatte ich sie komplett vergessen, so, als ob es sie nie gegeben hat.

Wir hielten vor dem Polizeigebäude, das wie alle anderen Häuser in der Umgebung aussah. Es war mit einem weißen Eisenzaun und Beeten voller weißer Blumen eingefriedet. Wir wurden in einen leeren Raum gebracht und mussten dort warten. Nach einer Viertelstunde wurden wir einer nach dem anderen zum diensthabenden Offizier geleitet und mussten viele Unterlagen unterschreiben, die wir nicht verstanden. Später bekam jeder von uns einen Ausweis, mit dem wir uns für eine kurze Zeit im Lande aufhalten und bewegen durften. Danach hat man uns entlassen mit der Auflage, dass wir am nächsten Tag nach Athen aufbrechen sollten. Wir verabredeten uns, gemeinsam mit der Fähre nach Athen zu fahren. Erst einmal fuhren wir in den Taxis, die uns die Polizisten bestellt hatten, ins Hotel.

9

Das Hotel „Kyma" am Meer in Chios war der schönste Ort, an dem ich jemals war. Das Gebäude war bescheiden und stattlich zugleich. Es war aus Stein gebaut, was ihm einen ehrwürdigen, traditionellen Charakter verlieh. Mit den luxuriösen Hotels in Izmir konnte ich es überhaupt nicht vergleichen, da, wo man einfach übernachtet und sich gar nicht aufhalten möchte. In diesem griechischen Hotel war es anders. Man saß in seinen Mauern und hatte das Gefühl, dass die ganze Insel mit ihrem Glanz und ihrer Schönheit in greifbarer Nähe war.

Eingemeißelt über dem alten Eingang des Hotels stand die Zahl „1917". Die Holzrahmen waren rot gestrichen, jedes Zimmer hatte einen Balkon. Ich glaube, es gibt keinen besseren Platz auf der Welt, wo ich diese Nacht hätte verbringen können. Der Eigentümer akzeptierte von uns kein Geld, was ich für eine besondere Geste der Gastfreundschaft hielt. Ich kam ins Zimmer rein und fiel sofort in tiefen Schlaf, bis kurz vor Sonnenuntergang.

Ich wachte mit Kopfschmerzen auf und wünschte mir nichts mehr als einen Kaffee. Die Schmerzen verschlimmerten sich mit jeder Bewegung des Kopfes oder der Pupille. Ich nahm mir im Frühstücksraum einen schwarzen Kaffee und eine Zigarettenschachtel und ging auf die große Terrasse, von der man das Ägäische Meer sehen konnte. Die Terrasse war leer. „Perfekt!" dachte ich mir. Ich setzte mich dort auf eine Sitzbank, zündete mir eine Zigarette an und betrachtete stumm das Abendrot und das Meereswasser, das der Sonnenuntergang mit dem Dunkelviolett ausmalte. Ich zog an der Zigarette und kniff unwillkürlich die Augen zusammen. Dadurch gelang es mir, die Kopfschmerzen zu mindern. Der intensive Geruch des

Meeres versetzte mich in meine Kindheit zurück. In die Zeiten, an die ich mich gar nicht erinnern konnte. Aber in der Tiefe meines Gedächtnisses löste der Geruch des Meeres irgendetwas aus. Etwas, was mit den Gespenstern meiner Eltern verbunden war.

Jemand näherte sich langsam. Das war Shadi. Er setzte sich neben mich auf die Bank und fragte mich nach einer Zigarette.

„Du siehst müde aus. Hast du noch nicht geschlafen?", fragte ich den Jungen, während er gegen den Wind das Feuerzeug anzumachen versuchte.

„Wer ist hier denn nicht müde?", fragte er und guckte den weiten Horizont an.

„Du hast Recht", erwiderte ich.

„Ich konnte keine einzige Minute schlafen, obwohl mein Herz stehenbleiben will."

„Warum, Shadi? Was macht dir Sorgen?", fragte ich ihn.

Er schwieg und zog weiter an der Zigarette.

„Okay, wenn du nicht sprechen möchtest!", lenkte ich ein und nahm eine weitere Zigarette aus der Schachtel.

„Ich habe Angst!", sagte er endlich zögerlich.

„Wovor hast du Angst? Gibt es noch etwas, das wir befürchten sollten? Das Schlimmste, was passieren könnte, ist der Tod."

„Ich habe Angst, dass ich meine Mutter nicht sehen kann!"

Er brachte mich durcheinander und ich trank mit einem Schluck alles, was noch vom Kaffee in der Tasse war.

„Meine Mutter ist bei meiner Schwester in Schweden. Ich wurde festgenommen und kam vor Kurzem raus", setzte er fort.

Ich sollte vielleicht meine letzten Worte zurücknehmen. Wenn ich eine Mutter hätte, hätte ich natürlich viel mehr

Angst vor dem Tod, weil ich nicht wollte, dass sie traurig zurückbliebe.

„Du wirst sie sehen!", sagte ich ihm und tätschelte ihm auf die Schulter.

„Ich denke nicht, mein Freund. Ich habe kaum noch Geld. Meine Mutter hat schon viel Geld geschickt und vorher noch viel mehr bezahlt, damit ich aus der Haft komme und in den Libanon fliehen konnte."

Ich dachte sofort, dass ich Shadi vielleicht helfen konnte, oder musste, damit er seine Mutter wiedersieht.

„Kann ich dich was fragen, Shadi? Aber bitte, wenn meine Frage dich stört, vergiss sie einfach!", fragte ich ihn.

„Klar, Adam! Bitte!"

„Wo warst du inhaftiert?"

„Im Mazzeh-Gefängnis."

Hast du viele Inhaftierte gesehen?

Natürlich. Ich war ungefähr ein Jahr in der Haft.

„Kennst du Ilias Ibrahim?", fragte ich ihn hoffnungsvoll.

„Nein", antwortete er, nachdem er kurz nachgedacht hatte.

„Okay. Fawaz Al Ahmad?"

„Auch nicht. Wer sind sie?"

„Meine Freunde", erwiderte ich traurig.

„Woher kommst du eigentlich, Adam?"

„Ich? Aus Damaskus!"

„Und woher genau? Ich bin aus Midan."

„Das spielt doch keine Rolle. Ich habe sowieso die ganze Zeit wie ein Fremder in Damaskus gelebt."

„Wie alle, Adam! Niemand fühlte sich dort wohl."

Ich öffnete mein Herz vor Shadi und spürte die Nähe zwischen uns. Ich konnte ihm vertrauen und sagte ihm, dass ich ihm gern helfen möchte, indem ich mit ihm mein Geld teilte. Das war mir wichtig – für mich selbst. Vielleicht, weil ich jemanden brauchte, mit dem ich auch den vor uns liegenden Weg mit seinen Stolperfallen teilen wollte. Ich war eigentlich nicht in der Lage, anderen Menschen zu helfen, aber in diesem Moment fühlte ich die Wärme der Großherzigkeit und betete, Shadi nicht zu verlieren, nicht, wie ich alle Freunde dort, hinter den brennenden Grenzen, verloren hatte. Und so teilte ich mit Shadi das Geld und den Schmerz, seine Angst auch!

Wir gingen aus dem Hotel, um etwas zu essen und um SIM-Karten zu kaufen. Ich rief dann den Laden in Izmir an, wo ich mein Geld gelassen hatte, und nannte das Kennwort, damit der Schlepper seine Bezahlung abholen konnte. Mein neuer Freund erzählte mir von seiner Teilnahme an den Demonstrationen in Damaskus und es freute mich, zu wissen, dass wir einmal zufällig auf derselben Demonstration waren. Da, wo unsere Stimmen sich einmal vermischt hatten und zusammengeflossen waren und wir nicht mal gewusst hatten, dass sie sich am Ägäischen Meer noch einmal vermischen würden. Nur konnten sie dieses Mal nicht mehr aufschreien und aufbegehren. Sie waren aber laut genug, um uns aufzuwühlen, so dass wir uns weinend umarmten.

Wir verbrachten die Nacht auf der Terrasse und sangen die Lieder der Revolution. Shadi war am Ende sehr müde und konnte nicht mehr aufstehen. Ich wünschte mir, dass ich ihn schon in Istanbul kennengelernt hätte.

10

Die Überfahrt mit der Fähre nach Athen dauerte sieben Stunden. Das Meer war ruhig und bezaubernd, und ich fragte mich: „Warum war es nicht so, als wir in der Türkei abgelegt hatten? Spielt die Natur mit uns?"

Nein! Nur hatten die Wogen, die mächtig genug waren, das kleine Boot zum Umstürzen zu bringen und Fischfutter aus uns zu machen, bei diesem riesigen Schiff keine Chance. Es trug uns unbeeindruckt zur Hauptstadt der Griechen.

Größe war schon immer eng verbunden mit Stärke und Macht. Das wird vermutlich, glaube ich, bis zum Ende der Welt so bleiben. Wurden nicht deshalb riesige Burgen und große Türme erbaut? Damit die Schwachen sie fürchten und – wenn sie doch aufbegehren – auf Granit beißen. Diese Gedanken katapultierten mich viele Jahre zurück, genau bis zu dem Moment, als ich in der Schule unter dem Haufen lachender Kinder lag. Als sie mich ständig schikanierten und über meine geringe Körpergröße und meine Magerkeit lachten. Damals hatte ich immer meine Hand angeguckt und mir gewünscht, dass ich zu einem Riesen werde, oder ein besonderes Kraut fände, damit meine Hand groß und stark würde und ich sie alle ins Gesicht schlagen könnte. Ich hatte mich immer im Spiegel betrachtet, die Narbe auf meiner Brust berührt und meine gut sichtbaren Rippen gezählt, und bevor ich bis zehn gezählt hatte, weinte ich schon wieder.

Ich dachte auf dem Schiff daran, dass Maison mit mir geschlafen hatte, als ich betrunken war, und dass sie die Narbe gesehen hatte. Beim zweiten Mal versuchte sie nochmal, mein Hemd zu entfernen. Hieß das nicht, dass mein Körper nicht schrecklich war?

Shadi kam zu mir und fragte mich, wie es weitergehen sollte. Das wusste ich auch nicht. Ich versuchte, den Jungen, den ich in Istanbul getroffen hatte, den Laden in Izmir und auch den Schlepper selbst anzurufen – vergeblich. „Verdammt! Klar, für sie ist die Sache mit mir vorbei!"

Ich beruhigte Shadi, dass wir sicherlich einen Weg finden werden. Ich fühlte mich verantwortlich für ihn und für seine Sehnsucht nach seiner Mutter!

11

Wir kamen in Athen an. Ich ging mit Shadi zum Omonia-Platz, so wie es uns der palästinische Mann geraten hatte. Er sagte, dass wir dort viele Schlepper finden würden. Aber er hatte uns auch gewarnt, dass wir aufpassen müssten, nicht an Betrüger und Diebe zu geraten, oder an Organhändler. Organhändler! Mir rutschte das Herz in die Hose, als er das sagte. Ich hatte mir vorgestellt, dass ich auf einer mit Blut beschmutzten Bank festgeschnallt läge, in einem schlachthausähnlichen Raum, der nach Chlor und Alkohol riecht, während unscharfe Messer und Lanzetten meine Brust mit großer Mühe öffnen. Sie würden über meiner alten Narbe den Schnitt ansetzen, meinen Brustkorb öffnen und mein Herz herausnehmen. Dieses aber würde sich wehren und weiterschlagen, den Mördern aus den Händen springen und weglaufen. Ich hatte mir meine Organe auf einem Eisentisch vorgestellt, mein Hirn, meine Leber, meine schwarzen Lungen, meine Nieren, meine Hoden. Und von mir übrig blieben nur meine Haut und meine Knochen, die achtlos in die Ecke des Raumes geworfen würden.

Der Omonia-Platz sah nicht so aus, wie ich ihn mir ausgemalt hatte. Er hatte Ähnlichkeit mit den Plätzen in Damaskus, so dass er viele Erinnerungen in mir weckte. Einen Schlepper zu finden, war gar nicht schwer, viel schlimmer war, dass wir nicht wussten, wem wir vertrauen konnten und wem nicht. Nachdem wir scheinbar ziellos über den Platz geschlendert waren, sprach uns ein junger Mann auf Arabisch an:

„Seid ihr Syrer?"

„Ja!", antwortete Shadi.

Ich guckte meinen Freund vorwurfsvoll an und der junge Mann sagte sofort:

„Keine Angst! Ich möchte euch helfen. Ihr wollt doch sicher hier weg, oder?"

„Ja! Aber warum soll ich dir glauben?", antwortete ich zaghaft.

„Du hast Recht, mein Freund! Hier gibt es einfach zu viele Schwindler. Ich bin Ali, aus dem Irak. Lasst uns irgendwo zusammensitzen und in Ruhe sprechen!"

Wir gingen gemeinsam zu einem Restaurant in der Nähe, denn Shadi und ich hatten seit unserer Ankunft in Athen noch nichts gegessen. Die Art und Weise, wie Ali unser Vertrauen erwerben wollte, war lächerlich. Er rief „den Großen", also seinen Chef an. Der war auch Syrer. Der Große sagte, dass er erst dann Geld von uns nehmen werde, wenn wir in unseren Zielländern angekommen wären. Das war eigentlich kein schlechtes Angebot. Vor allem, weil wir immer als Gruppe unterwegs sein würden, was mir ein Gefühl der Sicherheit gab. Ali sah auch nicht wie ein Organhändler aus. Er wirkte höchstens wie ein kleiner Gauner.

In Athen bleiben wir zwei Tage. Auf mich wirkte die Stadt nicht viel anders als Istanbul. Sie strahlte nichts aus außer seelenloser Vornehmheit. Ich weiß aber inzwischen, dass es an mir lag. Ich hasse alle Großstädte!

Ich lebte in Damaskus für viele Jahre. Ich mochte die Stadt vielleicht, aber ich fand dort keinen Halt. Kam ich jedoch in die kleineren Orte im Umland von Damaskus, blühte meine Seele auf. Und in der Türkei mochte ich Izmir lieber als Istanbul, zum einen, weil Izmir nicht die Hauptstadt der Türkei ist, zum anderen, weil die Hafenstadt sich weigert, wie eine typische Großstadt auszusehen. Und ich liebte Chios im Gegensatz zu Athen.

12

Der Bahnhof Larisa liegt im Zentrum von Athen. Dort nahmen Shadi und ich den Zug nach Thessaloniki im Norden, wo wir die Gruppe treffen sollten. Der Schlepper hatte uns versichert, dass wir während unserer Reise von seinen Männern, die als Netzwerk in den Ländern der Fluchtroute agierten, begleitet würden. Außerdem hatte er uns versprochen, dass wir keine einzige Nacht im Freien verbringen müssten. Der Preis war auch okay, sodass mein Geld für Shadi und mich ausreichen würde.

Nach sechs Stunden in diesem alten Zug erreichten wir Thessaloniki. Dort nahmen wir ein Taxi für die Weiterfahrt nach Oreokastro. Am Rande der Gemeinde wartete auf uns ein kleiner Bus, in dem bereits sechs Personen saßen, ein Minderjähriger aus Syrien, ein würdevoll aussehender Mann mit seiner Frau und Tochter, eine junge Frau aus Syrien. Ali, der irakische Junge, der uns in Athen angesprochen hatte, saß vorne neben dem alten Fahrer – stolz wie ein Pfau.

Der Bus fuhr uns in einen kleinen Ort an der Grenze zu Mazedonien. Von dort gingen wir zwei Stunden zu Fuß, bis wir den Grenzstreifen nahe eines Dorfes namens Idomeni erreichten. Ali sollte uns führen, er sah nun unsicher aus, guckte ständig auf sein Handy und telefonierte. Wir folgten der Bahntrasse in das mazedonische Gebiet bis Gevgelija.

Es war ungefähr Mitternacht, als wir Gevgelija erreichten. Wieder wartete ein Fahrzeug auf uns – diesmal ein großer Transportwagen für Fleisch mit einem mazedonischen Kennzeichen. Wir stiegen auf die Ladefläche des Fahrzeugs, das überhaupt nicht für den Transport von Menschen geeignet war, und wir saßen fast aufeinander. Die Ladefläche war unbeleuchtet und stank sehr schlimm. Nach einer Stunde spürte ich Enge in der Brust und konnte kaum durchatmen. Shadi bemerkte das und fragte mich, ob alles okay war. „Alles gut, Shadi!", antwortete ich.

Eine Stunde später hielt der LKW an der Seite eines Feldweges, und wir durften für eine kurze Pause ins Freie. Ali wies uns an, leise zu sein. Mit dem mazedonischen Fahrer durften wir kein Wort reden. Ich stieg aus und seufzte tief, wie jemand, der gerade erfolgreich wiederbelebt wurde: „Diese Fahrt ist kein Spaziergang", sagte ich Shadi, der mir sein Feuerzeug reichte: „Wir sind hoffentlich bald da!", erwiderte er optimistisch. Ihm schienen die Enge und der Gestank nicht so viel auszumachen.

Mir fiel auf, dass Shadis Blick die ganze Zeit auf das syrische Mädchen gerichtet war. Sie hatte ein Kopftuch an und sah sehr traurig aus. Shadi beobachtete sie heimlich aus unserer Raucherecke, während sie neben dem LKW hin- und herlief.

„Sprich sie an!", sagte ich unvermittelt.

„Was? Wen meinst du?", fragte Shadi verlegen.

„Das Mädchen da!"

„Wir kennen uns gar nicht, Junge! Und ich glaube, es ist jetzt gerade nicht angemessen, oder?"

„Wenn sie dir gefällt, geh und sprich sie einfach an!"

„Wenn du ich wärst, würdest du es tun?"

Ich schwieg lang und sagte endlich:

„Das ist nicht wichtig. Du wirst nichts verlieren, wenn du sie ansprichst! Also, los!"

Shadi zündete eine zweite Zigarette an und zögerte noch einen Moment.

„Warum auch nicht?", nickte er mir zu und lief direkt zum Mädchen.

Nach einigen Minuten kam er zurück. „Und?", fragte ich ihn. „Erzähle ich dir später", antwortete er betrübt. Ali rief uns leise, und wir stiegen wieder ein. Unser Ziel war die mazedonisch-serbische Grenze, die wir um vier Uhr am Morgen erreichten. Ich war komplett erschöpft und musste mich zwei Mal während der Fahrt in eine Plastiktüte übergeben. Die Grenze sollten wir noch vor Sonnenaufgang durchqueren. Ali warnte uns, dass wir ganz ruhig und vorsichtig sein mussten, weil die Region sehr gefährlich war und von der serbischen Grenzpolizei rund um die Uhr überwacht wurde. Wir liefen von einem mazedonischen Dorf, das Loyané hieß, zu einem Dorf in Serbien namens Miratovac, in dem hauptsächlich Menschen lebten, die aus Albanien nach Serbien geflohen waren.

Diese Grenzübergangstelle gab es erst seit 2006, sie war nach dem Untergang Jugoslawiens errichtet worden. Wir umgingen sie und wanderten durch ein Tal zwischen den Hochgebirgen, die beide Länder teilen. Am Ende des Waldwegs sahen wir den LKW, mit dem wir die nächste Etappe durch Serbien zurücklegen würden. Wir fuhren bis in die Nähe von Preševo, wo wir in einem kleinen Haus eine Pause machen sollten, und dann würde die Reise weitergehen.

Wir betraten das kleine Haus, das aus einem einzigen Raum und einer Hocktoilette, die mit einer Zinktafel überdacht und mit einem blauen Fässchen aus Plastik ausgerüstet wurde, bestand. Drei Männer waren im hinteren Garten, zwei davon hatten slawische Gesichtszüge und der dritte sah kaukasisch aus. Sie nahmen uns unsere Handys weg und sagten uns, sie würden sie für uns laden, weil es im Zimmer keinen Strom gab. Wir gaben sie ihnen einfach, weil wir nur noch schlafen wollten.

Alle legten sich auf den Boden. Mittig unter den rohen Dachbalken hing eine rote Lampe. Sie sah aus wie die in Verhörräumen gebräuchlichen Lampen, mit deren grellen Licht der psychische Druck auf die Angeklagten erhöht wird. Der Geruch verriet, dass die Wände erst vor Kurzem gestrichen worden waren. Allerdings nicht die Decke. Ich starrte auf den Schimmel an den Holzbalken. Zum Glück war der Raum groß genug, sodass wir nicht aneinander geklebt schlafen mussten. Auf dem Fußboden verteilt lagen alte Matratzen und Kissen.

„Ist das die Unterkunft, die das Arschloch uns versprochen hat?", Shadi hörte die Wut in meiner Stimme. Ungerührt faltete er seine Jacke zu einem Kissen, nachdem er das Kissen an seinem Schlafplatz geprüft und für steinhart befunden hatte.

„Das sind vielleicht sogar fünf Sterne!", sagte Shadi spöttisch.

„Willst du mir erzählen, worüber du mit dem Mädchen gesprochen hast?"

„Ich konnte sie nur nach ihrem Namen fragen. Sie heißt Abeer."

„Ja?"

„Nur das. Sie sagte kein Wort mehr."

„Das ist normal, Shadi! Das Mädchen kennt dich nicht, und sie sollte in so einer Situation nicht jedem vertrauen. Richtig von ihr."

„Adam, hast du jemals geliebt?", fragte Shadi mich.

„Vielleicht ja, vielleicht nein. Ich weiß nicht, was man spürt, wenn man liebt." Ich drehte mich um: „Gute Nacht!"

„Nacht? Die Sonne ist draußen in der Mitte des Himmels! Sag mir bitte, hast du jemals geliebt?"

„Shadi! Schlaf jetzt bitte!"

Ich hatte noch nie darüber nachgedacht und mich gefragt, was Liebe ist! Das kann vielleicht auch gar nicht beschrieben werden. Das ist einfach eine Flut von Emotionen zu einer anderen Person, die häufig nicht begründet sind. Und genau so etwas hatte ich niemals gespürt. Vielleicht ist es ein Gefühl der Sicherheit und des Vertrauens, und der Wunsch, die Unsterblichkeit bei dieser Person zu erleben, oder in ihren Armen zu sterben. Vielleicht ist nicht einmal annähernd beschreibbar, sobald es da ist. Welchen Liebenden würde es interessieren, seine Gefühle zu begründen oder nach literarischen, philosophischen oder naturwissenschaftlichen Antworten zu suchen? Würde er die wertvollste Zeit seines Lebens daran verlieren und sich damit beschäftigen, während das Feuer der Liebe ihm im Herzen brennt?

Ich spürte in jenem dunklen Zimmer meinen Wunsch nach Liebe. Ich wünschte mir, dass ich Darin lieben könnte, oder Rema, oder sogar Maison. Vielleicht könnte ich dann meinem jungen Freund eine Antwort geben, mit der er zufrieden schlafen könnte.

„Die Frau ist das Wundervollste auf der Welt, Shadi!", flüsterte ich ihm zu, bevor ich die Augen schloss.

13

An die Tür des Raumes, der kalt wie ein Kühlschrank war und keine Fenster hatte, wurde um vierzehn Uhr geklopft. Die Hälfte der Gruppe lag noch im tiefen Schlaf. Ali machte die Tür auf und nahm von dem kaukasischen Mann viele Tüten entgegen. Feierlich rief der irakische Junge uns zu: „Wacht auf, Brüder und Schwestern! Der Große hat uns Essen geschickt!"

Ich stand auf und stupste Shadi mit meinem Zeigefinger auf den Rücken: „Steh auf, Shadi. Sie haben dir Cordon bleu gebracht." Shadi wachte auf. Es gab gegrillte Hähnchen. Abeer wollte nicht essen und saß allein am Ende des Raumes, holte aus ihrer Tasche eine Packung Kekse und aß sie. Shadi lud sie mehrmals ein, mit uns zu essen. Sie entschuldigte sich kurz angebunden. Nachdem Abeer mit den Keksen fertig war, drehte sie sich zur Wand um, als ob sie etwas verheimlichen wollte, nahm aus ihrer Tasche eine Dose Tabletten und schluckte davon eine Menge. Shadi streckte den Nacken aus, um zu sehen, was das Mädchen machte: „Schäm dich, Junge!", wies ich ihn leise zurecht. Er setzte sich wieder normal hin und aß weiter.

„Ich will draußen rauchen!", sagte ich zu Ali, der noch am Essen war.

„Wir können hier erst heute Abend raus", antwortete er mit seinem irakischen Akzent.

„Bis heute Abend in diesem Grab! Das ist doch nicht dein Ernst, oder?"

„Ich kann auch nichts dafür und kann auch nicht rausgehen. Rauche einfach hier und nerv' uns nicht!"

Ich zündete mir eine Zigarette an, deren Rauch sich mit der stickigen Luft des Raumes mischte. Ali wischte seine Hände ab, krabbelte auf den Knien in meine Richtung, setzte sich neben mich und lehnte seinen Rücken an die Wand.

„Wie war der Schlaf, Jungs?", fragte Ali.

„Perfekt! Fünf Sterne!", antwortete ich ironisch.

„Ihr habt bis jetzt noch keinen Dollar bezahlt! Das dürft ihr nicht vergessen!", erwiderte er.

„Warum arbeitest du mit diesen Leuten? Seit wann machst du das eigentlich?", fragte ich den irakischen Jungen.

„Das ist das dritte Mal, dass ich eine Reise begleite. Und das letzte Mal", er wisperte mit den letzten Worten so leise, sodass ich sie kaum mitbekam.

„Warum das letzte Mal?"

„Weil ich normal leben möchte. Dieses Mal werde ich in Deutschland Asyl beantragen. Ich will einfach nur normal leben!"

Bevor es draußen dunkel wurde, hatte ich keine Zigaretten mehr. Ich fragte Ali und er gab mir ein paar Kippen aus seiner Packung: „Bloß keine Diskussion mit den Männern draußen!", sagte er.

Um siebzehn Uhr ungefähr sah Abeer sehr müde aus. Sie hielt ihren Bauch mit beiden Händen und versuchte, ihr Wimmern zu unterdrücken. Die syrische Frau half ihr, aufzustehen und auf die Toilette zu gehen. Gegen 20 Uhr hörten wir, dass draußen etwas vor sich ging. Die Männer klopften an die Tür und forderten uns auf, herauszukommen. Shadi ging zu der syrischen Frau und bot seine Hilfe an, Abeer mitzutragen. Das Mädchen konnte sich kaum noch auf den Beinen halten. Wir bekamen unsere Handys von den Männern zurück. Als ich den Fleischwagen wiedererkannte, stieg Wut in mir hoch. Wir würden den ekelhaften Geruch und den Mangel an Sauerstoff ertragen müssen, bis wir Serbien von

Süden bis Norden durchquert hätten und an die ungarische Grenze kämen.

Die erste Pause gab es erst nach zwei Stunden. Abeer ging es trotz der ekligen Atmosphäre im Laderaum etwas besser, und sie konnte mit Hilfe der syrischen Frau aussteigen. Shadi half ihr ebenfalls. Er führte Abeer in meine Richtung und stellte mich ihr vor.

„Das ist mein Freund Adam. Er ist ein sehr guter Mensch, aber er ist jetzt böse, weil wir keine Zigaretten mehr haben. Adam, das ist Abeer!"

„Hallo Abeer! Es freut mich, dich kennenzulernen!", sagte ich.

„Danke!", sagte sie schüchtern.

Der LKW-Fahrer hatte für die Pause an einer abgeschiedenen Stelle auf einem Berg angehalten. Von dort oben sahen wir auf ein kleines Dorf. Abeer betrachtete das Dorf und fasste wieder mit ihren Händen an ihren Bauch.

„Geht es dir gut, Abeer?", fragte Shadi das Mädchen.

„Es geht!"

„Hast du Schmerzen?"

Sie blickte Shadi kurz und lächelte ihn an, was ihn anscheinend durcheinanderbrachte, dann sah sie wieder auf das Dorf.

„Abeer, woher kommst du?", fragte er sie.

„Aus Syrien."

„Ich weiß, aber aus welcher Stadt?"

Das Mädchen antwortete nicht. Nach einer kurzen Pause wandte sie sich ab: „Ich möchte allein bleiben." Wir sahen, dass sie vor Kälte zitterte, als sie wieder in den Laderaum stieg.

Die Fahrt dauerte zehn Stunden. Shadi schlief an meiner Schulter und war so traurig, weil er keinen Weg zu Abeers

Herz finden konnte. Mir ging es auch sehr schlecht. Mein Herz schlug zu schnell und ich hatte Brustschmerzen. Ich versuchte, mir nichts anmerken zu lassen, weil ich keine Panik in der Gruppe verbreiten wollte. Der Wagen stoppte alle halbe Stunde für zwei oder drei Minuten, um die Tür zu öffnen und frische Luft reinzulassen. Ali saß neben mir, ich wunderte mich, dass er nicht mehr vorne auf dem Beifahrersitz sitzen durfte. Die Gruppe überhäufte ihn mit Fragen, doch er antwortete immer nur: „Ich weiß nicht." Und er schien wirklich nichts zu wissen. Ich sprach ihn an, um mich abzulenken, und fragte:

„Wann hast du den Irak verlassen?"

„Vor langer Zeit, als ich noch ein Kleinkind war. Der Krieg hat uns auf die Flucht geschickt."

„Das tut mir leid!"

„Ist schon gut! Ich habe auch in Syrien gelebt und wir sind von dort noch mal vertrieben worden. In Syrien habe ich meinen Vater verloren. Danach wollte ich möglichst immer in Bewegung bleiben, damit meine Erinnerungen mich nicht in die Ecke drängen und töten. Aber jetzt reicht es langsam."

„Du hast vielleicht Recht."

„Weißt du, ich habe durch diese Arbeit viele Menschen gesehen. Jeder trägt in seinem Herzen ein Meer aus Schmerzen, und ich frage mich immer: Sind wir Menschen nur für die Qual geschaffen?"

Ich schwieg und konnte kaum gegen den Brechreiz ankommen. Abeers Bauchschmerzen verschlimmerten sich und sie wollte sich auch übergeben, nun kam aus ihrem Bauch nichts raus. Sie sah elend und bemitleidenswert aus.

Als wir ankamen und aussteigen wollten, bat Abeer Shadi um Hilfe, was den Jungen sofort glücklich machte und seinen

Gesichtsausdruck vollkommen änderte. Wir hätten zwei Stunden früher ankommen sollen, also gegen fünf Uhr und nicht erst gegen sieben Uhr. Ali machte keinen Hehl aus seiner Besorgnis, weil wir nun die ungarischen Grenzen im Hellen überschreiten mussten. Wir kämpften uns durch die Lücken in den Stacheldrahtzäunen. Hinter der Grenze sollte irgendwo zwischen den Wäldern ein kleiner Bus auf uns warten. Aber wo genau? Ali versuchte, den Großen anzurufen, aber er ging nicht an sein Telefon. „Verdammt!", fluchte Ali. Der syrische Mann schlug vor, uns zwischen den Bäumen zu verstecken und eine Pause zu machen, bis Ali den Chef erreichen würde. Ich setzte mich auf die Erde, lehnte den Kopf an einen großen Baum und dachte daran, wie klein unsere Welt ist, dass ich all die Länder in ein paar Tagen durchqueren konnte, und wie groß sie ist, dass wir uns vor den Grenzpolizisten zwischen den Bäumen verstecken müssen.

Es war recht bewölkt, und die Sonnenstrahlen fanden zwischen den Wolken keinen Durchgang auf die Erde. Auch die Wolken sahen so aus, als ob sie der Wassermassen, die sie in sich trugen, überdrüssig waren.

Sahdi kam und setzte sich neben mich.

„Sie hat Krebs!", sagte er.

Ich schloss die Augen und sagte:

„Wir bringen sie sofort zu einem Arzt, sobald wir da sind!"

„Ich habe Angst, Adam! Ich wollte nur meine Mutter sehen, und jetzt ist das nicht das Einzige, was mich traurig macht!"

Nachdem Ali den Großen nicht erreichen konnte, liefen wir einfach in Richtung eines Dorfes nahe der Grenze. Aus dem Wald kamen wir direkt an die Autobahn. Auf der anderen Seite des Weges war eine Tankstelle. So schlug Ali vor, dass wir wieder in den Wald verschwinden sollten. Er würde zur

Tankstelle gehen und uns Snacks, Wasser und Zigaretten holen. Er warnte uns davor, uns blicken zu lassen. Wir durften niemandem auffallen.

Kaum kam Ali mit den Sachen wieder, hörten wir Polizeisirenen, die immer lauter wurden. Wir wurden verfolgt. Die Polizisten nahmen uns alle fest.

14

Die Augenbinden wurden uns abgenommen. Wir fanden uns gefesselt in einem Vernehmungsraum, der nach verdorbenem Fisch stank. Die Polizisten hatten uns Männer von den Frauen getrennt. Sie nahmen uns alles weg: Kleidung, Handys, unser Geld und die syrischen und griechischen Ausweispapiere. Ali flüsterte uns zu, der Polizei einfach nichts zu sagen. Der ungarische Offizier versuchte, uns auf Englisch zu befragen, wo wir hinwollten und von wo wir herkamen, doch wir täuschten die ganze Zeit vor, dass wir kein Englisch verstehen würden. Er wurde ungeduldig, schrie uns auf Ungarisch an, ging dann wütend weg und ließ uns angekettet auf dem Boden. Er kam nach einer Stunde wieder mit einem großen, mürrischen Mann. Es war ein Ägypter, der die Fragen des Offiziers auf Arabisch wiederholte. Wir schwiegen weiter. Der Mann verzweifelte an uns und ging mit dem Offizier wieder raus. Nach ein paar Minuten kamen drei vermummte Polizisten rein, sie schlugen und traten auf uns ein. Danach kamen der ägyptische Mann und der Offizier und sagten uns, dass die Frauen alles erzählt hätten und dass wir einen hohen Preis zahlen würden. „Eine Frau ist sehr krank!" schrie Shadi und der Dolmetscher sagte es dem Offizier, der es einfach ignorierte und nicht antwortete.

Man hat uns dann wieder die Augen verbunden und woanders hingebracht. Wir waren fünf Männer in einer kleinen Zelle, nicht größer als eine Aufzugskabine. Uns wurde verweigert, uns zu bewegen oder sogar unsere Gedärme zu entleeren, wann wir wollten. Wir verbrachten den ersten Tag in der Zelle. Die einzige Mahlzeit bestand aus einem Brötchen und einem kleinen Stück Salami für jeden. Nur ein einziges Mal durften wir einer nach dem anderen auf die Toilette gehen. Als ich an der Reihe war, hatte ich schwere Verstopfung und die Polizisten holten mich wieder raus, bevor ich die Sache zu Ende bringen konnte. Ich war auch sehr durstig und klopfte vergeblich mehrmals an die Tür. Am Ende verlor ich alle Hoffnung, setzte mich auf den Boden und hielt meine angezogenen Beine mit den Armen fest, um den anderen Platz zu gewähren. Shadi weinte die ganze Zeit neben mir. Ich begann zu träumen.

Das Wasser rieselte von oben aus einem Schlauch in die viel zu enge Zelle. Ich sah mich um und war allein. Die Zelle war immer noch viel zu klein, sodass ich mich nicht bewegen konnte. Es war die gleiche Enge, die ich im umgekippten Auto gespürt hatte, und dann noch einmal unter dem Haufen der Kinder, als sie auf mich sprangen und zu einem Hügel aus Menschen wurden, unter dem ich bewegungsunfähig lag.

Das schmutzige Wasser bedeckte meine Füße und stieg allmählich höher. Ich streckte meine Zunge raus und berührte mit ihr den dünnen Wasserstrahl, um zu trinken, doch das Wasser war zu sauer! Bevor mir das Wasser an die Knie kam, erreichte bereits die Kälte meine Arme, die schon betäubt waren. Ich schrie und schrie und weitere Schreie vermischten sich mit meinen Hilferufen. Ich hielt inne und lauschte den anderen Stimmen. Eine war Darins in einer anderen Zelle in der Nähe. Sie rief mich: „Adam! Adam!" Ich hörte die schrecklichen Geräusche der Vergewaltigung. Es waren mehrere Männer, die sich ihr nacheinander aufzwangen! Ich richtete meinen Kopf nach oben und schrie; sie sollten sie loslassen! Das Wasser erreichte mein Hals und ich versuchte, mich hochzukatapultieren, um das Ertrinken etwas hinauszuzögern. Das bittere Wasser drang in meinen Mund und meine Ohren ein. Ich konnte Darins Stimme nicht mehr hören und auch nicht mehr schreien. Meine Atemwege waren voller Wasser.

Schreie aus der nächsten Zelle, wo die Frauen waren, weckten mich aus meinem Alptraum. Abeer konnte es vor Schmerzen nicht mehr aushalten. Sie brüllte in die Leere, ohne zu wissen, ob jemand sie hörte oder nicht. Shadi fing an, auf die Tür der Zelle einzuschlagen, und wir versuchten gemeinsam, sie aufzubrechen – ohne Erfolg. Nach ein paar Minuten öffnete ein Polizist das Fensterchen an der Tür und Shadi schrie ihn an, dass eine Frau sehr krank war und einen Arzt brauchte! „You speake english now!", sagte der Polizist und ging wieder weg. Shadis Schläge an die Tür wurden nur stärker. Der Polizist kam zurück, öffnete die Tür und versuchte, Shadi aus der Zelle zu ziehen. Doch Shadi schlug ihm mit der Faust auf die Nase. Weitere Polizisten kamen rein und nahmen Shadi raus, während wir versuchten, ihm zu helfen. Die Polizisten prügelten auf uns ein. Ali konnte sich lösen und griff die Polizisten an, die nicht in der Lage waren, ihn zu Boden zu stoßen Am Ende drosch ein Polizist mit seinem Schlagstock auf Alis Kopf ein. Er fiel in Ohnmacht und wurde aus der Zelle gezogen. Ich sah ihn danach nie mehr, Shadi auch nicht.

Ich verbrachte den Rest der Nacht mit meinen Gedanken und Sorgen. „Werde ich die Beiden nicht mehr sehen? Wie schrecklich ist es, schuldlos inhaftiert zu werden? Wie viele unschuldige Häftlinge gibt es auf dieser Welt? Wie vielen Menschen wird die Freiheit genommen? Wie viele werden einfach in kleine Zellen geworfen und vergessen, ohne dass sie wissen, warum und was mit ihnen geschehen wird? Ohne Papiere und Stifte? Allein mit der Erinnerung und den viel zu nahen Wänden. Allein mit dem schmerzvollen Gestern, das sie bekämpft und besiegt hat!

Was lenkt uns ab vom Grübeln und der Erinnerung an Gestern? Die Bewegung! Die Bewegung der Zeit, durch die Gegenwart zur Hoffnung auf Morgen! Was bleibt, wenn man in einem schwarzen Käfig eingesperrt ist, ohne Richter oder Urteil, überhaupt ohne Anschuldigung? Nur das Gestern. Man wird da sterben, in seinem Gestern, das nicht mehr zu einem Morgen werden kann. Nur der Liebende kann Mauern überwinden und seine Hoffnungen werden über alle Gatter springen, um die Liebe seines Lebens zu erreichen. Es mag ein Mensch sein, eine Idee, eine Revolution vielleicht! Aber was war denn die Liebe meines Lebens? Ich werde nie an diese Tür klopfen! Warum sollte ich das überhaupt tun?! Ich bin heute kein Rebell mehr, kein Denker, kein Liebender und kein Träumer! Meine Hoffnungen werden beim ersten Hindernis zusammenbrechen und sich nicht mehr hochschwingen. Sie fallen wieder in sich zusammen, sobald sie gegen das Dach der Zelle stoßen."

Wir wurden am nächsten Tag mit einem kleinen Flugzeug zurück nach Griechenland abgeschoben. Abeer fehlte in der Gruppe. Die Frauen erzählten, dass sich ihr Zustand in der Nacht verschlechtert hatte und man sie endlich ins Krankenhaus eingeliefert hatte.

So verschwanden Shadi, Abeer und Ali so schnell aus meinem Leben, wie ich sie einige Tage vorher mit ihren Träumen von Freiheit und Sicherheit kennengelernt hatte!

Viertes Kapitel

„Das Leben schwingt, gleich einem Pendel, hin und her, zwischen dem Schmerz und der Langeweile."

Arthur Schopenhauer

1

Ich bin vor genau fünf Jahren am Flughafen Wien-Schwechat mit einem gefälschten spanischen Pass, den ich in Griechenland nach meiner Entlassung einem Schlepper abkaufen konnte, gelandet. Eigentlich wollte ich meinen Weg nach Schweden oder nach Deutschland fortsetzen, doch nun hatte ich überhaupt keine Kraft mehr. Ich war komplett zerschlagen und mir waren alle Orte gleichgültig. Ich blieb in Österreich und stellte sofort einen Asylantrag. Bis zur Entscheidung über meinen Antrag wurde ich in einem Flüchtlingslager in der Nähe von Döbling bei Wien untergebracht. Die Alpträume ließen mich keine einzige Nacht in Ruhe. Darin hörte nie auf, mich nachts im Schlaf zu besuchen und um Hilfe zu bitten, was zu einer quälenden Schlafstörung führte.

Ich bin damals stundenlang durch Döbling gewandert. Mein Lieblingsort lag östlich vom Bezirk. Er heißt „Aussichtspunkt Nasenweg". Man kann von dort aus die Donau, die Wien zweiteilt, überblicken und ins Nachbardorf Kahlenbergerdorf schauen. Zwischen Bäumen führt ein steiler Weg zum Aussichtspunkt. Von hier aus konnte ich den Fluss sehen, ohne Angst vor ihm zu entwickeln. Ich bin damals mehrmals in der Woche dahingegangen und nahm immer ein Getränk und meine Kopfhörer mit. Beim ersten Mal, als ich jenen Ort entdeckte, saß ich auf einer Bank, ließ meinen Blick über den Fluss schweifen, der mir zu Füßen zu liegen schien, und dachte an meinen schicksalhaften Flug nach Wien. Diese Stadt schien mir sehr interessant und faszinierend zu sein. In meinen Ohren erklang derweilen „Body and Soul" von Sarah Vaughan – ein Song, dessen großer Fan ich geworden bin.

Mir war kalt und ich bereute es, nur eine Flasche Bier und nichts Hochprozentigeres mitgenommen zu haben. Dennoch wollte ich nicht wieder runtergehen. Der Blick ins Tal erinnerte mich an den Blick aus dem Flugzeugfenster, bevor die Maschine in die Wolkendecke stieg. Nach zwei Tagen Haft in Athen war ich entlassen worden. Der gefälschte Pass, den der Schlepper mir in einem Café zugesteckt hatte, gehörte ursprünglich einem spanischen Bürger, dem ich annähernd ähnlichsehe. Ich musste mich nur rasieren und habe ein wenig geübt, Englisch mit einem spanischen Akzent zu sprechen. Ohne Probleme wurde ich ins Flugzeug gelassen. Die Maschine hob ab und ich konnte vor Aufregung kaum atmen. Mein Sitz war am Fenster und ich sah zu, wie die Erde sich von mir entfernte. Nein, ich war derjenige, der sich von ihr nach und nach entfernte. Zum ersten Mal erlebte ich, was es heißt, zu fliegen, konnte dieser Erfahrung aber beim besten Willen nichts Überwältigendes und Außergewöhnliches abgewinnen. Ich fing an, mich langsam zu strecken und sprach das blonde Mädchen neben mir an.

„Entschuldige, sprichst du Englisch?"

„Ja, ein bisschen", antwortete sie mir lächelnd.

„Ich bin Adam, aus Spanien. Ich meine, aus Syrien", sagte ich ihr verwirrt.

„Freut mich. Ich bin Katherine aus Irland. Und ich meine, ich bin von dort", sagte sie mir, mit einem Lächeln, das mir verriet, dass sie mich durchschaut hatte.

„Katherine? Bedeutet das, dass ich dich ‚Kathi' nennen sollte?"

„Nein. Das bedeutet erstmal nichts. Du musst nichts. Du kannst mich aber nennen, wie du willst", sagte sie eher beiläufig, während sie ein Modemagazin durchblätterte.

Ich schwieg eine Weile und hatte das Gefühl, ich störte sie. Ich blickte wieder durch das Fenster auf die Erde und sah, dass wir schon ganz weit entfernt davon waren. Wir waren bereits oberhalb der Wolken.

„Sorry. Ich bin ein bisschen aufgeregt. Störe ich dich?", fragte ich meine Sitznachbarin.

„Überhaupt nicht!", sagte sie und klappte das Magazin zu.

„Interessierst du dich für Mode? Oder ist es die Langweile?", fragte ich sie.

„Beides! Weißt du, ich finde in diesem öden Magazin nichts Interessantes. Ich weiß nicht, warum der europäische Geschmack so herabgesunken ist."

„Aber wie ich sehe, ziehst du dich modern und gängig an. Deine zerrissene Jeanshose zum Beispiel", sagte ich ihr humorvoll.

„Okay. Soll ich in einem Cocktailkleid ins Flugzeug steigen?", fragte sie mich lachend.

„Würdest du es denn?"

„Weißt du, ich hasse Klamotten allgemein, wie wir sie heute verstehen. Einst hatte die Kleidung ihren Sinn darin, uns vor Kälte oder anderen Naturfaktoren zu schützen. Mit der Zeit wurde sie instrumentalisiert, zum Beispiel als Ausdruck der Treue seinem Partner gegenüber. Kleidung und Sex sind heute untrennbar miteinander verbunden. Außerdem scheint uns unsere Kleidung heute einen Mehrwert zu geben, den ich nicht unbedingt brauche."

„Klingt alles interessant. Ich finde es aber nicht ausreichend, um deiner Idee ohne Wenn und Aber zuzustimmen."

„Vielleicht müssen wir nichts völlig annehmen oder ablehnen. Wir müssen aber unsere Sicht auf die Dinge überdenken. Sexismus ist hässlich. Rassismus allgemein ist hässlich. Wärst du bereit, bei einem Date mit mir ein Kleid zu tragen?"

„Ich? Natürlich nicht! Wieso denn?", sagte ich lachend.

„Okay. Würdest du mich ansprechen, wenn ich dunkle Haut hätte oder ein Mann wäre?"

„Ich denke schon. Ich habe das Bedürfnis, mit dir zu reden, unabhängig davon, wer du bist!"

„Okay das sagst du jetzt. Vielleicht. Warum denn nicht? Sorry, ich muss aufs Klo."

Was wollte sie mir nur mit all dem sagen? Ich schaute wieder aus dem Flugzeugfenster. Doch unmittelbar nachdem ich meinen Blick Richtung Erde senkte, bekam ich das Gefühl, als würde mein Herz aus meinem Brustkorb herausrutschen und in die Tiefe stürzen. Kälte breitete sich plötzlich in meinen Füßen und Händen aus. „Verdammt!", fluchte ich innerlich.

Katherine kam zurück und setzte sich. Ich fokussierte meinen Blick wieder auf ihr Gesicht:

„Ich würde dich ansprechen, egal wer du bist. Ganz sicher!" Meine Stimme brach weg, sodass ich es gerade noch schaffte, kaum hörbar hinzuzufügen: „Weil ich so aufgeregt bin."

„Könntest du mir deine Hand geben?", fragte sie mich.

Ich sah sie an und gab ihr meine Hand.

„Hast du den Krieg gesehen?", setzte sie fort und fing an, meine Hand zu massieren.

„Ich möchte darüber nicht reden. Ich hasse es, als Opfer betrachtet zu werden."

„Hast du einen Freund oder eine Freundin, die du liebst?", fragte sie mich, ohne mich anzugucken.

„Ich weiß nicht. Nein. Vielleicht", antworte ich ihr, geschlagen von der Einsicht, die richtigen Worte sowieso nicht finden zu können.

„Wie?"
„Ich weiß nicht, was Liebe ist und wie sie sich anfühlt."
„Ich habe eine Liebe."
„Ist er in Irland?"
„Sie. Ja, sie ist dort."
„Sie? Bist du in einer Beziehung mit einer Frau?"
„Bist du immer noch sicher, dass du mich trotzdem ansprechen würdest, auch wenn ich ein Mann wäre? Und was ist, wenn dir ein Mann auf dieselbe Art und Weise zur Hand gehen wollen würde, wie ich es eben getan hatte?"
„Ich lehne es ab! Definitiv! Ich stehe nicht auf Männer!"
„Aber ich habe ja nur deine Hand massiert, damit du dich ruhiger und sicherer fühlst, und das hat für mich gar nicht mit der Sexualität zu tun! Komm, ich zeige dir meine Freundin", sagte sie und holte ihr Handy aus der Tasche. Sie öffnete ein Bild von einem blonden Mädchen, das dem Anschein nach kaum zwanzig Jahre alt war.
„Sie sieht sehr nett aus. Du vermisst sie jetzt bestimmt. Stimmt's?"
„Sie hat mich vor Monaten verlassen, nachdem sie herausgefunden hatte, dass wir womöglich Cousinen zweiten Grades sind. Selbst wenn das so wäre, ist es doch noch lange kein Grund, sich zu trennen, oder? Vielleicht war das einfach die Langeweile!"
Ich konnte nicht anders. Ich musste Katherine unbedingt fragen:
„Würdest du mit mir auch schlafen, um mir die Aufregung zu nehmen?"
„Nee. Das wäre ein Betrügen!", gab sie von sich, ohne lange zu überlegen.

Okay. Ich würde ihr also lieber nicht erzählen, dass ich aus Sympathie mit einer verheirateten Frau geschlafen habe, während sie den Namen ihres alten Geliebten stöhnte.

„Woran denkst du?", fragte sie.

„An Nichts... Danke dir, Katherine."

„Wofür? Dafür, dass ich deine Hand berührt habe?", erwiderte sie lachend, während sie ziellos im Magazin herumblätterte.

„Warum fliegst du nach Österreich?", fragte ich sie nach langem Schweigen.

„Um meine Schwester zu besuchen. Sie arbeitet bei einer Bank in Wien. Und du?"

„Ich? Ich weiß nicht! Vielleicht, um einen neuen Anfang zu finden, oder mich selbst."

„Verstehe!", sagte sie und schwieg bis zum Ende des Fluges.

Das Flugzeug landete am Wiener Flughafen gegen 10 Uhr. Wir trennten uns im Flughafengebäude. Katherine umarmte mich und sagte dabei: „Ich glaube, du bist ein guter Mensch. Lass nicht zu, dass die Trauer dich von innen auffrisst. Schlag sie bei der ersten Gelegenheit in die Tonne und bleib gesund!"

Katherine hinterließ in mir ein Gefühl, das ich bis heute nicht verstehe. Sie wirkte auf mich sehr nett und interessant. Ich wäre mit ihr am liebsten in Kontakt geblieben. Ich habe sie online in allen möglichen Netzwerken gesucht – ohne Erfolg. Und immer, wenn ich an einer Bank in Wien vorbeilaufe, gucke ich das Eingangstor hoffnungsvoll an: „Vielleicht kommt ihre Schwester da raus und ich kann sie erkennen?"

2

Im Laufe der Zeit wurde Franz Schubert zu meinem ständigen Begleiter bei meinen Spaziergängen auf den Berg. Ich fing an mit einigen seiner Ouvertüren, die mich viel stärker als Alkohol berauschten, und fand mich plötzlich in seinen Quartetten ertrinkend, nachdem ich im Internet eine Sammlung von ihnen gefunden hatte.

Ich fragte mich immer, warum die Schläge auf gestreckten Saiten mich entzücken und die daraus resultierenden Geräusche mich erschaudern lassen können, so als ob ich einen Orgasmus nach dem anderen haben würde. Wie berühren diese Töne meine Seele so zärtlich, dass ich durch sie die ganze Welt weit hinter mir lasse? Ist die Harmonie das Geheimnis? Ja! Das ist definitiv eins der vielen Geheimnisse der Musik. Eine Gruppe von Tönen wird zu Musik nur, wenn alle Töne zueinander in einem harmonischen Verhältnis und in einer exakten Reihenfolge stehen, so wie das Universum, in dem wir leben, so, als ob sie die Welt nach den Naturgesetzen in eine neue Ordnung bringen. Ohne diese strenge Harmonie wird das Stück zu reinem Lärm. Alle Künstler – egal, welche Kunst sie ausüben – suchen nach einer neuen Ordnung, sie gießen ihre Schmerzen in eine Form, um sie anderen Menschen zu zeigen. Manche machen das mit Worten, manche mit Bildern oder Figuren. Aber anders als alle anderen Kunstformen fügt die Musik der Welt nichts Physikalisches zu. Sie ragt über dem Subjektiven auf. Sie ist etwas Metaphysisches, Unsichtbares, das eine neue eigene Zeit für sich schafft, das in unsere Seelen einbricht und an ihrem tiefsten Punkt die Trauer des Künstlers hinterlässt. Aber, ist das nicht Masochismus, wenn Trauer unsere Leidenschaft weckt? Nein, vielleicht entsteht diese

Freude daran aus dem Gefühl der Menschlichkeit und der Erkenntnis, dass wir in der Lage sind, die Trauer des Künstlers in unsere Herzen zu lassen und Mitleid mit ihm zu haben, ohne ihn zu sehen oder zu kennen. Das ist umso leidenschaftlicher, da wir nicht nur die Traurigkeit des Künstlers wahrnehmen, sondern sie auch auf die eigene Vergangenheit projizieren können. Somit wecken wir die eigenen Erinnerungen durch die Emotionen anderer Menschen wieder auf und erleben Trauer als etwas Universelles, das uns alle miteinander verbindet. Unsere Menschlichkeit erwächst aus den Tragödien und der Freude, die jeder von uns erlebt.

Ich dachte mir einmal auf dem Berg: „Interessant ist es, dass ich nach all den harten Jahren immer noch traurig sein kann! Meine Gefühle sind nicht versteinert und meine Augen noch nicht so vertrocknet und stachelbesetzt wie Kakteen, sondern sie sind immer noch in der Lage, Tränen fließen zu lassen." Diese Gedanken drehten sich in meinem Kopf, als ich in Wien, der Heimatstadt von Schubert, seine achte Sinfonie hörte, die sognannte „Unvollendete", die ich einfach perfekt finde! Ich hatte beim Hören immer das Gefühl, als wolle Schubert mir persönlich etwas sagen – und ich versuchte herauszufinden, was das war. Ich wusste über diesen Menschen, der vor über zweihundert Jahren gelebt hatte, gar nichts. Aber ich war mir sicher, dass eine unendliche Trauer seine Seele umhüllte. Trauer, die er nur besiegen konnte, wenn er sie in Frequenz umwandelte, die nicht nur durch den Raum fließt, sondern auch durch die Zeit. Sein einziger Trost bestand im Dokumentieren seiner Tragödie und darin, der Seele seinen Schmerz einzuhauchen und sie in etwas Übertragbares umzusetzen. Ist das nicht auch die Aufgabe jedes Künstlers? Den Menschen ins Gesicht zu schlagen und sie ihrer fröhlichen, schwachsinnigen

Momente zu berauben, um sie auf das Leid aufmerksam zu machen? Und ihr Mitleid hervorzurufen, indem er aus der Tragödie etwas Schönes und Attraktives macht? Ist das alles nicht zugleich auch ein Versuch zum Übermenschlichen hochzustreben? Zum Aufstieg von einem Menschen zu einem Gott, indem der Künstler etwas Neues in die Welt ruft.

All meine Empfindungen und Deutungen verfestigten sich noch mehr, als ich die Lieder, die Schubert komponiert hatte, kennenlernte. In diesen wenigen Minuten, wo zwei Sprachen in einer einzigartigen Weise zusammenfließen, die gesprochene Sprache mit der Musik, wo der Text die abstraktere Sphäre des Klangs durchdringt, ging mir Schubert noch mehr zu Herzen. Das war auch meine erste Motivation, Deutsch zu lernen. Ich erinnere mich, dass die ersten deutschen Worte, die ich lernte, die Textzeilen des Liedes „Die Krähe" waren – geschrieben vom deutschen Dichter Wilhelm Müller, und vertont von Schubert. Das Lied erzählt von einer Krähe, die dem Erzähler ständig folgt, als er seine Stadt verlässt, und er denkt die ganze Zeit, dass ihn die Krähe fressen möchte. Er spricht dann mit ihr wie ein Freund und bittet sie, ihn bis zum Tode treu zu begleiten. Als ich den deutschen Text auf dem Berg ins Arabische übersetzt hatte, guckte ich in den Himmel, um sicherzustellen, dass mir keine Krähe folgt, und ich sah nur die nackten Baumäste.

In meiner dritten Woche in Wien besuchte ich den Zentralfriedhof. Auf dem Weg kaufte ich drei weiße Rosen, und ich hatte überhaupt keine Ahnung, warum drei? Vielleicht spielte da mein Unterbewusstsein mit, um die Szene auf dem Friedhof in Damaskus, als ich für meinen Opa und meine Eltern drei Rosen mitgenommen hatte, noch einmal durchzuspielen. Ich betrat den Friedhof, der die Überreste der Körper von über drei

Millionen Menschen birgt, durch den Eingang Nummer zwei. Von weitem sah ich vor mir die Friedhofskirche zum heiligen Karl Borromäus mit der grünen Kuppel und den weißen Säulen. Die Grabstätten waren so schön, dass man sich dort für sich selbst einen Platz wünschte. Überall standen prunkvolle Denkmäler, die Ruhestätten von manchen Familien waren mit Dächern aus Stein und mit eingravierten Säulen gebaut.

Das Grab von Schubert trägt die Nummer 28. Links von ihm ruht Beethoven mit der Grabnummer 29 in der Gruppe 32A der Ehrengräber. „Okay, dieses Mal werde ich nicht mit den Rosen wieder nach Hause gehen!", sagte ich mir, als ich vor dem Grab stand. Ich betrachtete die Grabstätte, auf die Schuberts Gesicht neben einer Frau, die in der linken Hand eine Lyra und in der rechten einen Lorbeerkranz hält, dargestellt ist. Auf Schuberts Grab lagen bereits Rosen, ich legte eine von meinen dazu. Für die zweite wählte ich einen Platz auf Beethovens pyramidenförmig strukturiertem Grab, wo ebenfalls eine goldene Lyra abgebildet ist, und dazu ein goldener Schmetterling. Die gleiche Frau war auch in einer großen Figur vor den beiden Gräbern dargestellt. Ist sie die Muse der Musiker? Ich suchte zwischen den vielen Grabstätten einen Namen, den ich kannte, doch ich fand keinen. Deshalb hielt ich, als ich wieder zur Flüchtlingsunterkunft zurückkehrte, die dritte weiße Rose noch in der Hand. Um ehrlich zu sein, die dritte Rose wollte ich für mich behalten.

3

Seit dem Besuch auf dem Friedhof ging es bergab mit mir. Ich war dauerhaft kraftlos und müde, als ob der Winter dieser respektablen Stadt mich komplett aufbrauchte. Ich hatte vor, mit einem Arzt zu sprechen und fragte meinen älteren albanischen Mitbewohner, Anas, nach seinem Arzt, den er aufsuchte, da er unter Diabetes und Hochblutdruck litt. Aber ich konnte mich selbst nicht dazu bewegen, die Praxis aufzusuchen. Irgendwann nahm ich endlich Kontakt zu meinem Onkel Hisham auf. Das hätte ich besser nicht gemacht. Ich erfuhr alles auf einmal. Darin war zwei Wochen vor meiner Ankunft in Wien – am Tag meiner Reise von Istanbul nach Izmir – entlassen worden. Sie allein, ohne ihr Kind! Der kleine Adam starb dort, wo er geboren worden war, im Gefängnis. Darin hatte eine Woche lang kein Wort ausgesprochen. Jasmin versuchte, mich zu erreichen – in der Hoffnung, dass ich daran etwas ändern könnte. Alle, auch Darin, dachten, dass ich am Tag des Massakers ums Leben gekommen sei.

Am 15. Oktober 2013 hatte Darin eine endgültige Entscheidung getroffen. Jasmin fand sie in ihrem Zimmer, zwischen Himmel und Erde hängend.

Darin hatte nicht gewartet, bis Onkel Ilias entlassen wurde. Er kam zehn Tage nach ihrem Selbstmord mit Tuberkulose raus, die ihn tötete, bevor der Stempel vom Gefängnis Saidnaya von seinem Handgelenk verschwand.

Onkel Ilias, der großzügige und armselige Mann, ging fort, ganz weit, in den Himmel, wo die Seelen die Sonnenstrahlen jeden Morgen umarmen. Ich weigere mich bis heute zu glauben, dass es ihn nicht mehr gibt, genauso wie ich nicht glauben kann, dass meine Freunde tot sind, selbst die nicht, die ich mit eigenen Augen tot gesehen habe. Unvorstellbar, dass aus jenen Gesichtern, die voller Hoffnung und Lebensfreude strahlten, jede Lebensspur vertrieben ist und nichts als trockene Knochen geblieben ist. Aber nein! Nein! Nach unserem Tod verschwindet unser Schmerz, und es geht die Sonne des ewigen Friedens über unseren Gräbern auf. Irgendwann wird alles, was wir uns gewünscht haben, zu Wirklichkeit, und wir werden jede Träne und jede Enttäuschung vergessen. Die Angst wird keinen Platz in den Herzen der Menschen mehr haben. Es bleiben nur die Tränen der Freude, und wir werden aus unseren Ruhestätten das Unrecht dieser erbärmlichen Welt verfluchen.

Darin musste sich entscheiden, zu fliehen oder sich der Herausforderung zu stellen. Entweder die Flucht nach oben, gegen die Natur, oder alles, was sie erlebt hatte, mit dem Besen des Ignorierens wegzukehren und in die Täler der Vergessenheit zu fegen. Im zweiten Fall sollte sie sich an eine schreckliche Gegenwart anpassen, die sie sich gar nicht vorstellen könnte. Der Verlust der Genossen und Genossinnen der Revolution, die auf die Flucht, in den Gräbern oder hinter den Riegeln verteilt sind, die Spaltung der Familie und das Muss, sich zu unterwerfen, wenn man in Damaskus weiterleben möchte. Ich kenne Darin sehr gut. Sie ist dafür nicht geeignet und hatte genug Gründe, um sich für die Flucht nach oben zu entscheiden, anstatt die Gegenwart hinzunehmen. Auch wenn ich glaubte, dass das einfach deterministisch war, tut es mir unendlich weh, dass ich vielleicht diese Entscheidung hätte beeinflussen können.

Ich fragte mich ständig, wie Darin auf dem Stuhl stand, ihn dann losließ und mit der Luft ersetzte. Zögerte sie? Woran dachte sie in ihren letzten Momenten? Dachte sie an ihr Kind, das vorangegangen war? Oder dachte sie an irgendeine Freundin, die sie im Gefängnis kennengelernt hatte? Dachte sie auch in den letzten Sekunden immer noch an den Sinn dahinter, weiterzuleben oder zu sterben? Ich hätte sie gefragt: „Können wir diese Entscheidung nicht mit einer Runde im Riesenrad ersetzen, oder mit einem Küsschen?" Dachte sie, nachdem sie den Stuhl umstieß, wenigstens einmal an den Schritt zurück? Ich denke nicht. Darin guckt nicht nach hinten und bereut nichts, was sie für sich ausgesucht hat. Sie trotzt der ganzen Welt zuliebe ihres Wollens. Ich habe keinen Zweifel, dass sie auch ihrem Wunsch, den Stuhl wieder unter die Füße zu bekommen, starrköpfig widerstand. Ebenfalls bekämpfte sie ihr Begehren, sich der Schwerkraft zu entledigen, um zu überleben, oder den Uhrzeiger zurückzuschieben!

Ich bildete mir im Kopf ein, wie sie aussah, zwischen dem Dach und dem Boden, von einem Seil gehalten. Einmal suchte ich im Internet nach Bildern von Menschen am Strick, ein anderes Mal versuchte ich, sie auf einem Blatt zu zeichnen. Für mich war es schwierig, sie mir mit toten Gesichtszügen vorzustellen. In all ihren Bildern, die ich mir ausgedacht habe, lächelte sie, während sie in dem freien Raum schwang und fröhlich schrie: „Freiheit!" Das war kein Galgen, sondern eine Schaukel, auf der sie sich endlich frei fühlte.

Ich sprach kein Wort mehr, nachdem ich von Darins Tod erfahren hatte. Der Anruf von Tante Maisaa war lediglich die Bestätigung, dass die Krähe, die über den Kopf des Erzählers im Lied von Schubert und Müller bis zum Tod schwebte, mich auch bis ins Grab begleiten würde. Ich wusste schon, als ich vom Friedhof wieder kam, dass die letzte Rose für mein Grab sein würde.

4

Mein alter Mitbewohner hatte einen Termin in der Klinik, und diese Besuche dauerten immer stundenlang. Er hatte versucht, mit mir zu sprechen und mir zu helfen. Nur durchkreuzte ich all seine Versuche, mich aus dieser Situation rauszuholen. In der Nacht davor hatte ich daran gedacht, ob ich etwas schreiben möchte, bevor ich das begehe, was ich unbedingt begehen wollte. Ich fand aber nichts, oder besser gesagt, ich wagte es nicht, den Stift in die Hand zu nehmen.

Ich sah mich um und suchte etwas, dass mich zum Umstimmen bringen konnte. Ich wollte nämlich nicht sterben und hatte Angst vor dem Tod, doch zugleich sah ich keine andere Wahl. Ich war nicht Schubert, ich konnte nicht, wie er, meinen Schmerz den anderen Menschen als Kunst überlassen. Ich hatte aufgegeben und wünschte mir, dass es kein Leben nach dem Tod gibt, obwohl ich im Inneren diese Idee ablehnte, denn für mich war es unvorstellbar, dass all meine Freunde sich ins ewige Nichts, ins langweilige Leere, verabschiedet hatten.

Ich hatte keine Eile, sodass ich mir noch einen Kaffee kochte und eine Zigarette nach der anderen rauchte. Nach einer halben Stunde Weinen und Rauchen sagte ich zu mir selbst: „Du Schisser, mach es endlich!". Mein Körper krampfte zusammen und ich war fast machtlos, als ob eine unsichtbare Kraft sich einmischte, um zu verhindern, dass ich mich bewegte.

Letztendlich nahm ich die Plastiktüte in die Hand, hauchte hinein und legte mich auf das Bett. Ich zog mir die Tüte über den Kopf. Doch ich scheiterte daran, abzuwarten, bis der Sauerstoff ausging. Bei meinem vierten Versuch mit dem Kopf in der Tüte spürte ich eine Leichtigkeit und Benommenheit wie unter Wasser, als ob ich aus meinem Döblinger Zimmer vom

Traum in der Zelle in Ungarn mit dem Wasser nach oben geschoben worden wäre. Die Zelle hatte kein Dach, ich sah den klaren Himmel über mir, und Darins Stimme wurde deutlicher. Sie schrie nicht mehr, sondern sie lachte. Die Benommenheit fühlte sich an wie der Moment des Einschlafens, ich schloss langsam die Augen. Nacheinander sah ich ihre Gesichter, sie lächelten mich an, mein Vater, meine Mutter, mein Opa, Darin, Onkel Ilias, Firas, Rima, Abeer.

Ich sah die Friedhöfe, sie hatten sich in Freizeitparks verwandelt. Die Kinder von Ghuta sah ich dort spielen, sorglos und glücklich. Ich sah die Stützpfähle der Flüchtlingszelte, sie waren nun Galgen für die Diktatoren. Ich sah die Gefängnisse, nun aber Museen, um die nächsten Generationen davor zu warnen, Sklaverei zu tolerieren. Ich sah Nero. Er stürzte von seinem Thron auf dem Berg, dass die Flammen, die er selbst entzündet hatte, ihn verschlängen, während die von ihm getöteten Kinder um ihn tanzen und singen. Ich sah Gerechtigkeit, die wir auf dieser Welt nie erleben werden. Aber dort, da oben, im Himmel, da sah ich sie.

Nach zwei Tagen öffnete ich wieder die Augen, im Krankenhaus. Es war einfach nur eine weitere Enttäuschung.

5

Die nächsten drei Monate verbrachte ich in einer psychiatrischen Klinik. Am Ende attestierte man mir, dass ich „genesen" sei und entließ mich. Glaubten sie wirklich, dass ein paar Stunden Reden mein Gedächtnis von den Erinnerungen, die wie vertrocknete Flechten an ihm hafteten, reinigen würden?! Ich schluckte jeden Tag zehn Tabletten, verschiedene Arten Antidepressiva und Beruhigungsmittel, um mich von dem, was die Ärzte als „Posttraumatische Belastungsstörung" diagnostiziert hatten, zu befreien

Ich erfuhr nach meiner Entlassung, dass Anas, mein ehemaliger Mitbewohner, nach Albanien abgeschoben worden war. Ich selbst erhielt nach mehreren Wochen den Flüchtlingsstatus in Österreich. Vor dem ernüchternden Suizidversuch hatte ich mein Studium fortsetzen wollen, nun sah ich darin keinen Sinn mehr. Ich arbeitete in einer großen Fabrik und hatte überhaupt keine Freundschaften oder gar Bekanntschaften in meiner Umgebung. Ich verbrachte die Pausen allein mit meinen Zigaretten und die Wochenenden mit Lesen und Schreiben von schlechten Gedichten und Tagebucheinträgen. Viele Frauen fielen mir auf, aber ich sprach nie eine von ihnen an, außer einer Einzigen! Und dann begann eine neue Geschichte.

Es war eine ruhige und warme Nacht. Die Donau und die sommerliche Luft erweckten in mir ein nostalgisches Gefühl. Nichts unterbrach die Ruhe dieser Nacht außer Musik, die irgendwo am Ufer gespielt wurde, was die Atmosphäre noch romantischer machte. Übrigens, ich hatte keine Angst mehr vor dem Wasser! Ich lief langsam am Fluss entlang und atmete die Luft tief ein und aus nach einer langen und anstrengenden Arbeitswoche. Ich hörte eine weibliche, zarte Stimme in der

Nähe. Es war ein arabisches Mädchen, das laut telefonierte und dabei lachte. Ich sah sie an und erkannte ihren syrischen Dialekt. Sie trug ein kurzes grünes Abendkleid, das die Zierlichkeit ihrer Taille zeigte, und weiße Stöckelschuhe, die ihre Figur noch schöner machten. Ich blieb in ihrer Nähe und schlenderte hin und her wie ein Spaziergänger, der sich für keine Richtung entscheiden kann, bis sie ihren Anruf beendete. Derweil blickte ich auf die Donau und zündete mir eine Zigarette an. Sie wartete nicht und kam noch während des Telefonats zu mir und fragte in akkuratem Deutsch nach einem Feuerzeug. Ich aber antwortete spontan auf Arabisch: „Hier! Bitte!" und zündete das Feuerzeug für sie an. Sie lächelte mir zu und zeigte ihre schneeweißen Zähne, bevor sie sich abwandte. Ich blieb da und wollte sie unbedingt ansprechen, koste es, was es wolle. Eine Bindung zu ihr spürte ich sofort! Sie ging ebenfalls nicht weg und stellte sich nach ein paar Minuten wieder neben mich, so dass wir nun beide auf den Fluss blickten:

„Ich heiße Laila. Und du?", fragte das Mädchen, und ich bemerkte ihre kurzen, rotbraunen Haare.

„Ich bin Adam", erwiderte ich und guckte sie an.

„Lebst du in Wien?", fragte sie.

„Ja. Seit drei Jahren. Und du?"

„Auch. Ich studiere hier seit vier Jahren."

„Was studierst du?"

„Chemie. Und was machst du?"

„Ich arbeite in einer Fabrik", antwortete ich.

Wir schweigen für eine kurze Weile, bevor Laila plötzlich zu mir meinte: „Deine Augen sind schön!" Ich guckte sie sehr verlegen an. „Danke!"

„Kommst du mit?", Laila zog an meiner Hand.

„Wohin?", fragte ich, während ich mich widerstandslos mitziehen ließ.

„Es gibt hier eine coole Party!"

Wir gingen in Richtung der Musik. Eine Gruppe aus Männern und Frauen tanzte Tango und Laila schloss sich an, während ich auf der Seite stand, meine Arme verschränkte und Laila interessiert beobachtete. Sie tanzte mit einem elegant aussehenden Mann, der ihre rechte Hand mit seiner linken Hand hielt und ihre Taille mit seiner rechten Hand umarmt. Sie bewegten sich, als ob sie beide füreinander geschaffen wurden, um diesen Tanz zu tanzen, und sie drehte sich zwischen seinen Armen wie ein Schmetterling. Ich erregte mit meinen Blicken Lailas Aufsehen, da ich die ganze Zeit versucht habe, in ihre hellbraunen Augen zu gucken. Immer öfter verschwand sie zwischen den tanzenden Menschen, und ich lief ein paar Schritte zum steinigen Ufer, setzte mich auf die Erde und zündete mir eine Zigarette an. Die Musik hörte auf und Applaus ertönte. Ich hörte das Klackern von Lailas Absätzen auf dem Hafendamm, sie setzte sich neben mich und nahm eine Zigarette aus der Schachtel, die ich neben mich gelegt hatte:

„Kannst du tanzen?", fragte sie.

„Nein."

„Hast du nie getanzt?"

„Nein."

„Ich kann ohne Tanzen nicht leben."

„Warum?"

„Hast du nie das Gefühl gehabt, wenn du Musik hörst, dass du deinen Körper gleichmäßig bewegen möchtest?"

„Nein."

„Tanzen ist meine Flucht."

„Wovor fliehst du?", fragte ich sie.

„Vor der Langweile vielleicht. Vor der Vergangenheit. Das Tanzen gibt mir das Gefühl, dass ich noch am Leben bin, dass ich von den anderen Menschen akzeptiert werden kann. Ich werfe allen Stress und alle Probleme beim ersten Schritt auf der Tanzfläche ab."

„Du hast Glück."

„Wieso?", fragte Laila und zog wieder an der Zigarette.

„Du hast dich im Tanzen wiedergefunden."

„Und du?"

„Ich?"

„Wo findest du dich wieder?"

„Ich weiß nicht", sagte ich und beobachtete die Donau.

„Was willst du im Leben erreichen?"

„Ich weiß nicht."

„Was ist der Sinn deines Lebens?"

„Ich weiß nicht."

„Was weißt du denn?", fragte sie zynisch.

„Nichts!"

„Okay, du weißt nichts! Also dann, ich tanze weiter", sagte sie und stand auf.

„Und ich? Soll ich auf dich warten oder gehen?"

„Du kannst ruhig gehen", antwortete sie hochnäsig.

„Okay."

Sie ging wieder auf die von unten beleuchtete Tanzfläche, der Mann hatte auf sie gewartet. Ich ging traurig davon, weil ich wirklich keine einzige Antwort auf alle Fragen gefunden hatte, während hinter mir die Musik wieder einsetzte.

6

Sie sind da, heben mir mit ihren schmutzigen Händen die Bettdecke an und zerren mich mit Gewalt aus meinem Bett. Sie stürmen auf mich ein, wie ein Rudel hungriger Wölfe auf einen kleinen Hasen, der gar nicht fliehen kann und mit seinem wenigen Fleisch nicht einmal eine armselige Mahlzeit für einen heranwachsenden Fuchs darstellt.

Mit der ersten Ohrfeige mache ich meine Augen auf und sehe ihre hässlichen Gesichter, wie sie mich erfreut angucken, als ob sie mich für Jahrzehnte gesucht hätten. Sie alle haben dieselben Gesichtszüge, wie der verrückte Massenmörder in Syrien. Kurz ziehe ich in Erwägung mich zu wehren, doch warum sollten zerrüttete Menschen wie ich auf ihrem Leben beharren?

Wie ich meine Zartheit hasse! Wie ich es hasse, dass ich nicht einmal genug Kraft und Lust habe, mich zu verteidigen, um Gnade zu flehen oder gar zu schreien. Das ist derselbe Hass, den ich als Kind gegen mich selbst hatte. Ich habe den Spiegel schon immer gehasst. Die Augen dieser Monster sind aber alle wie Spiegel, die mich nochmal an jenes schwache Kind erinnern, das weder den Schikanen anderer Kinder widerstehen noch sich gegen die Brutalität der Lehrer und des Schulleiters auflehnen konnte.

Sie ziehen meine Klamotten aus, und die Narbe ist jetzt für jeden sichtbar. Das Geheimnis meines Lebens, die große rote Rose auf meiner Brust – jeder kann sie jetzt sehen. Sie schleifen mich bis zur Zimmertür, während ich meinen uralten Schreibtisch ansehe. Ich habe diesen Tisch in einem Trödelladen gekauft und habe mir immer eingebildet, dass dieser Tisch damals Friedrich Schiller gehört hatte. In meiner Vorstellung war der

Tisch auf einer öffentlichen Auktion verkauft worden, und danach verkauft und wieder verkauft, bis er dieses kleine Zimmer erreicht hat. Ich malte mir auch aus, dass Schiller an diesem Tisch sein bekanntes Gedicht „An die Freude" geschrieben hatte. Ich verbrachte fast die ganze Zeit in meinem Zimmer an diesem Schreibtisch.

Inzwischen steigern die Geigen in Beethovens Stück die Höhe und Lautstärke der Akkorde zu einem immer imposanteren Klang. Ich höre die raue Stimme eines alten Mannes, der einen schrillen Gesang an die Freude in schnellem Takt anstimmt:

„Rettung von Tyrannenketten, Großmut auch dem Bösewicht, Hoffnung auf den Sterbebetten, Gnade auf dem Hochgericht! Auch die Toten sollen leben!"

Aber diese Rettung jetzt ist die Rettung der Welt vor der Verstellung und Heuchelei. Es ist die endliche Offenbarung der hässlichen Wahrheit. Es ist der Tod des Wolfes, der immer vorgab, ein Lamm zu sein und das Erscheinen eines Monsters, das kein Problem hat, seine Fänge offenkundig zu zeigen. Auch gibt es heute keine Hoffnung, lieber Schiller, denn alle Betten wurden zu Särgen und alle lebenden Menschen werden in Schande sterben. Es tut mir leid, mein lieber Dichter, denn dein Tisch ist heute Zeuge deiner Enttäuschung.

„Wo schafft es dieser Tisch noch hinzukommen?" fragte ich mich.

Ich werfe einen Blick auf meine vielen Tagebücher, in die ich täglich etwas schreibe. Ich behandle mein Tagebuch wie einen Freund, dem ich jede Nacht von meinem Tag berichte, jeden Tag dieselben Ereignisse und dieselbe Aufeinanderfolge. Diese Bücher werden wahrscheinlich gleich verbrannt oder an den Straßenrand geschmissen, den Füßen der Passanten entgegengeworfen oder den Winden der Vergessenheit überlassen, die mich auch gleich hinwegfegen werden. Verstreut, genauso wie die Tagebücher meines Opas.

Ich sehe meine aufeinander gestapelten, halt erfolglosen Manuskripte, in denen ich über die Heimat und die Entfremdung geschrieben habe, über die engen Ecken der Einsamkeit und die weiträumigen Oasen der Hoffnung, über die imaginären Paradiese der Liebe und die Hölle der Verzweiflung, über die Revolution und meinen ersten Sturz vom Himmel und über jeden weiteren meiner vielen Stürze. Meine Manuskripte, in denen ich über jede Bank geschrieben habe, auf der ich eine Zigarettenpause gemacht habe, über jedes Mädchen, das ich jemals getroffen habe, und über alle flüchtigen Schwärmereien, in denen ich mit meinen ruppigen Worten die Momente der Flucht vor dem Tod, zu dem ich jetzt wie ein willenloses Schaf abgeschleppt werde, aufgezeichnet habe. Ich schaue mir die vergilbten Wände zum letzten Mal an, wo ich die Bilder meiner alten Genossen und Genossinnen aufgehangen hatte, damit ich in deren Augen gucke, wenn ich mich wieder einen Schritt dem Aufgeben nähere.

Ich sehe mein Bett, das meine Leiche jede Nacht gezwungenermaßen und in aller Übelkeit umarmt und mich jeden Morgen weggestoßen hat. Dieses Bett war nichts weiter als eine Brutstätte für Panikattacken und Schlafparalysen. Ich sehe meinen kleinen Balkon, auf dem ich aus Gewohnheit immer einen Kaffee trank und zwei Kippen rauchte, bevor ich die Wohnung verließ.

Mein grauer Rucksack, mein ewiger, loyaler Freund sieht auf dem Sofa aus wie weggeworfen, vergessen. Er wird sich verwaist fühlen und bekümmert sein, wie ein Schiff, dessen Kapitän gerade ermordet worden ist. Das dunkelrote Sofa scheint mir zum ersten Mal einladend bequem und warm. Ich frage mich, wieso es mir nicht ein einziges Mal eingefallen ist, auf ihm zu sitzen!

Sie zwingen mich mit ihren kräftigen Armen zum Niederknien, nachdem sie meine Hände hinter meinem Rücken gefesselt haben. Ich hebe meinen Kopf an, zwei von denen kramen im Zimmer. Sie scheinen aber nichts Konkretes zu suchen, sie wühlen willkürlich und sinnlos durch meine Sachen. Ich komme gerade auf die Idee, sie zu bitten, etwas mitnehmen zu dürfen. Ich lasse es mir durch den Kopf gehen, was ich mitnehmen sollte. Zum ersten Mal denke ich an den Wert der Sachen für mich, nachdem ihre Existenz für mich schon immer selbstverständlich war. Was noch mehr weh tat war die Selbstverständlichkeit der Abwesenheit vieler Dinge! Mir ist aufgefallen, dass ich nie das gehabt habe, was ich immer gerne gehabt hätte. Während mein Blick durch das Zimmer schweift, finde ich nichts, was mir so wertvoll erscheint, dass ich es gern mitnehmen würde, zumal mich die Bitte wohl einen weiteren Schlag in mein Gesicht kosten würde. Ich denke an die Bücher. Vielleicht möchte ich eins davon mitnehmen. Doch was bringt das nun? Mein Opa hatte damals seine ganze Bücherei freiwillig abgegeben, denn er hatte wahrscheinlich endlich erkannt, wie absurd die Existenz aller Dinge ist, so wie ich es jetzt erkenne. Die Bücher stehen so friedlich und sanft im Bücherregal – so wie ich, unterwürfig! Ich denke, dass die Bücher, im Gegensatz zu mir, einen Antrieb haben zu fliehen, denn sie haben Etwas, das sie der Menschheit spenden. Trotzdem flüchten sie nicht, sondern sie unterwerfen sich den teuflischen Menschen, die niemals ein Wort gelesen haben. Meine Texte und Gedichte finde ich jetzt auch nicht so wertvoll wie zuvor. Ich fühle mich so traurig, weil ich nichts habe, was ich gerne mitnehmen möchte. Ich war schon immer fremd und gewöhne mich an nichts und an niemanden. Ich vergleiche jeden kleinen Verlust mit dem Verlust der Heimat, um alles zu verharmlosen. Und so lebte ich in den letzten Jahren, getrennt von meiner Umgebung, in meiner eigenen phantastischen Welt, denn unsere Welt ist zu lückenhaft, und sie spuckte mich weit weg, nachdem sie mit ihren kariösen, wurmstichigen Zähnen lange auf mir herumgekaut hatte.

Ach, das ist dann, was sie suchen, meinen Nationalpass. Die Sünde der Geburt, die wir aus unserer sehr weit hinter den Seen und Grenzen zurückgelassenen Heimat hierhergetragen haben. Jene Heimat, für die wir gesungen haben. Deren Berge und weite Ebenen uns keine Heimstatt geben wollten. Es ist der Nationalpass, die Anklage, die an uns klebt, egal wo wir hingehen. Dieser ist das Einzige, was ich aus der Heimat ins Exil mitgenommen habe. Sie werden ihn definitiv haben wollen, um mich in gutem Gewissen hinrichten zu können, denn er wäre der einzige Beweis gegen mich. Die ganze Welt wird schweigen bei meiner Hinrichtung, sobald sie mir diesen Pass auf die Stirn kleben.

Sie bringen mich aus der Wohnung raus auf die Straße. Die Sonne ist noch nicht aufgegangen und die Straße ist mit Feuerfackeln beleuchtet, die auf beiden Seiten in feierlicher Bestattungsatmosphäre verteilt sind. Auf den beiden Straßenseiten haben sich soeben ganz viele Menschen verschiedener Herkunft versammelt. Asiaten, Europäer und Afrikaner. Sie alle beobachten mich still, während ich gefesselt zum Unbekannten gezogen werde. Manche scheinen traurig und mitleidig zu sein, manche scheinen irgendwie wütend, und viele grinsen idiotisch, so als ob sie gerade einen Feind besiegt haben, der sie sehr lange belastet hatte. Der Weg scheint mir sehr lang zu sein und ich kann dessen Ende gar nicht erkennen.

Die Seiten des Weges sehen aus wie Äcker, in denen unzählige geduckte Menschen eingepflanzt sind. Was für ein trauriger Anblick! Vielleicht könnte mich die Enttäuschung umbringen, wenn ich überhaupt von diesen Menschen Empathie erwartet hätte. Es ist mir aber scheißegal! Was ich auf diesem Weg sehe, gibt mir die letzte Bestätigung, dass unsere Welt lückenlos vom Wahnsinn beherrscht wird! Ich darf jetzt auch grinsen, denn ich hatte Recht damit, nie an die Menschlichkeit zu glauben und auch nichts von ihr zu erwarten.

Nach stundenlangem Laufen sehe ich die Sonne hinter einem schwarzen Horizont aufgehen. Mich überrascht ein dunkelhäutiger, dünner Mann, der ein weißes Hemd anhat, als er einen Stein vom Boden nimmt, ihn auf mich wirft und dabei schimpft. Während meine Bewacher und ich weiterlaufen, wächst die Menge der Steinewerfer, und die Steine werden auch größer. Alle auf den beiden Straßenseiten werfen jetzt mit Steinen nach mir! Trotz des Schwindels und des Blutes, das über mein Gesicht fließt, freue ich mich, das Ende des Weges endlich sehen zu können. Es ist ein Punkt in der Ferne, wo keine Menschen mehr sind. Ich gucke mich um und beobachte die Gesichter der Menschen. Dann kommt die Männerstimme nochmal und singt laut das Gedicht Schillers an die Freude weiter, während mein Kopf mit großen Steinen beworfen wird:

„Eine heitre Abschiedsstunde! Süßen Schlaf im Leichentuch! Brüder – einen sanften Spruch, aus des Totenrichters Munde!"

Wir kommen fast ans Ende des Weges und ich höre jetzt laute Schreie – von Frauen, Kindern und Männern, die gefoltert werden. Manche schreien, andere weinen, und viele bitten um Gnade. Dann sehe ich ein großes Plakat mit dem Satz: „Willkommen im Königreich des Todes". Der Wecker klingelte.

Ich hatte stark geschwitzt, sodass mein Bett sehr feucht war, aber ich spürte grenzenlose Erleichterung, dass das alles nur ein Alptraum gewesen war. Ich blieb noch eine Weile auf meinem Bett sitzen und sah mich um. Ich sah das Bücherregal, die Tagebücher, den Schreibtisch, den Balkon und die Wand an. Alles ist, wie es am Vortag gewesen war. Doch ich sah das alles nun mit anderen, aufmerksameren Augen.

Ich wusch mein Gesicht und stellte mich in die Mitte des Zimmers. Ich wollte aufhören, zu schreiben, und die Tagebücher vom Schreibtisch entfernen, also verstaute ich sie im Schrank. Ich wollte alles wegschmeißen, was ich in meinem Alptraum nicht unbedingt hatte mitnehmen wollen. Ich hatte das Gefühl, dass die Dinge, die wir nicht überallhin mitnehmen wollen, auch nicht zum letzten Ort, überhaupt nicht wichtig sind. Alles schien mir überflüssig zu sein. Genau dieses Gefühl hatte ich schon einmal. Vor Jahren in meiner letzten Nacht im Haus meines Onkels.

Ich nahm meinen grauen Rucksack und verließ die Wohnung, dieses Mal ohne Kaffee getrunken zu haben. Die Sonne schien so scheu und sie verschwand ab und an hinter grauen Wolken, die den Himmel teilweise zuzogen. Wien erschien mir an diesem Tag irgendwie fremd. Auf dem Weg begegnete ich Straßenmusikern, die auf ihren Instrumenten emotionslos spielten und alten Leuten, die auf den Bänken saßen. Manche lehnten ihr Kinn an den Griff ihres Krückstocks, manche wühlten in den Taschen und suchten nach etwas. Diese Szene erinnerte mich an meinen Alptraum. Ich sah mich um und versuchte, die Straße vor mir mit dem langen Weg aus meinem Alptraum zu vergleichen. Während ich lief und an den Alptraum dachte und dabei die Straßenseite betrachtete, prallte ich mit einer Dame zusammen. Obwohl ich daran schuld war, weil ich einfach viel zu zerstreut war, entschuldigte sich die hübsche Dame mittleren Alters und lief weiter. Ich musste dann wieder an den Alptraum denken. Würde so eine nette Dame schweigend stehen und zuschauen, wenn ich zur Guillotine getrieben würde? Ich glaube, sie würde keine Steine werfen, etwas dagegen tun aber auch nicht. Im besten Fall würde sie still mitleiden. In solchen Situationen, wenn sich fast alle unterwerfen, fügen sich gezwungenermaßen auch die Guten ins Schweigen. Vielleicht leben wir in einer verrückten Welt, die uns gegen unseren Willen zu Fremden gemacht hat. Gute Menschen – wie die Mitleidigen im Alptraum und die nette blonde Dame – gibt es jedoch immer noch, auch wenn sie zu wenig und machtlos sind. Sie werden uns aber nicht mit Steinen bewerfen oder grässlich grinsen. Kann es nicht sein, dass die nette Dame auch zerstreut war und sie sich deshalb entschuldigt hatte? Vielleicht hat sie auch einen ähnlichen Alptraum erlitten? Aber wieso sollte bitte eine europäische Frau eine Guillotine oder Steinwerfer befürchten? Ihre Augen strahlten und ihr Teint war so makellos, als ob sie die ganze Nacht durchgeschlafen hätte, ohne dass sie sich über irgendwelche Kleinigkeiten betrüben musste.

Ich setzte mich an einen Tisch auf der Terrasse eines Cafés und beobachtete neugierig die Passanten. Ich fragte mich: „Gehen diese Menschen wirklich freiwillig zu ihren Zielen, oder werden sie dazu irgendwie hingezogen, so wie ich in meinem Alptraum? Haben sie sich bewusst und ohne Druck entschieden, diesen Weg zu gehen, oder werden sie gedrängt von der Guillotine der Armut, des Hungers und der gesellschaftlichen Geringschätzung? Ich bin fest davon überzeugt, dass jede Nation, jede Gruppe und jedes Individuum eine eigene Guillotine hat, die sie überall verfolgt und von der sie ständig flüchten. Es mag die politische Verfolgung, der Hunger, die Langeweile oder die Einsamkeit sein. All das ist tödlich und sitzt uns im Nacken. Der Krieg und die Verfolgung haben mich hierhergebracht, nach Übersee. Es kann genauso gut sein, dass der Spuk der Bedürftigkeit und der gesellschaftlichen Verachtung einen dieser Passanten jeden Tag in ein Büro gehen lässt, das er genauso hasst wie ich mein Exil. Es kann auch sein, dass ich mit meinem Äußeren selbst zum Alptraum vieler werde, der ihnen den Schlaf raubt!"

7

In den darauffolgenden Monaten suchte ich Laila. Plötzlich war Wien in meinen Augen zu einer riesengroßen Stadt geworden, in der man sich leicht verlieren kann, nachdem sie lange für mich nur ein Loch der Langweile und Traurigkeit gewesen war. Ich wusste nicht, als Laila mir die Frage über den Sinn meines Lebens stellte, dass sie genau ab diesem Moment zum Ziel meines Lebens wurde. Vielleicht bildete ich mir dieses Ziel auch nur ein, um die Frage einfacher zu beantworten. Das konnte sein. So wurde meine Freizeit mit Episoden anstrengender, endloser Suche nach einer Person gefüllt, die ich nur für ein paar Minuten gesehen, und die es vielleicht gar nicht gegeben hatte.

Ich ging also jeden Tag nach Feierabend nach Hause, duschte schnell und wanderte dann durch die Wiener Straßen und an der Donau entlang, immer auf der Suche nach Laila. Sogar an der Uni war ich drei Mal und habe sie dort gesucht. Vergeblich. Ich entdeckte in dieser Zeit Wien als eine großartige und prachtvolle Stadt, und ich glaube, ich habe die Gesichter aller Bewohner kennengelernt, da ich jedes einzelne Gesicht genau betrachtete, in der Hoffnung, dass ich Lailas Gesicht zwischen den vielen fremden Gesichtern erblicken und ihr das Feuerzeug reichen könnte. Ich war wie jemand, der seine Heimat in einer Flut gestapelter, ineinander angehäufter Heimaten suchte, die ihm nichts bedeuteten. Nur wenn meine Augen ihre träfen, könnte dies meiner Tragödie ein Ende schreiben, damit ich ihr alle Briefe, die ich für sie geschrieben habe, geben könnte, damit ich ihr sagen könnte, dass ich gern mit ihr tanzen möchte, auch wenn ich noch nie zuvor getanzt hatte. Nur durch Laila kann meine Seele heilen, davon war ich überzeugt.

Ich hatte einen Freund, der mit der Zeit in meinem Leben Wurzeln schlug, der hieß die Langweile. Ich war wie jemand, der sich an die tägliche Qual gewöhnt hat. Manchmal wanderte ich durch die Straßen und Gassen und vergaß dabei, dass ich Laila suchte, sondern folgte einfach meiner öden Routine, bis der Tag endete und ich wieder nach Hause ging. Das ist das Schlimmste, dass man sich an die Enttäuschung gewöhnt, und dass man bei seiner fleißigen und kraftaufwändigen Suche hoffnungslos bleibt, so als ob man zur „endlosen Suche" verurteilt wäre.

Ich konnte meine Emotionen zu Laila kaum unter Kontrolle bringen und fragte mich tausend Mal: „Warum strenge ich mich an, ein Mädchen in einer der größten Städte der Welt zu suchen, das vielleicht gar nicht mehr da ist, und das vielleicht meinen Namen nicht mehr kennt? Ich kenne sie gar nicht. Alles, was ich über sie weiß, ist ihr Name, dass sie gern Tango tanzt und irgendwo Chemie studiert!" Aber innerlich hatte ich das Gefühl, dass Laila und ich nicht nur aus demselben Land, sondern auch aus derselben Trauer stammten. „Das kann aber gar nicht Liebe sein", meinte ich immer zu mir. Vielleicht suchte ich einfach ein neues Drama im Leben und eine Quelle der Inspiration, damit ich nicht über jede Passantin und jede Roman- oder Filmfigur schreibe. Vielleicht wollte ich unbewusst nur ein Ziel haben, und das sollte Leila darstellen. Sie belebte mit ihren Fragen das Gefühl meines Daseins und den Willen, mit Jemandem zu sprechen und von meinen unzähligen Zusammenbrüchen und Niederlagen zu erzählen, wieder.

Einmal stieß ich während meiner Runde zufällig auf eine Tanzveranstaltung, die entlang der Straße in einem Lokal stattfand. Ich kam näher und dachte, dass Laila auch da sein könnte. Ich bildete mir ein, dass sie da war, mitten in der Menschenmenge, dass sie mir ihre Hand reichte und mich zum Tanz einlud. Ich träumte, ich tanze mit Laila ohne Ende, spürte ihre Atemzüge an meinem Hals, ihre Herzschläge an meiner Brust. Bevor mein Tanz aber endete, wachte ich auf, als die Menschen dort klatschten und auseinandergingen, und ich ging wieder enttäuscht nach Hause.

Unterwegs, als ich an der Katholischen Kirche St. Peter vorbeikam, sah ich vor dem großen Eingang einen verlorenen Kater, der mich konzentriert ansah und seine Lippen zuzog, während seine Augen glänzten. Nach mehreren Monaten, in denen ich geglaubt habe, dass es mir besser ginge, reichte der Anblick dieses Katers, um mich wieder in den alten Schrecken, in die allerschlimmste Nacht in Ghuta hineinzuversetzen. Mühsam versuchte ich, mich gegen den Flashback-Anfall zu wehren. Ich schaute mich um und sah die großen Gebäude nicht mehr, die Passanten verschwanden plötzlich und die Lichter gingen aus. Nein. Die Lichter wurden zu schillernden Raketen und die frische sommerliche Luft in Wien zu giftigem Sarin. Die Stadt wurde enger und enger. Die Häuser um mich herum kamen von allen Seiten immer näher und fielen dann auf einmal auf mich herab, wie die Kinder es in der Schule getan hatten. Ich rannte panisch und wie von Sinnen über die Plätze und Gassen und wollte einfach nur atmen und es gibt nichts Hässlicheres, als dass die Luft dich vergiftet. Vor wem musste ich fliehen? Vor mir selbst oder vor der Welt? Oder vor den Enttäuschungen und vor dem Gedächtnis? Und wie sollte ich fliehen, wenn ich immer noch ich und die Welt immer noch dieselbe war? Ich hatte das Gefühl, mich nur langsam voran bewegen zu können, doch wieso kam dann das Ende des

Weges so schnell auf mich zu? In der Dunkelheit kam mir aus der Ferne ein Licht entgegen und nach zehn Minuten war die Straße voller Polizei- und Rettungswägen – wie ein Tatort.

8

Natürlich war der Fahrer, der mich mit seinem Auto angefahren hatte, gar nicht schuldig. Ich hatte teilweise das Bewusstsein verloren. Meine unfreiwillige Zeitreise hätte mich das Leben kosten können. Ich sagte im Krankenhaus, dass ich einfach nur müde war und nach Hause gehen wollte. Zwei Tage lang musste ich an der Uniklinik in Wien bleiben. Meine Verletzungen beschränkten sich zum Glück auf ein paar kleinere, äußere Wunden. Nur die inneren Wunden waren viel tiefer, da ich das Draußen fürchtete, Angst vor Wien hatte und die Stadt hasste.

Ich fürchtete, dass ich wieder in dem gleichen Labyrinth landen würde, in dem ich mich ständig auf der Suche nach irgendetwas befinde. Zu dieser Zeit war es Laila. Wer weiß, wonach ich später suchen würde?! Das war ein Teufelskreis, in dem ich verloren war, seitdem ich Syrien verlassen hatte. Die Deutschen haben meine Situation mit dem Begriff „Teufelskreis" bezeichnet. Treffend, wirklich! Als ob sie mich beschrieben hätten! Dieser Teufel, in dessen Kreis ich mich befinde, täuscht mir immer wieder vor, dass ich an irgendein Ziel oder aus diesem Kreis kommen würde, wenn ich weiterhin in ihm rumlaufe. Und so laufe ich endlos weiter in meinen Ruin, weiter und weiter, ohne zu merken, dass ich immer wieder am Nullpunkt lande! Ich frage mich, wie viele Menschen sich dabei verlaufen haben und wie viele Träume bei diesem absurden Laufen starben, während arme Verirrte wie ich sie in diesem Kreis verfolgten.

Aber schnell war ich dem Unfall und den daraus entstandenen Wunden dankbar! Am zweiten Morgen in der Uniklinik wollte ich nach dem Frühstück zum Raucherbereich.

Ich fühlte mich besser, aber ich sollte ein Papier unterschreiben, dass ich auf eigene Verantwortung entlassen werde, wovor ich Angst hatte. Der Angst war ich ebenfalls auch zum ersten Mal dankbar! Im Raucherbereich stand – mit der Zigarette in der Hand – ein Mädchen, das ich von Weitem nicht erkannte, sondern erst, als ich näherkam. Laila! Sie beachtete mich nicht. Ich näherte mich ihr mit zitterndem Herzen und schimmernden Augen und fragte sie auf Deutsch:

„Ein Feuerzeig vielleicht, meine Dame?"

„Adam! Was machst du hier?", fragte sie lächelnd. Ich war froh, dass sie mich nicht inzwischen vergessen hatte.

„Ein kleiner Unfall", antwortete ich ihr.

„Alles gut?", fragte sie.

„Ja! Und was machst du hier?"

„Ich besuche eine Freundin. Was ist das für ein schöner Zufall!", meinte sie zu mir.

„Schöner Zufall, ja? Das habe ich eigentlich gar nicht erwartet. Ich meine, dich hier zu sehen!"

„Hast du denn erwartet, mich sonst irgendwo wiederzusehen?", fragte sie und brachte mich durcheinander.

„Keine Ahnung. Die Welt ist klein! Vielleicht bei irgendeiner Tangoveranstaltung?", sagte ich zögerlich.

„Oh! Seit langer Zeit habe ich nicht mehr getanzt. Das Studium macht Stress!"

„Okay. Wirst du mir kein Feuerzeug geben?", fragte ich sie spielerisch.

„Du hast doch eins!", antwortete sie lachend. „Ich muss jetzt los, Adam! Es war schön, dich zu sehen!"

Diesmal schaffte ich es und fragte sie sofort:

„Können wir uns nochmal sehen?"

„Hmmm, warum nicht?"

„Gibst du mir deine Nummer?"
„Okay."
Sie gab mir die Nummer, während mein Herz aus Freude tanzte. Ich wollte schreien und spürte ein unglaublich warmes Gefühl und fing an, die Sekunden zu zählen, um aus dem Krankenhaus zu kommen. Ich wollte dieses Papier unbedingt unterschreiben, egal, was mir passieren könnte! Ich habe dann erkannt, wie angekränkelt unser Leid, trotz dessen Festigkeit, vor der Liebe ist.

9

Ich habe mich endlich mit Laila in einem Café, das sie ausgesucht hatte, getroffen. Die Atmosphäre im „Landtmann" in Wien war sehr charmant. Alles, was uns umgab, zeugte in einer für mich unerträglichen Weise von Pracht und Herrlichkeit. Das war dem Anschein nach ein aristokratisches, adeliges Café. Wir setzten uns einander gegenüber an einen Tisch am Fenster, auf dessen Marmor in einer Vase Blumen mit großen kirschroten Blättern standen. Hinter Laila warf eine Lampe ihr orangefarbenes Licht auf Lailas Rücken, sodass sich der Schatten ihrer Figur auf der Tischdecke abzeichnete.

Ich saß sprachlos da und sah Lailas Augen an. Ich wollte mit der Unterhaltung anfangen, aber mir fehlten einfach die Worte, obwohl ich in Gedanken tausende Gespräche mit ihr geführt und viele, viele Briefe an sie geschrieben – aber nicht abgeschickt – hatte. Nach mehreren Minuten rettete sie mich aus meinem Dilemma und sprach mich an:

„Und? Wie geht es dir jetzt?"

„Besser. Und dir?"

„Gut!", sagte sie zu mir floskelhaft und lächelnd, wie eine Frau zu einem Kind.

„Und deiner Freundin geht es besser?", fragte ich.

„Auch."

„Gut", sagte ich und schwieg wieder.

Sie rettete mich nochmal und fragte:

„Was möchtest du trinken?"

„Ich nehme einen Kaffee. Und du?"

„Minztee."

Wir bestellten die Getränke und guckten einander an. Ich guckte Laila verlegen und sie mich fragend an. Ich wollte ihr sagen, dass ich einfach die ganze Zeit an sie gedacht hatte. Oder sollte ich lieber ihr sagen, dass die kurzen Haare ihr besser stehen?!

„Du hast mich bestimmt nicht eingeladen, damit ich dein Schweigen höre, oder?", sagte Laila schließlich mit Sarkasmus in der Stimme.

„Nein, aber ich bin etwas aufgeregt."

„Das ist gar nicht nötig. Ich beiße nicht", sagte sie und kam lächelnd näher. Ihr Tonfall war wieder der, in dem man mit Kindern sprechen würde.

„Wie alt bist du, Laila?", fragte ich sie, und sie lachte laut.

„Warum lachst du?", fragte ich verunsichert.

„Adam, was willst du erreichen?"

„Ich will dich nur kennenlernen!"

„Und warum?"

„Weil ich die ganze Zeit nur an dich denke und ich dich mag!", sprach ich endlich die Worte aus, die mich bedrängten.

Laila schwieg ein paar Sekunden und sagte dann:

„Du hast mich gerade gefragt, wie alt ich bin. Das weißt du doch nicht. Wie kannst du mich denn mögen?"

„Das ist mein Gefühl!"

„Wenn ich deinem Gefühl glauben könnte, würde ich es auch schätzen."

„Ist das eine Antwort?"

„Antwort auf was?"

„Dass ich dich nicht kennenlernen darf?"

„Du darfst das natürlich, aber ohne Vorsätze, wie unsere Beziehung laufen sollte. Lass uns noch mal von Anfang an beginnen. Ich bin Laila aus Damaskus und bin 25 Jahre alt. Und du?", fragte sie fast zynisch.

Ich guckte sie länger an, ihre hartnäckigen Fragen überforderten mich. Mit aufgesetzter Gute-Laune-Stimme antwortete ich:

„Ich bin Adam, bin 23 Jahre alt und komme auch aus Damaskus."

„Aus welchem Viertel?", fragte sie interessierter.

„Ich weiß nicht."

„Okay, lieber Herr ‚Ich weiß nicht'. Du weißt nicht, woher du kommst?"

„Ich weiß es wirklich nicht, Laila", wiederholte ich, inzwischen fast am Ende meiner Geduld.

„Ich weiß nicht", reizt mich übrigens.

Danach unterhielten wir uns. Doch ich war ständig schwankend und unsicher, was Laila auffiel:

„Ich respektiere deine Privatsphäre. Aber ich glaube, wenn wir gute Freunde werden wollen, solltest du auch ein bisschen mehr von dir erzählen, genau die Dinge, die du zu verstecken versuchst. Oder was meinst du, mein Freund?"

Mein Herz raste und es schlug wie das einer Beutelratte, die gerade von einem Wolfsrudel angegriffen wird, und wie ein Tier in der Falle wollte ich nur wegrennen. „Soll ich alle Geheimnisse meines Lebens für die Liebe, oder vielleicht nur für einen ‚Liebesversuch', verraten?", fragte ich mich. „Also, wenn ich Laila alles über mein Leben erzähle, ist die Wahrscheinlichkeit, dass sie mich liebt, sehr gering. Aber wenn ich einfach nur weiter schweige, liegt die Wahrscheinlichkeit bei null! Und wie kann jemand einen anderen Menschen akzeptieren, wenn er von ihm nur oberflächliche Charaktereigenschaften und seine Gesichtszüge kennt? Aber für eine Freundschaft oder eine Liebesbeziehung muss man die Rückseite kennenlernen, nämlich die Erlebnisse, die die Eigenschaften dieses Charakters hervorgebracht haben. Wir lieben nicht nur das Lächeln, sondern es macht uns auch glücklich zu wissen, wie wir den geliebten Menschen zum Lächeln bringen können. Wir lieben nicht nur die Schönheit in der Person, sondern akzeptieren sie mit der Gesamtheit ihres Charakters. Nur dann wird die Liebe in unseren Herzen auftauen, wie Laila den Honig in ihrem Tee auftaut."

Laila unterbrach die Ruhe, indem sie sich entschuldigte und auf die Toilette ging. Ich wanderte mit meinen Augen durch das Café, das wie ein Palast aussah. Die verschnörkelten Wände und die klassischen Vorhänge gaben dem Ort einen kaiserlichen Glanz, als ob man mehr als ein Jahrhundert durch die Zeit zurückgereist wäre.

Die Menschen um mich herum sahen normal aus, wie ich. Die Züge des Hochadels konnte ich in ihren Gesichtern nicht entdecken. Ich musste darüber nachdenken, ob meine Haltung zur Gesellschaft und zum Klassenkampf noch gültig waren. Ich hasse die Reichen und die Kapitalisten, und das war irgendwie das Erbe meines Opas. Ich hasste auch noch meinen Chef, obwohl ich ihn überhaupt nicht kannte. Ich stellte ihn mir mit großem Bierbauch und ruppigen Gesichtszügen vor. Ich hasste ihn einfach, wie ich alle Arbeitsgeber hasste, obwohl sie sich dem Staatsgesetz unterwerfen. Okay, ich hasste den Staat auch. Für mich war alles, was die Macht, egal wie, anrührt, dreckig. Ob es Geld wäre, politische Ideologie, Religion, eine Idee oder irgendetwas.

Vielleicht war diese Einstellung lediglich die Haltung eines Teenagers, der in einer Fabrik arbeitete, die hunderte Arbeiter beschäftigte, und der dachte, dass irgendein anderer Arbeitskollege auch, wie er, einen Arbeiteraufstand herbeisehnte, um dem Anarchismus oder der Diktatur des Proletariats den Boden zu nähren.

Während ich meinen Gedanken nachhing, spürte ich auf einmal für einen kurzen Moment eine schreckliche Entfremdung. „Wo bin ich? Wer sind diese Menschen? Und wer bin ich?" Solche Momente kenne ich, denn sie überrumpeln mich ab und zu und ich weiß nicht, inwiefern sie normal sind. Dies ist genau das Gegenteil vom „Déjà-vu", das ich auch manchmal empfinde. Dieses Gefühl geht aber mit der ersten Bewegung des Uhrzeigers weg. Dieser Zeiger, der aus meiner Uhr häufig hinausschlüpft, um mir in den Hinterkopf zu stechen, wenn die Sekunden so schwer werden und ich mir nur deren Ablauf wünsche. Dann fängt er an, auf meine Schädeldecke zu klopfen während der Wartezeiten, die ich jeden Tag erleiden muss. Ich erwarte immer etwas, was mein Leben ändern sollte. Etwas, von dem ich mir kaum eine Vorstellung machen kann. Trotzdem hoffe ich auf die Änderung, die dieses Etwas mit sich bringen sollte. Nun aber, im Café Landtmann, wusste ich genau, worauf ich wartete, nämlich auf Laila!

Sie kam endlich wieder, setzte sich und guckte auf ihre Uhr. Ich hatte das Gefühl, dass ich ihre Langweile irgendwie brechen und sie nicht gehen lassen sollte. Das war für mich die einzige Chance, um Laila nicht für immer zu verlieren, weil ich mir sicher war, dass es kein zweites Mal gab. Mein Schweigen gab ihrer Neugier ein Messer, um ihr dürftiges Interesse an mir zu schlachten.

„Hör zu, Laila! Ich will dir mein Herz öffnen und dir von meinem Leben erzählen", sagte ich zaghaft.

„Okay."

„Aber nicht hier. Können wir zur Donau gehen?"

„Okay."

Wir liefen für ungefähr zehn Minuten. Als wir das Mahnmal für die österreichischen jüdischen Opfer der Schoah erreichten, stoppte ich plötzlich und fragte Laila:

„Warum töten die Menschen einander?"

Laila antwortete nicht, und ich fügte noch hinzu:

„Heute werden Millionen von Menschen getötet und keiner bewegt den Arsch, um ihnen das Leben zu retten. Morgen bauen wir für sie Denkmale, als ob die Steine sie wieder ins Leben bringen würden!"

„Sei realistischer! Alles wird zu Vergangenheit. Nichts dauert an! Manchmal können wir nichts ändern, aber die Geschichte vergisst nichts. Heute hassen alle die Täter und verherrlichen die Opfer."

„Laila, glaubst du, dass es nach dem Tod gerecht wird?"

„Ja!"

„Das muss auch sein! Unbedingt!"

Ich umarmte Laila auf einer Bordsteinkante und weinte.

„Morgens hat man mich in der Schule mit der Mäuse-Stube aufgeschreckt und abends musste ich allein schlafen. Ich träumte, dass die Mäuse meine Ohren fressen."

„Und hast du deinem Opa davon nie erzählt?"

„Damit er mich als ‚Kein Mann' bezeichnet?! Die Jungs werden in unserer Gesellschaft genauso unterdrückt und misshandelt wie die Mädchen. Wir wachsen entweder unter Gewaltanwendung auf oder werden selbst zur Gewalt gezwungen. Ich will meinem Opa keine Vorwürfe machen. Das ist die Schuld der gesamten Gesellschaft. Danach gab es die Revolution und ich demonstrierte nicht nur gegen das politische Regime, sondern gegen das ganze Gesellschaftssystem, weil ich nicht wollte, dass jemand das erlebt, was ich erleben musste. Darin war mein Vorbild. Sie war mutig und schön. Stark und zart. Als sie sich umgebracht hat, starb sie als Heldin. Und auch, als ich ihr das nachmachen wollte, erlaubten das Schicksal und das Unglück es mir nicht!"

Ich ließ Laila los und zog die Zigarettenschachtel aus der Tasche:

„Das tut mir leid. Ich wollte dich nicht überfordern."

„Nein. Ich war schuld. Ich wollte, dass du sprichst, damit ich dich kennenlerne."

„Und hast du mich jetzt kennengelernt?"

Sie antwortete nicht.

„Hast du das Schweigen von mir gelernt", sagte ich ihr und entfernte die Tränen mit dem Jackenärmel.

„Ich weiß wirklich nicht, was ich sagen soll."

„Kein Ding. Erzähl du mir von dir!"

„Ich muss nach Hause, Adam!", sagte sie und stand auf.

Wir gingen gemeinsam durch die Straßen. Nach einigem Zaudern fragte ich Laila:

„Laila, kann ich deine Hand halten?"

„Nein."

Das war wieder peinlich.

„Adam. Du musst einen Traum haben. Ein Ziel im Leben."

„Ich habe doch eins."

„Und das ist?"

„Die Revolution."

„Und was machst du jetzt für die Revolution? Die Revolution ist der Mensch und der Mensch ohne Traum ist nichts!"

Ich schwieg und dachte über ihre Worte nach. Sie sprach weiter:

„Du musst dein Studium fortsetzen. Denke daran."

„Aber ich habe kein Sprachzertifikat und keine Papiere aus Syrien!"

„Denke jetzt einfach daran, ich kann dir helfen. Meine Tante arbeitet in Syrien beim Bildungsministerium."

Ohne viel zu denken, antwortete ich schnell: „Du hast Recht!"

Mein eigentliches Ziel aber war sie selbst, Laila!

10

Zwei Monate später kündigte ich in der Fabrik und fing mit einem Intensiv-Deutschkurs an der Universität Wien an. Ich hatte mich noch nicht entschieden, ob ich weiterhin Jura studieren wollte, oder irgendwas anderes. In diesen zwei Monaten veränderte sich mein Leben. Ich hatte jeden Tag einen Brief für Laila geschrieben, ohne ihr auch nur einen davon geschickt zu haben. Ich hatte mich mit ihr nur ein einziges Mal getroffen. Unser Kontakt beschränkte sich danach auf den Chat. Es dauerte jedes Mal sehr lange, bis sie auf meine Nachrichten reagierte. Manchmal wartete ich die ganze Nacht auf ihre Antwort, die sehr selten kam, aber ich war auch glücklich mit dem Wenigen, was sie mir gab. Sie beherrschte meine Gedanken, obwohl ich immer noch nicht viel über sie wusste. Vielleicht hatte sie auch einen Freund. Aber diese Gedanken ignorierte ich immer und verdrängte sie zugunsten meines erwartungsvollen Traumes, der anscheinend gar nicht wirklich war.

Da Laila auch an der Wiener Universität studierte, sahen wir uns nun oft. Das war auch mein Ziel. Irgendwann zeigte ich ihr meine Gedichte und Kurzgeschichten und sie gefielen ihr.

„Du kannst das traurige Ende zu einem unvermeidlichen Ende machen, indem man sich kein anderes Ende vorstellen kann!", meinte sie anerkennend.

Wir hatten es uns zur Gewohnheit gemacht, jeden Tag zusammen zu Mittag zu essen. Nach zwei Wochen an der Uni beschloss ich, ihr meine Gefühle zu gestehen.

„Hast du neue Freunde im Sprachkurs kennengelernt?", fragte sie beim Essen.

„Nein."

„Wieso?"
„Ich habe hier eine Freundin, und sie reicht aus!"
„Hmm, und wer ist sie?"
„Du!"
Laila lächelte und schnitt mit dem Messer das Schnitzel weiter.
„Wie findest du das Essen?", fragte sie.
Ich wollte ihr sagen, dass mich nichts anderes interessiert, außer sie. Dass ich weder an Freunden interessiert war noch am Studium oder an sonst etwas. Ich wollte ihr das sagen, als sie die Gabel mit dem Fleischstück anhob.
„Ich bin satt", sagte ich stattdessen.
„Iss weiter! Du darfst nichts in deinem Teller lassen!"
Sie hörte nicht auf, mich zu behandeln, als ob sie meine Mutter wäre. Ich aß unfreiwillig weiter und dann gingen wir, kauften am Kiosk zwei Eis und setzten uns auf eine Steintreppe. Ich nahm aus meinem Rucksack den Roman „Die unerträgliche Leichtigkeit des Seins" von Milan Kundera und gab ihn Laila zurück. Das war Lailas Lieblingsroman, sie hatte ihn mir ausgeliehen und ich hatte ihn in zwei Tagen fertiggelesen. Laila nahm das Buch wieder an sich und fragte mich nicht, wie ich es fand.
Ich zündete eine Zigarette an und reichte diese Laila. Wir hatten uns daran gewöhnt, die Zigaretten zu teilen, weil Laila nicht viel rauchte. Lailas Motto im Leben war, dass die Freude nur dann wirklich ist, wenn sie mit anderen Menschen geteilt wird. Und so teilten wir fast alles, wenn wir zusammen waren, außer meine Liebesgefühle!
Laila zog zwei Mal an der Zigarette und gab sie mir wieder.

„Laila, ich möchte etwas loswerden!", sagte ich, und meine Hand, in der ich die Zigarette hielt, zitterte, was Laila offensichtlich bemerkte.

„Bitte!", sagte sie und guckte meine Hand an, aber ihr Blick ließ vermuten, dass sie die Zigarette schnell wieder haben wollte.

Ich zauderte lange, schließlich aber sprach ich die Worte mit meiner zitternden Stimme aus:

„Ich glaube, ich bin in dich verliebt!"

Lailas lebhafter Gesichtsausdruck erstarrte.

Es tut mir leid, meine liebe Freundin, da ich vor mir selbst gestern noch Mal gescheitert bin. Ich schwöre, ich habe versucht, meine Gefühle zu verbergen. Ich konnte nicht für immer sprachlos bleiben und meinen Wunsch zähmen, dir das endlich zu sagen. Vielleicht war das ein Fehler, der mich viel kosten wird, vielleicht dich kosten wird! Aber, meine liebe Freundin, ich fühle mich jetzt irgendwie besser. Gestern war ein Tag von den wenigen Tagen meines Lebens, an dem ich meine Angst im Zaum halten konnte. Das allein ist wie ein Trost für mich.

Deine Reaktion war kalt und erschütternd. Ich habe meine Rolle in deinem Leben wahrscheinlich überschätzt, indem ich dachte, dass ich für dich viel mehr bedeute. Du bist jetzt, meine liebe Freundin, eine neue Etappe in der Kette meiner Enttäuschungen, die mit der Zeit länger wird, sich aber immer enger um meinen Hals legt. Aber du bist eine rosafarbige Folge zwischen den ganzen grauen Phasen, wie eine Blume, die auf meiner Schulter aufblüht, ohne dass ich sie anfassen darf. Ist es nicht das, was du mir sagen wolltest, als du gesagt hast, dass du mir nichts anderes als Freundschaft anbieten kannst, bevor du mir deine Hand gereicht hast, um meine Hand zu schütteln?

Aber, um ehrlich zu sein, es ist dir gelungen, mich zwei Schritte vom Abgrund wegzuziehen, indem du mich aufgemuntert hast: „Du bist schön! Du duftest nach meiner Heimat, und dein dunkler Teint bringt mich wieder hin!" Ich hatte keine Ahnung, dass man einen Menschen töten und so schnell wieder ins Leben rufen kann! Du hast das gesagt, als ob du eine Tatsache angesprochen hättest – und damit hast du die widersprüchlichsten Emotionen in mir hervorgerufen. Für mich war es leichter zu glauben, dass die brennende Sonne des Sommers nicht über unseren Köpfen scheint, als an deinen Worten zu zweifeln.

Ich bin wie du, Laila – eins der Kinder jenes kümmerlichen Landes. Täglich zahlen wir den Preis dafür, dass wir zufällig dort geboren wurden, aber dennoch können wir anscheinend alles Schöne nur dann erkennen, wenn es Erinnerungen in uns weckt. Ich erinnere dich an das Land, und du mich auch, meine mysteriöse Freundin! Gestern hast du gesagt, wir seien einander nicht ähnlich, aber ich sehe das Gegenteil, meine schöne, junge Enttäuschung. Wir verbergen den gleichen Schmerz, auch wenn du das nicht zugeben möchtest. Du kannst nur gut leugnen und dein Versprechen an dich selbst halten. Darin sind wir uns tatsächlich nicht ähnlich.

Aber dieses Mal werde ich auch mein Versprechen an mich halten und meine Liebe zu dir mit meinen fragilen Stoßzähnen und meinen abgewetzten Klauen verteidigen.

Adam

Das war mein erster Brief, den ich Laila per Post geschickt habe. Nach unserem letzten Treffen hatten wir uns nicht mehr gesehen. Ich wartete auf eine Nachricht von ihr und suchte sie in der Uni, wo wir gegessen und Kaffee getrunken hatten, vergeblich. Nach einer Woche gab ich auf und rief sie an.

Wir trafen uns Samstagabend in einem kleinen Café und setzten uns draußen an einen Tisch. Ich gab ihr einen roten Schal, den ich für sie vor drei Wochen gekauft hatte. Die Traurigkeit umhüllte ihre Erscheinung wie ein Schleier. Ich wählte wieder einen Kaffee und Laila einen Minztee.

Du wirkst heute anders, Laila! Sie guckte mich leidenschaftslos an. Ohne ihr Augenlid zu bewegen, fragte sie mich mit eiskalter Stimme:

„Kannst du meine Hand halten?" Sie öffnete ihre Hand vor mir auf dem Tisch.

Ich reichte ihr meine Hand und unsere Finger fingen an, miteinander zu kuscheln, während der nächtliche Wind Lailas rotbraune Haare zerstreute:

„Wie spät ist es jetzt?", fragte Laila.

„Zehn vor zehn", antwortete ich, nachdem ich auf meine Uhr mit dem braunen Lederband geguckt hatte – die Uhr, die mich ununterbrochen, wie ein Teil meines Körpers, begleitete.

„Wollen wir spielen?", fragte sie lächelnd und hielt meine Hand fester.

„Ja", sagte ich sofort, ohne zu fragen, was das für ein Spiel sein sollte.

„Wir lieben einander, für eine Stunde!"

„Wie? Was?"

„Guck. Wir verhalten uns, als ob wir in einer Beziehung wären, nur für eine Stunde. Also bis zehn vor elf."

Ich betrachtete ihre Augen hin- und hergerissen. „Meint sie das wirklich? Hat man ihr Wodka anstatt Tee gebracht?" Doch meine Antwort stand längst fest:

„Ja!"

Ich öffnete während der nächsten Viertelstunde nicht einmal den Mund, was ich mir selbst sehr übelnahm. Laila schien es nichts auszumachen. Sie behielt die ganze Zeit ihr Lächeln, als ob sie die Zeit gar nicht beachtete und sie gar nicht spürte. Sie schwamm außerhalb der Zeit, in ihrer eigenen Zeit, die sie sich wie eine Musikerin erschaffen hatte, genauso wie sie dieses fremdartige Spiel erfand. Ich hingegen ertrank auf der anderen Seite des Tisches in meiner Verwirrung und Ratlosigkeit. Ich zählte jede einzelne Minute und bettelte die Uhr an, die Bewegung ihrer Zeiger wenigstens so lange hinauszuzögern, bis ich die neue Welt um mich annähernd verstehe.

Das eigentliche Problem bestand darin, dass ich die Regeln nicht kannte. Ich war wie ein Durstiger, der nicht schwimmen kann und sich in einen See geworfen hat, dessen Tiefe er nicht kennt. Also entweder tötet er seinen Durst, oder das Wasser, das ihm das Leben retten sollte, zieht in nach unten und vergisst ihn tot auf ihrem tiefsten Grund. Ich wagte es auch nicht, Laila nach den Details ihres seltsamen Spieles zu fragen. Eigentlich wollte ich sie nicht aus ihrer Traumwelt ziehen – zurück in die Realität oder ‚Außer-Spiel-Welt' bringen. „Soll ich mich auf den Stuhl direkt neben ihr setzen und sie umarmen? Oder soll ich ihr ‚Ich liebe dich' sagen?! – Nein, nein. Das könnte sie dann als Teil des Spiels verstehen. Das ist aber wirklich so! Mein Gott, hilf mir, bitte!"

Eine halbe Stunde verging, die nichts an Lailas Körperhaltung oder Mimik geändert hatte, und ich fragte mich, wie sie das schaffte! Sie guckte genau in meine Augen mit demselben Lächeln. „Sie ist bestimmt eine Meditationsexpertin!" sagte ich mir innerlich. Dann flossen Tränen über ihre Wangen – und ich fand meine Sprache wieder:

„Laila! Weinst du?"

Bevor sie darauf reagierte, kam ein alter Mann zu uns, der rote Rosen in der Hand hatte. Laila lächelte ihn an und kaufte von ihm eine Rose. Der alte Mann drehte sich zu mir und bat mich höflich, ihm eine Zigarette zu geben. Ich gab sie ihm und zündete sie für ihn an:

„Woher kommt ihr? Seid ihr aus dem Nahen Osten?", fragte uns der alte Mann.

„Ja!", antwortete ihm Laila.

„Schön! Aber dieser hübscher Junge sieht traurig aus!"

„Ich?", fragte ich den alten Mann.

„Ja. Hör mal zu, Junge! Wenn du weißt, wie du deine Trauer genauso akzeptierst wie deine Freude, wird sie dir nicht mehr so weh tun. Sei sicher: Das Leben, das dich gequält hat, hat immer noch die Kraft, dich zu beglücken. Ich wünsche euch alles Gute für eure ‚junge' Beziehung!" Der Mann nickte uns zu und lief mit seinen Rosen weiter.

Laila gab mir die Rose, und ich guckte sie verwirrt an. „Sind wir immer noch im Spiel?", fragte ich mich. Das war die erste rote Rose, die ich in meinem Leben jemals bekommen habe, und die letzte!

„Gehen wir?", fragte mich Laila und steckte ihr Portemonnaie wieder in die Tasche.

„Wohin?"

„Ich will nach Hause."

„Aber die Stunde ist noch nicht um!"

„Bis wir an der Haltstelle angekommen sind, wird sie um sein!"

„Okay", sagte ich trübsinnig.

Wir liefen in Richtung des Bahnhofs. Ich sprach kein Wort und traute mich nicht, Lailas Hand wieder zu ergreifen. Um Viertel vor elf waren wir auf dem Bahnsteig.

„Ich habe eine Frage", sagte Laila.

„Schieß los!"

„Was glaubst du? Bis wann können wir Freunde bleiben?"
Ich guckte meine Uhr an und sagte spielerisch:
„Noch drei Minuten."
Laila umarmte mich ganz fest, und als der Zug kam, sah ich wieder Tränen in ihren Augen. Diese Tränen blieben für mich bis heute ein Rätsel.

Ich nahm das Handy aus der Tasche, als ich unterwegs nach Hause war, und ich sah, was ich erwartet hatte. Laila hatte mich blockiert. Ich konnte sie weder anschreiben noch anrufen. Traurig verbrachte ich die Nacht in meinem Bett und schrieb ihr einen Brief.

„Du gehörst zu mir, selbst wenn ich Dich nie mehr sehen würde." Ich glaube, du hast diese Worte schon gelesen. Ich habe einmal gesehen, dass du eine englische Übersetzung von Kafkas Briefen an Milena bei dir hattest. Der Satz stimmt aus einem Brief von ihm.

Ich schreibe dir heute, weil allein die Vorstellung, dass ich dich nicht mehr sehen werde, mich bestürzt. Kann das sein, dass ich dein hübsches Lächeln nie wieder sehen werde? Das Lächeln, bei dem deine Augen sich verkleinern, denen zwei Sterne entspringen, um die dunkle Leere in mir aufzuhellen?

Ich habe dich wirklich geliebt, mit all meiner verbliebenen Kraft, wie ich es nie zuvor getan habe. Dich kennenzulernen, war ein außergewöhnliches Ereignis, das ich in meinem Unterbewusstsein schon immer erwartet habe. Ich hatte immer das Gefühl, dass mein Leben von einem großen Mangel beherrscht wurde, bis ich dich gesehen habe. Ich war die ganzen letzten Jahre auf der Suche nach einer Heimat, oder nach etwas Ähnlichem, oder nach einem Stück Heimat, das ich wie ein Bild

an die brüchige Wand meiner Seele hängen kann, damit der Frühling dort strahlt, in mir!
Zugehörigkeit! Ich habe dir schon einmal gesagt, dass alles um Zugehörigkeit geht? Und heute gehöre ich zu dir, mit meiner Ganzheit!
Verzeihe mir bitte meine übermäßige Romantik, meine liebe Freundin. Ich gehöre gar nicht dieser Welt an, sondern einer surrealistischen, utopischen Welt, lebe mit meinem Körper hier, aber meine Seele sehnt sich danach, dort zu leben, wo die Liebe und die Gerechtigkeit mit ihren Flügeln flattern. Ich habe dir zwar von dem „Wende-Punkt" in der Literatur erzählt, aber erzählte dir nicht, dass ich ihn als Wirklichkeit erlebt habe. Als mein Gefühl noch im Unbekannten schwamm, noch dämmerig und unklar, fiel mir das Wort „Liebe" ein und dann sah alles sehr deutlich aus. Du bist die Wahrheit in ihrer ehrlichsten und extremsten Form und in der perfekten Verklärung.
Übrigens, als du mich letztes Mal gefragt hast, wie lange unsere „Freundschaft" anhalten würde, antwortete ich spöttisch, aber innerlich weiß ich, dass sie nicht lange anhalten kann, vielleicht aufgrund ihrer Heftigkeit oder ihres Tempos, oder vielleicht, weil sie läppisch, zu authentisch oder zu unkompliziert ist.
Du hast mich einmal gefragt, wie ich das Ende unserer Beziehung sehen würde, falls ich darüber eine Kurzgeschichte schreiben sollte. Ich antwortete dir lächelnd: „Unsere Geschichte hat noch nicht begonnen, oder sie ist zumindest nicht reif genug, um ihr das tragische Ende zu geben, das ich sehr gut schreiben kann, wie du selbst es mir ja schon mal bescheinigt hast. Ich wollte mit meiner Antwort nicht deiner Frage ausweichen, sondern das war wirklich, war die Wahrheit. Wir haben nur ein wenig zusammen erlebt. „Ich würde mich in der Geschichte

umbringen!", antwortete ich, weil du nicht lockergelassen hast. „Nein! Du darfst dich, den Protagonisten, nicht töten, sondern ihn mit der Idee des Selbstmordes täglich leben lassen, ohne dass er es in die Tat umsetzen kann!", hast du mir gesagt.

Ich glaube, du bist eine gute Tangotänzerin, aber Schreiben ist etwas anders. Der Tanz endet dort, wo er anfängt. Die Geschichte hingegen muss sich entwickeln und nach vorne gehen, nicht nur rund um sich wirbeln! Dieses Rundtanzen bewegt vielleicht den Kreislauf. Es wird aber den Leser nicht bewegen, mich, den Autor, lächelnd zu beschimpfen und meine Genialität anzuerkennen. Aber du, warum willst du nicht, dass unsere Geschichte sich entwickelt? Warum möchtest du übereilt ans Ende kommen?

In einer Beziehung für nur eine Stunde! Deine Idee war fast verrückt, aber sie war auch meine Chance, für sechzig Minuten von dir geliebt zu werden und dich zu lieben, was ich doch in Wirklichkeit die ganze Zeit tue. Ich wollte das Spiel nicht ausnutzen und etwas wagen, was du nicht wolltest, obwohl ich weiß, dass du in diesem Fall das Spiel sofort beenden würdest. Du warst doch die Erfinderin, hast dafür die Regeln aufgestellt, ohne sie mir zu verraten, und hast das Spiel bis zum Ende geleitet. Ich wollte aber, dass es dir leicht fällt mich zu lieben. Siehst du? Wir kommen immer wieder auf den Punkt der Leichtigkeit, wie in Kunderas Roman!

Ich würde die Hälfte meines Lebens zahlen, um zu wissen, was dich zum Weinen gebracht hat. Ich kann mir nicht vorstellen, dass du mich weinend umarmst, ohne jegliche Emotionen für mich zu empfinden! Du empfindest bestimmt irgendwas für mich, stimmt das? Wenn es keine Liebe sein sollte, dann etwas Ähnliches! Ich weiß nicht, ob es „etwas Ähnliches" wie Liebe gibt, oder ob die Liebe einzigartig im Universum der Gefühle und Empfindungen ist. Ich glaube aber, dass du in irgendeiner Ecke feststeckst, zwischen Lieben und Nicht-Lieben, und in deinem Labyrinth keinen Ausweg findest.

Ich hoffe, dass es deinem Herzen leicht fällt, meine Worte in sich aufzunehmen. Und falls du wiederauftauchen möchtest, wirst du mich wiederfinden.

Adam

Eine Woche dauerte es, bis ich mich selbst davon überzeugt hatte, Laila den Brief zu schicken. Am Freitagabend lief ich zum Kiosk, kaufte Zigaretten für das ganze Wochenende, warf den Briefumschlag in den großen Postkasten und ging wieder nach Hause. Vor dem Eingang saß Laila auf den Stufen, sie trug den roten Schal. Ich kam näher, obwohl meine Beine mich kaum noch weitertragen konnten.

„Laila!"

Sie sah mich mit Augen voller Tränen an. Ich half ihr auf.

11

„Halte meine rechte Hand sanft mit der linken Hand, und deine rechte Hand muss meine Taille umfassen", sagte Laila und schmiegte sich an mich.

Ich machte einen Minztee für sie – und hatte sie immer noch nicht gefragt, warum sie gekommen war oder vor der Tür geweint hatte. Ich erzählte ihr auch nicht von meinem Brief, da es einfach zu spät und der Brief schon unterwegs war. Laila wählte auf ihrem Handy das Lied „Adiós Nonino" des argentinischen Komponisten Astor Piazzolla.

„Jetzt müssen wir zusammen laufen, immer nach dem Ton. Du gehst nach vorne, und ich muss mitgehen. Pass auf, weil du unseren Tanz führst."

Ich stolperte über Lilas Füße. Wir ließen uns lachend auf das dunkelrote Sofa fallen, und ich musste an meinen Alptraum denken.

„Laila, weißt du, dass ich mich zum ersten Mal auf dieses Sofa lege?"

„Warum hast du es denn dann überhaupt in deiner Wohnung?", fragte sie mich außer Atem.

„Seit einiger Zeit bin ich Minimalist und habe in der Wohnung fast nichts", setzte sie hinzu.

Ich sah sie an und küsste sie auf die Lippen. Sie küsste mich nicht zurück, sondern schaute mir in die Augen:

„Deine Augen sind sehr schön, weißt du das?"

Ich küsste sie weiter, und sie machte mit. Es gab nichts mehr außer uns und unseren Küssen – eine Stunde, vielleicht noch länger. Ich war auch bereit, sie tagelang zu küssen. Zu Beginn spürte ich den Geschmack von ihrem Rouge, aber dann verschwand das und es blieb nur der Geschmack von Minze-Tee und Honig.

Ich küsste eine Freude und Seligkeit, auf die ich schon immer gewartet habe. Es gab nichts, was meinen Durst nach ihr löschen konnte. Sie war einfach ein großes Rätsel. Mit ihrer rechten Hand brachte sie alles um mich herum zum Brennen, und zog mich dann mit ihrer linken Hand wieder heraus. Sie war mit mir die Tangotänzerin, die ihrem Partner nicht vollends unterliegt, und ließ meine Hände auch nicht los. Sie war die Wunderlichkeit und Mehrdeutigkeit unserer Welt, und das Paradoxon, das sie beherrscht.

„Ich wünsche mir, dass diese Momente für immer anhalten!", sagte ich.

„Nichts hält an, aber wir können die Zeit nutzen, oder?"

„Wie nutzen?"

„Sie ließ ihre Küsse über meine Lippen fließen und fing an, mein Hemd aufzuknöpfen."

Ich ließ sie nicht los. Sie sah mich fragend an, während sie mit ihrer Hand über ihre Lippen wischte:

„Was ist los?"

„Ich weiß nicht. Ich war noch nie nackt vor einer Frau", sagte ich und musste an Maison denken.

„Oh!"

Ich machte die ersten zwei Knöpfe meines Hemdes auf und zeigte ihr das Muttermal an meiner Brust.

„Deswegen willst du dich nicht ausziehen? Das ist nicht hässlich, sondern besonders!"

„Das sehe ich nicht so."

„Okay warte!", sagte Laila und nährte ihren Mund dem Muttermal und küsste es, während sich meine Atemzüge beschleunigten.

Ich atmete tief den Duft ihrer Haare ein, die nach Vanille und Zitronen dufteten. Sie zog endlich mein Hemd komplett aus, bevor ich sie hochhob, sie auf meinen Armen trug und mit ihr ganz weit fortging, in eine andere Welt.

12

Am Samstagmorgen. Ich wachte auf und suchte Laila. Sie war auf meinem Arm eingeschlafen, und ich hatte ihr Gesicht bis spät in die Nacht betrachtet. Nicht nur das Bett war voller Lebenshunger, sondern die ganze Welt. Ich suchte sie in der Küche und auf dem Balkon. Im Badezimmer war sie auch nicht. Sie war fort!

Ich lief wieder zum Bett, zündete mir eine Zigarette an und ging an meinen Schreibtisch. Der rote Schal war da. Als ich ihn sah, wusste ich, dass Laila nicht mehr auftauchen wird. Ich nahm den Schal in die Hand, darunter lag ein mehrfach gefalteter Zettel. Ich setzte mich auf den Stuhl, roch ganz tief den Schal, der Lailas Duft trug, und hob die Augen zu den Bildern meiner Genossen und Genossinnen an der Wand. Ein Bild meiner Eltern war da. Jasmin hatte es mir geschickt, darunter waren ein Bild von Darin und zwei Bilder von mir und Onkel Ilias zusammen, ein Bild von mir und Firas und ein Bild von Shadi, das ich auf seinem Facebook-Konto gefunden hatte.

Diese Bilder sind das einzige Menschliche in diesem Zimmer. Der einzige Beweis, dass auch andere Menschen auf diesem Planten leben, oder gar jemals gelebt haben, denn ich habe nichts anderes hier, was mit Menschen zu tun hat. Alles, was ich hier habe, gehört mir und existiert nur in meiner Erinnerung, Außer Lailas Schal und ihr Duft.

Ja, ich flüchte manchmal vor den Blicken meiner Freunde, wenn das Leben mich fast niederschlägt und ganz besonders, wenn eine Panikattacke mich wieder angreift. Die Selbstverachtung und der Hass zu mir selbst verschlimmern das Ganze. Es ist meine komplette Ergebenheit vor meiner inneren Angst, mit der ich immer wieder in neue Teufelskreise gerate.

Jedes Mal denke ich mir: „Das ist jetzt definitiv mein Ende", ohne dass es mir mit der Zeit langweilig wird. Es geht im Leben nur um die Erhaltung der Kontrolle! Nämlich, die Fähigkeit, unseren Körper weiterhin kontrollieren zu können. Das ist zumindest meine größte Angst, diese Kontrolle zu verlieren.

Meine Augen tränten vor dem Feuer des Feuerzeuges, als ich den gefalteten Zettel brannte, ohne ihn zu lesen oder gar zu öffnen. Ich wollte nicht wissen, welche Ausreden sie erfunden hatte. Ich hatte Angst, dass das Lesen die schöne Erinnerung an die Nacht verwüstet. Zum ersten Mal wollte ich etwas in meinem Gedächtnis behalten, mit dem ganzen Glanz und den ganzen Details, ohne es eine einzige Sekunde zu vergessen.

Ich ging wieder ins Schlafzimmer, warf zwei Schlaftabletten in den Mund und ging ins Bett und Lailas Duft war noch ganz auf dem Kissen.

„Die Enden ähneln den Anfängen. Die Zeit raubt ihnen nur die Farben und sie sehen dann blass aus." Dieser Gedanke fiel mir unter der Decke ein. „Unsere Geburt ist ein Schrei, der von Freude und Festlichkeit umgegeben ist, und unser Tod ist ein Schrei, dessen Echo von der Zeit erwürgt wird."

Ich schlief ein.

13

Uns wird es nie einfallen, dass wir eines Tages aufwachen können, um zu sehen, dass die Welt nicht mehr dieselbe ist. Ich ging aus der Wohnung am Morgen und fand die Bushaltstelle nicht da, wo sie vorher immer war. „Also ich muss gar nicht mehr auf den Bus warten", sagte ich mir und wollte einfach laufen. Aber in welche Richtung sollte ich denn laufen? Alle Richtungen sind gleich! Ich guckte mich um. Ich war mitten in einem Labyrinth aus Trümmerhaufen. Ich lief und lief und versuchte, Menschen zu sehen. „Irgendeiner muss noch da sein!" Der Geruch des Zementes war durchdringend und die Luft war verstaubt, als ob die Stadt erst vor Kurzem zerstört worden war.

Das war der Weg, den ich in meinem Alptraum gesehen hatte, diesmal nur ohne Menschen. Die Feuerfackeln waren umgekippt und der Boden voll mit Steinen. Zum ersten Mal hatte ich das Gefühl, dass ich Menschen sehen wollte. Der Busfahrer und die Fahrgäste, die ich jeden Morgen sah. Ich wollte sogar die unfreundliche Verkäuferin in der Bäckerei, wo ich jeden Tag meinen Kaffee kaufte, und den Hund des Nachbarn, der mich immer anbellte, sehen. Den Geruch der Gewürze, der von der Wohnung meiner indischen Nachbarin ausging, wollte ich riechen, obwohl ich die Duftnoten gar nicht gut fand.

Ich lief herum, bis die Sonne unterging und ich ganz erschöpft war. Von weitem hörte ich Schluchzen eines Mädchens, deren Stimme mir bekannt vorkam. Ich folgte der Stimme und schrie: „Ist jemand da?"

Aus den Trümmern kam Laila.

„Laila! Was ist passiert?", fragte ich und rannte zu ihr.

„Ich habe dich davor gewarnt in meinem Brief."
„Ich habe ihn verbrannt! Was hast du geschrieben?"
Laila heulte los:
„Alle sind gestorben! Alle!"
„Was?"
„Nur wir beide sind am Leben geblieben!"
Ich wollte nicht der Retter der Menschheit sein, wenn das von meiner Männlichkeit abhing, aber Laila sagte, dass sie und ich die Verantwortung trugen, eine neue Zivilisation zu gründen. Es erschien mir lächerlich, dass das Schicksal der Menschheit an unseren Geschlechtsorganen hing. Ich dachte dann, dass das Ganze mir lediglich den Beischlaf mit einem Mädchen, von dem ich schon immer geträumt hatte, ermöglichen würde. Das schien mir ein Betrug und Verrat an meiner Liebe zu ihr zu sein. Was heißt das, wenn ich mit meiner Geliebten schlafe, nur für die Fortpflanzung?! Ich würde mich vor meiner Leidenschaft schämen, die Schrecken auf einen Menschen oder auf eine ganze Menschheit zukommen lassen könnte.

„Ich will das nicht, Laila!", sagte ich ihr, die ihre Hose runterzog.

Ihr Körper sah gar nicht so schön aus wie in Wirklichkeit, er reizte mich gar nicht.

Sie drehte sich und sagte: „Komm! Mach das, bitte!" Ich spürte unsere Tierhaftigkeit und unseren Egoismus. Laila war dann nochmal die Retterin!

All das, was folgte, war Quatsch. Es gibt nichts Neues, was ich euch sagen kann. Dieselbe Geschichte wiederholte sich, als ob die Menschen tausend Chancen brauchen, um aus ihren Fehlern zu lernen. Ich wachte von meinem Alptraum auf, als unser Sohn seine Hand hob, um seinen Bruder zu töten.

Ich stand auf, nachdem ich sechs Stunden geschlafen hatte, und guckte aus dem Fenster. Der Hund des Nachbarn bellte einen armen Zeitungsausträger an, während eine alte Frau rannte, um in den Bus einzusteigen, der auf sie nicht wartete, und überall waberte der Geruch der Gewürze. Ich eilte zu meinem Schreibtisch und nahm Lailas Schal in die Hand, roch an ihm und weinte. Die verbrannten Reste des Briefes sammelte ich ein. Kein einziger Buchstabe war mehr zu lesen. Geblieben waren nur ein wenig Asche und viel Reue.

14

Ich sitze jetzt in diesem Café in Wien, dessen Geräusche mich an meinen Opa erinnern, der mich jeden Abend zu seinem Lieblingscafé mitnahm, wo er mit seinem besten Freund „Abo Mustafa" Backgammon spielte. „Abo Mustafa" hat erstaunlicherweise immer gewonnen, was meinem Opa immer auf die Nerven ging, sodass er mich an seiner Hand hinter sich herzog, während er wütend das Café verließ und dabei schwor, nie wieder mit „dem Betrüger Abo Mustafa" zu spielen. Er hatte eigentlich seinen Freund sonst immer „Abo Steif" genannt. Nur jedes Mal, wenn Abo Mustafa ihn besiegte, nannte er ihn bei seinem tatsächlichen Namen, als ob er auf diese Weise seinen Freund bestrafen und ihm klarmachen könne, dass er sauer auf ihn war. Aber „Abo Hisham", mein Opa, blieb weiterhin immer er selbst und hat mich jeden Mittag zu Abo Mustafa nach Hause geschickt, um ihn zu fragen, ob er mit ihm am Abend Backgammon spielen will. Ich kann mich sehr gut erinnern an jenes Lächeln von Abo Mustafa, unter dem Ironie und Siegeseuphorie versteckt waren, mit dem er mich jedes Mal anlächelte und mir sagte: „Richte deinem Opa aus: immer gern!" und dann verlor mein Opa schon wieder und wiederholte dieselben Versprechungen, die er am nächsten Tag wieder brach. Und so blieb es bis wenige Tage vor seinem Tode.

Ich erinnere mich auch gut daran, wie Abo Mustafa, der immer eine Zeitung bei sich trug, in der ich ihn nie lesen sah, meinen Opa während der letzten Tage seiner Krankheit jeden Tag besuchte. Er saß stundenlang neben ihm und sagte ihm immer wieder: „Junge. Du wirst wieder gesund und wirst auch genug Zeit haben, um mich zu besiegen! Komm!" Daraufhin hat mein Opa immer hoffnungsvoll gelächelt, nicht ganz ohne Tränen. Abo Mustafa sah neben meinem Opa immer so stark aus, aber immer, wenn er ihn verließ, haben ihn die Tränen besiegt.

Doch heute sind mir die Geräusche dieses Cafés unerträglich. Es ist lebendig in einer über meine Belastbarkeit hinausgehende Weise. Ich nehme eine Schmerztablette aus meinem grauen Rucksack, werfe sie mir in den Mund und trinke darauf einen Schluck Kaffee. Man findet zurzeit in diesem Café hier, an der Uni, kaum einen freien Tisch. Alle reden lauter und lauter, damit sie einander hören können und so wird das Geräusch schlimmer und schlimmer.

Ich sehe mich um, betrachte alle Tische und merke, dass ich der Einzige bin, der einen Tisch für sich allein hat. Mehrere fröhliche Studierende gucken durch die feuchte Glasscheibe hinein und beobachten alle Tische, damit sie auf einen losgehen, wenn einer frei wird. Als ihre Blicke meinen Tisch erreichen, schauen sie mich etwas länger an. Ich frage mich in dem Moment, gucken sie mich mitleidig an, weil ich niemanden habe, der mit mir den Tisch teilt, oder verachtend, weil ich in aller Unverschämtheit den Tisch nur für mich reserviere?! Sie verziehen sich, nachdem sie jede Hoffnung aufgegeben haben, dass irgendwer sich bewegt und für sie einen Platz freimacht.

Die Regentropfen ohrfeigen die Glasscheibe heftig und blenden das Draußen ab. Ich frage mich gerade, ob es möglich ist, nach draußen zu gehen, um eine zu rauchen, ohne den Tisch zu verlieren. Das sieht aber nicht so aus. Ich glaube, ich werde den Tisch verlieren, sobald ich ihn verlasse. Mehrere Personen würden vermutlich auf den Tisch einstürmen und es könnte sogar zu einer Schlägerei kommen. Ich bleibe lieber sitzen, um ein Massaker in diesem süßen Café zu verhindern.

Der Regen ist das Beste, was mich an meine wenig unbeschwerte Kindheit erinnert. An Damaskus. Dort, wo der Regen den Geruch des Paradieses mit sich bringt. „Ist das Paradies nicht oben, Opa?" fragte ich meinen Großvater, immer wenn es regnete. „Ja!", antwortete er oft. „Dann fällt der Regen vom Paradies herunter", schlussfolgerte ich mit Kinderlogik. „Es rieselt von irgendeinem Fluss da oben runter. Oder?"

Das Paradies war für mich untrennbar mit meinen Eltern verbunden, da mir immer gesagt wurde, sie seien im Paradies! Und woher sollte ich, das Kleinkind, wissen, was das Paradies ist? Ich dachte dann, dass meine Eltern immer dort gelebt hatten und ich von ihrem Schoß zur Erde runtergefallen war, getragen von einem Regentropfen.

Die Langweile wird langsam tötend. Ich rieche geradezu die Gleichgültigkeit, die sich in meinem Leben breitmacht. Der Geruch ist so abgestanden, wie ein Sumpf mitten in einem Wald, der gerade eben verbrannt wurde. Ich glaube, ich muss hier los, aber wohin? Aber sollte ich jetzt nass werden? Nein, ich bleibe lieber noch ein bisschen!

Die Angst hält mich fest, als wäre ich auf dem Stuhl festgeklebt. Draußen erwartet mich ja auch nichts anders als rumlaufen, im gleichen Labyrinth, in dem ich meine Wünsche verfolge, ganz allein und einzig, und verwaist, wie ich schon immer war. Ich will eines Tages glauben, dass es dieses Labyrinth nur in mir gibt!

Ich klappe meinen Block zu und will aufstehen, um dem Draußen, der Welt und meiner Angst zu begegnen, als Laila vor mir mit ihrem feuchten Regenschirm in der Hand steht und mit der anderen Hand winkt: „Hallo!"

Nachwort

Am 1. Mai 2020 habe ich die letzte Seite meines ersten Romans geschrieben. Dieser war ein wahrgewordener Traum, der von Tag zu Tag in mir gereift ist. Ich habe mehrfach angefangen und wieder aufgehört. Ich ertrank zwischen den Worten und Sätzen, die schon lange von innen an meinen Kopf klopften und raus wollten. Das war wie ein freier Fall. Immer wieder brach ich ab, stellte alles infrage, und jedes Mal setzte ich meine Arbeit fort, mit wachsender Inspiration und Beharrlichkeit, bis ich mein Ziel am „Tag der Arbeit" erreicht hatte.

Dieser Roman ist das Resultat einer langen Qual und andauernden Zerrissenheit, die ein Jahr mein Leben bestimmten. Es verging keine einzige Nacht, in der das Verantwortungsgefühl gegenüber meiner Geschichte und deren Figuren mich nicht wachhielt, sodass ich wieder aufstand und weiterschrieb, nachdem ich das Geschriebene wieder und wieder gelesen hatte. Ich war wie jemand, der sein Leben wieder in Ordnung bringen wollte. Jede Figur begleitete mich wie ein treuer Freund, und ihr Schicksal, das ich selbst ihr zugedacht hatte, deprimierte mich.

Diese Figuren und deren Geschichten sind jetzt ein Teil der Welt. Oder besser gesagt, ein lesbarer Teil der Welt. Sie sind ab heute auch eure Freunde, oder Feinde, und ihr könnt über sie urteilen, wie ihr wollt. Sie sind jedenfalls Kinder eines paradoxen Lebens und einer seltsamen Welt. Ihr könnt in ihnen Engel oder Teufel sehen, oder einfach Menschen, die in sich alles zusammentragen.

Samer Al Najjar

Wissenswertes

Abo Steif	Steif ist ein umgangssprachlicher Spitzname für den arabischen Namen „Mustafa". Abo Steif heißt „Steifs Vater".
Al-Khatib	Die Al-Khatib-Abteilung des Allgemeinen Geheimdiensts in Damaskus hat einen schlechten Ruf unter den Syrern aufgrund der Misshandlungen und Folterungen der Häftlinge. Wegen der Misshandlungen in dieser Abteilung wurde in Deutschland der weltweit erste Prozess zu Staatsfolter in Syrien eröffnet, da zwei ehemalige Mitarbeiter nach Deutschland geflüchtet waren.
Anamnesis	Anamnesis, die Erinnerung, ist ein zentrales Konzept in Platons Erkenntnistheorie, das besagt, dass alles Wissen in der Seele des Menschen schon immer vorhanden ist, nur wird es bei der Geburt vergessen.
Bab Tuma	Tor des Thomas ist eines der sieben Stadttore von Damaskus und ist eine Bezeichnung für einen alten Stadtteil.
Baath	Die Baath-Partei ist die alleinregierende Partei in Syrien seit 1963.
Barada	Barada ist ein Fluss in Damaskus.

Baschar	Assad-Anhänger riefen bei ihren Kundgebungen immer: „Gott, Syrien, Baschar und sonst nichts". Deshalb lautete der erste Aufruf in der syrischen Revolution „Gott, Syrien, Freiheit und sonst nichts" als Gegenparole.
Beyoğlu	Ein Stadtteil in Istanbul.
Daraa	Eine Stadt im Südwesten von Syrien, in der die ersten Proteste im Jahr 2011 ausbrachen.
Deir ez-Zor	Eine Stadt im Osten Syriens und die Hauptstadt des gleichnamigen Gouvernements.
Dr. Gachet	Ein Porträt von Vincent van Gogh.
Gevgelija	Eine Stadt in der Region Bojmija im Südosten Nordmazedoniens.
Ghassan Kanafani	Ein arabischer Schriftsteller, Journalist und Politiker. Er gilt als einer der wichtigsten arabischen Schriftsteller der Gegenwart.
IS	Am 18. September 2013 eroberte die damals noch der al-Qaida zugehörige Organisation „Islamischer Staat" im Irak und der Levante (ISIS) die Stadt Azaz von der Rebellen-Brigade „Nördlicher Sturm".
Mazzeh-Gefängnis	Ein militärisches Gefängnis in Damaskus.
Midan	Ein Stadtteil in Damaskus.
Mukhabarat	Eine in Syrien sehr verbreitete, allgemeine Bezeichnung alle Apparate des Nachrichtendiensts.
Opritschniki	Eine spezielle Militäreinheit, die „Iwan der Schreckliche" in Russland zur Durchsetzung seiner Machtansprüche geschaffen hat.

Poseidon	In der griechischen Mythologie der Gott des Meeres.
Qasyun	Ein Berg in Syrien. Am südöstlichen Fuß des Berges befindet sich die syrische Hauptstadt Damaskus.
Qubaysiyyat	Eine religiös-traditionalistische Frauenbewegung aus Damaskus, Syrien. Die Qubaysiyyat bieten Frauen die Möglichkeit, sich religiös weiterzubilden. Sie haben mehrere Wohnheime in Damaskus, wo Studentinnen leben. Nach der Revolution in Syrien 2011 positionierte sich die Spitze dieser Bewegung hinter dem syrischen Regime.
Ragnarök	Die Ragnarök ist die Sage von der Geschichte und dem Untergang der Götter, der „Götterdämmerung", in der Nordischen Mythologie.
Saidnaya-Gefängnis	Ein Militärgefängnis in Syrien.
Sarin	Ein Giftgas und chemischer Kampfstoff, der in Syrien mehrfach mittels Boden-Boden-Raketen gegen von der Opposition kontrollierte Gebiete zum Einsatz gebracht wurde. Die Giftgasangriffe von Ghuta in der Nacht zum 21. August 2013 hinterließen hunderte Opfer, während einige Tausend Personen mit neurotoxischen Reaktionen in die Krankenhäuser eingeliefert wurden.

Sappho und das Blut des Flüchtlings

Von Gino Pacifico. Gedichte zu Emigration und Immigration.

Der Titel dieser Gedichtreihe ist durch die tragischen Ereignisse auf der Insel Lesbos im Jahr 2020 inspiriert.

Der Leser wird durch Sappho, der ersten aller Dichterinnen, durch diese Anthologie begleitet. Das Wiedererwachen der Dichterin „unter stetigem, herbem Knallen der brennenden und wütenden Höllenluft" im Flüchtlingscamp stellt Mahnung und Hoffnung an den Leser zugleich dar. Europa fordert sie zur „Einheit zum Wohle aller" auf.

In Pacificos Gedichten werden auch Fremdsein und Heimatgefühl der Gastarbeitergeneration im 20. Jahrhundert thematisiert und als Lehre für die Gegenwart mit dem Appell einer gelungenen Integration verwendet.

Jetzt erhältlich – Als gedrucktes Buch, EPUB und ePDF!

www.akres-publishing.com

Der Untergang von Phaistos

Von Heike Wolff. Ein Bronzezeitroman.

Kreta, um das Jahr 1450 v. Chr. Das Volk hungert, und von Norden breiten die Achäer ihren Einfluss aus und drohen die Insel zu überfallen.

Ide, Tochter des Archons, soll als Handelspfand mit Agathon, dem Prinzen von Pylos, vermählt werden und so ein starkes Bündnis sichern. Obwohl ihr Herz Geros, dem Flottenkapitän von Phaistos, gehört, muss sie ins ferne Pylos aufbrechen. Auf der gefährlichen Reise kommen ihr Zweifel, ob die Hochzeit tatsächlich dem Bündnis dient. Kann sie Agathon trauen? Oder ist die Vermählung Teil eines hinterhältigen Plans, mit dem die Achäer selbst die Herrschaft über Kreta erringen wollen?

Dieser historische Roman ist durch eine spannende, mitreißende und detailreiche Erzählweise geprägt, die das Eintauchen in das bronzezeitliche Griechenland zu einem Vergnügen macht.

Jetzt erhältlich – Als gedrucktes Buch, EPUB und ePDF!

www.akres-publishing.com

Skrupellose Macht

Von Pia Stangier. Ein Politthriller. Brüssel und die EU.

Marla Richter, eine junge Bankerin aus Osnabrück, gerät im Sommer 1998 wider Willen in die Rolle einer Ermittlerin. Eine junge Verwandte, die als Sekretärin im Dienste des EU-Parlaments steht, verschwindet plötzlich, nachdem ihr Chef, der Parlamentarier Olaf Gessner, einen plötzlichen Tod erleidet.

Marla ahnt ein Verbrechen, begibt sich nach Brüssel, wo sie mit einem Politskandal gigantischen Ausmaßes konfrontiert wird. Ihre eher unprofessionelle Recherche gerät schlussendlich zu einem Kampf um Leben und Tod.

Ein spannender Politkrimi im Brüssel der 1990er Jahre. Basierend auf wahre Begebenheiten in Verbindung mit dem „geschlossenen" Rücktritt der EU-Kommission.

Jetzt erhältlich – Als gedrucktes Buch, EPUB und ePDF!

www.akres-publishing.com